M. D. HIR

Bloody
MARRY ME

RACHE SCHMECKT SÜSSER ALS BLUT

DARK
DIAMONDS

© Shattered Light Photography

M. D. Hirt wurde in Barcelona geboren und bereiste mit ihren Eltern die ganze Welt. Heute lebt und studiert sie in Berlin und liebt es, mittlerweile selbst Pläne zu schmieden, um ferne Länder zu erkunden. Ihre Freizeit verbringt sie entweder in ihrer Werkstatt, in der sie an allem herumtüftelt, was ihr in die Finger kommt, oder an ihrem Schreibtisch. Dort ist auch ihr vampirisch-schöner Debütroman entstanden.

Kapitel 1

Aus der Pistole geschossen

Blitzlichtgewitter brach über uns herein. Jemand drückte mich auf einen Stuhl. Das Summen der Reporterfragen schwoll zunehmend an, wie ein Bienenschwarm, der sich zum Angriff formierte. Sie bombardierten uns mit Fragen und versuchten sich mit lautem Schreien gegenseitig zu übertrumpfen. Fast hätte ich mitgeschrien.

»Meine Damen und Herren, bitte beruhigen Sie sich ... «, verlangte Damian mit ruhiger, klarer Stimme von den Reportern, ohne auf die Fragen einzugehen. Er informierte sie dann darüber, was wir bisher wussten, und bat darum, vor allem mich nach diesem Schock in Ruhe zu lassen und keine Polizeiarbeiten zu behindern.

Während er redete, driftete ich mit meinen Gedanken ab. Als wäre die Zeit eine Stunde zurückgedreht worden, sah ich noch immer das dunkle Rot des Blutes an meinen Fingern und spürte Rays Gewicht, das auf mir lastete. Desorientierte Menschen und hektische Sicherheitsleute, die schreiend herumgerannt waren. Die rasenden Kopfschmerzen, die mich vermutlich eine Weile nicht loslassen würden, nachdem die Notärztin eine leichte Gehirnerschütterung festgestellt hatte. Aber allem voran: Ray. Ray, der mich auf die Straße gedrückt hatte. Ray, der geknurrt hatte: »Bleib unten! Schusswaffen kann man mehrmals benutzen.« Ich kreischend: »O mein Gott! Ray, wir brauchen einen Rettungswagen! Du bist getroffen worden!«

Und dann war die Erkenntnis gekommen: Ray war ein ganzes Stück vorausgegangen, um die Aufmerksamkeit der Presse von mir abzulenken. Wenn er auf mir gelegen hatte und schwer verletzt war, konnte das nur eines bedeuten. Er hatte die Kugel für mich abgefangen.

Die Kugel, die mich hatte töten sollen.

Ich hatte erwartet, dass in solchen Situationen mein Leben an mir vorbeiziehen würde. Aber tatsächlich waren nur die wichtigsten Ereignisse der letzten Tage vor meinem inneren Auge aufgeflammt: die Flucht aus dem Fernsehstudio, Miss Natrisha, die quirlige Vampirin, James und Damians Lebensgeschichte. Die Preisverleihung, bei der mein Idol, Miroslav Nideka, mich eingeladen hatte ihm mein Blut zur Verfügung zu stellen. Rays wahnsinnige Frau Morgana und Jason Walkers, der aufdringliche Papparazzo. Alles untermalt von Rays ewiger Gedankenleserei und Taylors Manipulationen. Küsse mit Taylor, Küsse mit Ray und die halbe Million, die er mir geboten hatte, wenn ich seine Freundin spielte. Nicht zu vergessen, der absolute Gipfel meiner Angst, nur Minuten, bevor auf mich geschossen wurde, als ich zwischen zwei wütenden Vampiren eingekeilt gewesen war. Das waren ein paar Nahtoderfahrungen zu viel für meinen Geschmack.

Die schiere Fülle an Ereignissen führte mir immer mehr vor Augen, in was ich da hineingestolpert war, das so viel mehr beinhaltete als nur einen Trip zu den *Atlantis Awards*. Meine kleine heile Welt, die in den letzten Tagen schon angefangen hatte jede Menge Risse zu bekommen, löste sich immer mehr auf.

Ich umklammerte das Wasserglas vor mir, vermied es, in die Reportermenge zu blicken, deren Fragen zu einem einzigen Rauschen verschmolzen.

Ewigkeiten später war es endlich vorbei. Ich erhob mich von meinem Stuhl und schlurfte hinter Damian her. Meine Hände zu Fäusten geballt hielt ich nur mit Mühe die Tränen zurück, während mein Herz mir bis zum Hals schlug.

Ray. Immer wieder wanderten meine Gedanken zu ihm. Er war in dem Raum, dem wir uns näherten. Ich hatte keine Ahnung, was ich tun oder sagen sollte.

Meine Gedanken wurden jäh unterbrochen als ich eine Stimme

undeutlich durch die geschlossene Tür dringen hörte, die kurz danach aufschwang und zwei Polizisten vor uns in den Gang traten. Sie steuerten auf Damian zu und redeten eindringlich auf ihn ein.

Doch ich hatte nur Augen für den Vampir mit den schwarzen Haaren, der mit dem Rücken zu mir hinter ihnen im Türrahmen stand. Wie konnte ich ihm danken? Immerhin hatte er mein Leben gerettet. Was sagte man da? Danke, dass ich noch ein paar Jährchen älter werden darf? Mein nächster Geburtstag geht auf dich?

Er hatte seine blutdurchtränkten Klamotten mit einem blütenweißen Hemd getauscht und ich musste ein Würgen unterdrücken, als ich an das Einschussloch dachte, was auf seinem Rücken geprangt hatte. Noch immer war seine Haut beinahe durchsichtig weiß und verlieh ihm etwas Geisterhaftes.

Ray redete mit der Hotelchefin: »Ich brauch nur eine Flasche Blut oder eine Spenderin«, dann drehte er sich um.

Seine Augen waren nicht mehr blau mit einem roten Glimmen, sondern hatten ein sattes Bordeaux angenommen. Ein unmissverständliches Zeichen für einen hungrigen Vampir. Für einen Augenblick überlegte ich ihm mein Blut anzubieten, bis mir die Tragweite dieser Idee klar wurde: wochenlange Gedankenüberwachung. Dankbarkeit hatte auch ihre Grenzen.

Wortlos zog er mich in den Raum und ließ Damian mit den Polizisten auf dem Flur stehen, ehe er die Tür hinter mir schloss. Als ihm die angeforderte Flasche in die Hand gedrückt wurde, bekam ich gleich danach ein Glas Cognac zwischen die zittrigen Finger geschoben. »Für die Nerven«, sagte die Hotelmanagerin, als hätte sie gewusst, worüber ich eben noch gegrübelt hatte.

Während Ray die erste Flasche, und kurz darauf auch eine zweite, in einem Zug leerte, suchte ich nach Worten. Die dritte Flasche trank er bedeutend langsamer und ich war immer noch nicht fündig geworden. Die Hotelchefin verließ den Raum, um mit der Polizei noch ein abschließendes Gespräch zu führen. Ray hatte wieder mehr Farbe im Gesicht und ich konnte nicht anders, als ihn unverwandt anzustarren.

»Holly?«

»Ja?«, krächzte ich mit einer Stimme, die nicht mir zu gehören schien.

»Holly, alles ist gut! Die Gefahr ist vorbei, du bist unverletzt und auch mir geht es gut, beruhige dich! Das war eine ganz schön anstrengende Nacht für dich«, stellte er mit sanfter Stimme fest und hob die Hand, um mir über die Wange zu streichen.

Ich sah ihn prüfend an. Ob die Schusswunde bleibende Schäden hinterlassen hatte? War er wirklich okay?

»Schau mich nicht so an. Es geht mir wirklich gut, es ist alles okay«, versicherte er, als er meinen Blick bemerkte. »Das Einschussloch hat sich schon fast geschlossen. Willst du dich selbst davon überzeugen?«, fragte er und fing an sein Hemd aufzuknöpfen. Mit einem vehementen Kopfschütteln wandte ich mich ab. Mir liefen zum zweiten Mal in dieser Nacht Tränen über die Wangen. Ich hätte tot sein können. Oder ... »Du hättest tot sein können!«, schluchzte ich und ergriff seine Hand.

»Da hat sie allerdings recht«, fauchte jemand hinter mir. James lehnte im Türrahmen und starrte uns grimmig an. »Ray, die Kugel hätte aus Holz sein können, du hättest sterben können! Geopfert für einen Menschen!« Seine Augen hatten einen gefährlichen dunklen Ton angenommen.

»War sie aber nicht. Holly wäre dagegen wirklich gestorben, wenn ich es nicht getan hätte. Außerdem habe ich die Kugel mit dem Rücken abgefangen, nicht mit der Brust. Eine Holzkugel hätte nie genug Durchschlagskraft besessen, um aus dem Winkel mein Herz zu erreichen«, erwiderte Ray und machte James mit einer Handbewegung klar, dass er keine weitere Diskussion führen wollte.

Doch dieser ließ sich nicht so leicht bremsen. »Ray, was geht in deinem Kopf vor! Wie kannst du so ein Risiko eingehen – für SIE? Hör auf mir solchen Blödsinn zu erzählen! Egal wie alt du bist, du kannst mir nicht weismachen, du hättest das berechnet! Du hast impulsiv gehandelt!« James raufte sich die roten Haare. Für einen Moment sah es so aus, als würde sein Kopf in Flammen stehen.

Ich blickte betreten zu Boden, unschlüssig, ob ich mich einmischen sollte oder nicht. Aber wozu? Die beiden sprachen ohnehin über mich, als wäre ich nicht anwesend.

»Ich erkläre es dir gerne noch mal«, zischte Ray James an. »Sie wäre durch die Kugel umgekommen, wenn ich sie nicht abgefangen hätte. Ich dagegen wäre nur ernsthaft verletzt worden, wenn sie überhaupt aus Holz gewesen und in meinem Herzen stecken geblieben wäre. Selbst ein Durchschuss mit einer Holzkugel hätte mich vermutlich nicht getötet. Also war die Chance, dass wir beide überleben, wenn ich mich in den Schuss schmeiße, einfach höher!«

»Das hast du dir schön im Nachhinein zurechtgelegt«, knurrte James, bevor er wutschnaubend den Raum verließ.

Gerade als ich ein wenig Mut zusammengekratzt hatte, um irgendetwas hervorzubringen, klopfe es sachte an der Tür, ehe Damian eintrat.

»Bring mich auf den neuesten Stand«, verlangte Ray.

»Taylor hat den Attentäter erwischt, wohl ein besessener Fan, der keine Menschen in unserer Nähe sehen wollte. Pure Eifersucht. Was wollte die Polizei hier? Mir haben sie gesagt, sie würden Holly nicht mehr belästigen.«

»Sie wollten nicht mal die Kugel mitnehmen.« Ray reichte ihm einen Beutel mit einem winzigen Metallstück aus Messing.

Ich musste mich zwingen nicht daran zu denken, dass dies vor Kurzem noch in seinem Körper gesteckt hatte. »Was?«, platzte es dennoch ungläubig aus mir heraus. »Aber das ist doch Beweismaterial?!«

»Danke, Damian, das war alles«, sagte Ray gebieterisch, ohne auf meinen Einwand einzugehen. Mit angestrengt zusammengepressten Kiefern verließ Damian den Raum.

»Dein blutdurchtränktes Shirt war auch Beweismaterial und trotzdem hast du es nicht ausgezogen. Ich glaube nicht, dass die Polizei großes Interesse daran hat, den Fall aufzuklären«, murrte er und ich sah ihn verwirrt an. »Vampirangelegenheiten übernimmt die Polizei nur sehr ungern, normalerweise begleichen wir unsere Rechnungen alleine.«

»Das ist Selbstjustiz«, erwiderte ich entsetzt, doch er zuckte nur mit den Schultern.

»Ja, das geht schon seit Jahrtausenden so. Die Polizei verfährt nach dem Prinzip: Warum etwas ändern, wenn es funktioniert? Offiziell sind wir natürlich genauso gerichtsbar wie alle anderen, aber in der Praxis sieht das anders aus.«

Ich suchte nach Gegenargumenten. Stille senkte sich über den kleinen Raum.

»Aber der Attentäter ist gefasst, oder?«, sagte ich schließlich. »Er hat doch gestanden? Die Polizei hat also keinen Grund mehr, weitere Nachforschungen anzustellen. Vielleicht sind sie deshalb so passiv.«

Ray runzelte die Stirn. »Ich habe einfach ein seltsames Gefühl bei der Sache. Das war viel zu einfach. Selbst ohne vampirische Geschwindigkeit hätte Taylor ihn leicht fangen können, obwohl der Täter ein Vampir ist. Ein Frischling, gerade mal ein paar Jahrzehnte alt. Es ist mehr als ungewöhnlich. Ich verstehe nicht, warum er es auf dich abgesehen hatte ... Irgendwas sagt mir, dass das nur der Anfang war.«

»Aber es gibt keine Beweise dafür, oder? Wie würdest du weiter vorgehen?«, fragte ich und wunderte mich über meine ruhige Stimme, obwohl Ray mir gerade die Möglichkeit eröffnet hatte, dass da draußen immer noch eine nicht greifbare Gefahr lauerte, die mir nach dem Leben trachtete.

Er verschränkte die Arme vor der Brust. »Du solltest nicht mehr alleine rumstromern, zumindest nicht bis zu den *Atlantis Awards*.«

»Als wäre ich, seit ihr mich aufgelesen habt, auch nur ein einziges Mal für längere Zeit alleine rumgestromert!«

»Dann fang jetzt auch nicht damit an!«

Bevor ich etwas erwidert konnte, wurde unsere Zweisamkeit abermals von einem neuen Besucher unterbrochen. Ein braunhaariger, jung wirkender Mann kam ins Zimmer geschlendert. Seine Augen blitzten neugierig zu mir, ehe er sich an Ray wandte. »Ray, mein Lieber, ich habe es gerade gehört, das war brillant!«, rief der Mann aus und ich sah, wie Ray mit den Augen rollte.

»Danke, Pete«, sagte er nur und wandte sich ab.

»Das ist also unser Täubchen? Ich habe mich ja etwas gewundert, dass du selbst die Hauptrolle in unserer kleinen PR-Aktion spielen willst. Ich dachte, dir sei das viel zu mühselig. Menschen und so ... «

»Du wolltest ohnehin mit ihr reden, dann warte ich vor der Tür, aber schone sie ein bisschen«, erwiderte Ray, ohne auf Petes Worte einzugehen, und verließ eilig den Raum, als wolle er ihm entkommen. Alarmiert blickte ich ihm hinterher.

»Freut mich, dich kennen zu lernen. Ich bin Pete«, stellte er sich vor und streckte mir die Hand hin.

Ich ergriff sie und war überrascht. Sie war eiskalt. Also war Pete ein Vampir, auch wenn er sehr unscheinbar wirkte. Er wies nicht diese blendende Schönheit auf wie alle anderen Vampire, die ich bisher kennengelernt hatte. Auch seine Bewegungen waren nicht so grazil und elegant. Er war überraschend menschlich geblieben. Seine Haut war zwar aschfahl, aber er hatte nicht diese engelhaften Züge. Auch schien sein Haar matt und spröde. Das Auffälligste war jedoch das fehlende markante vampirische Leuchten in seinen Augen.

»Holly Bane«, murmelte ich und er lächelte freundlich.

»Ray hat mir schon erzählt, dass du in die Freundinnen-Vereinbarung eingewilligt hast. Große Klasse! Die ganze Situation! Ich habe ihm ja gesagt, einer von ihnen solle sich eine gewöhnliche und vor allem menschliche Freundin suchen, aber er hat das so gut aufgezogen, um ehrlich zu sein, so etwas hatte ich nicht erwartet. Diese Geschichte in der Live-Sendung mit den *Atlantis Awards*, jetzt diese rührende Aktion, dass er eine Kugel für dich abgefangen hat! Großartig!«, rief Pete begeistert und klatschte aufgeregt in die Hände.

Ich glaube, das war der Moment, in dem meine Gesichtszüge entgleisten. Das war also *Bloody Marys* PR-Manager und anscheinend kam ihm die Kugel, die auf mich abgefeuert worden war, sehr gelegen. Zumindest war er weder entsetzt noch in irgendeiner Weise besorgt, so wie es Damian und Ray waren. Er war auch nicht wütend wie James. Anscheinend nur zufrieden, weil sein Plan plötzlich besser aufging, als er zu träumen gewagt hatte. Offenbar waren seine kühnsten Managerträume in Erfüllung gegangen.

»Einem professionellen Model hätten wir so viel mehr zahlen müssen! Nicht nur Gage, sondern auch ein dickes Schweigegeld, du warst ein richtiges Schnäppchen! Nichts für ungut, Süße. Aber du bist besser als jedes Model, das wir hätten finden können. Weil du eben wirklich ein tollpatschiger, langweiliger kleiner Mensch bist!«, rief Pete begeistert aus. Danke. Man erlebt nicht alle Tage, wie seine Schwächen derart enthusiastisch hervorgehoben werden.

Wenn das Thema nicht so unglaublich beleidigend für mich gewesen wäre, wäre seine Begeisterung mit ziemlicher Sicherheit ansteckend gewesen. Wobei mir immer mehr der Sinn danach stand, den Deal angesichts der Lebensgefahr komplett abzublasen. Das hatte nicht in der Stellenbeschreibung gestanden. Außerdem gab es keine Gefahrenzulage. Verdammt, es gab noch nicht mal einen Nachtzuschlag. Deswegen machte ich nur »Aha« und »Hmhm«, wenn Pete mir irgendwelche Fragen stellte. Er legte ohnehin keinen Wert auf das, was ich sagte.

»Du weißt gar nicht, wie wichtig so was für die ganze Koexistenz zwischen Vampiren und Menschen ist, du und Ray, ihr werdet für alle ein Zeichen des Friedens und der Zusammenarbeit sein, brillant! Die Verkaufszahlen der neuen Single werden geradezu explodieren. Am besten macht ihr eure *Beziehung* sobald es geht öffentlich ... Holly? Ähm ... Holly?«, fragte er und riss mich aus meiner Gedankenspirale. Einer Spirale, die sich mit fataler Geschwindigkeit abwärts bewegte und mein Herz mit sich riss.

»Ja«, sagte ich tonlos. »Kann ich wieder auf mein Zimmer gehen?«

Pete nickte freundlich, bestand aber darauf, mich noch zum Fahrstuhl zu begleiten. Auf dem Weg dahin plapperte er ununterbrochen weiter, doch ich wollte und konnte ihm nicht eine Sekunde länger zuhören.

Ray wartete auf meinem Zimmer auf mich. Nervös biss ich mir auf die Unterlippe, ganz abgesehen von dem Mordanschlag gab es da noch ein anderes Thema, was mich diese Nacht beschäftigt hatte. Außerdem hatte ich noch nicht mal Danke gesagt. Nur mühselig kamen die Worte aus meinem Mund, als würde meine Zunge sich um jedes einzelne wie eine Schlange winden müssen.

»Der Kuss mit Taylor tut mir leid, ich habe es wirklich nur wegen der Information getan ... nur, dass du das weißt«, schloss ich meine Erklärung, die angesichts der Ereignisse der letzten paar Stunden absolut lächerlich wirkte, aber mir aus unerfindlichen Gründen ungeheuer wichtig war.

Ray erwiderte zunächst nichts, während mir das Herz in die Hose sackte.

»Entschuldigung angenommen. Es tut mir leid, dass du heute so viel durchmachen musstest«, flüsterte er. »Ich lasse dich jetzt mal zur Ruhe kommen, wir sehen uns morgen Abend.«

Das war das Gegenteil von dem, was ich mir wünschte.

Ich versuchte Zeit zu schinden. Die starken negativen Gefühle und mein schmerzendes Herz ließen mich im unmöglichsten

Moment albern werden. In meinem Kopf manifestierte sich einer der unpassendsten Gedanken, die ich in dieser Nacht gehabt hatte: »Sag mal, Ray, wenn Pete ein Vampir ist, warum sieht er dann nicht so gut aus wie der Rest von euch?«

Ray beäugte mich kritisch. »Das beschäftigt dich? Nun, sagen wir mal so, wenn jemand zum Vampir verwandelt wird, wird er zweifelsohne attraktiver, die ganze Gesichtssymmetrie verschiebt sich und wünschenswerte Merkmale werden hervorgehoben. Man hat Pete damit einen Gefallen getan, als man ihn verwandelte, du hättest sehen müssen, wie er vorher aussah.« Er wandte sich zum Gehen.

»Warte!«, rief ich aus und Ray hielt inne. »Kannst du noch bleiben, bis ich eingeschlafen bin?«, flüsterte ich.

Er lächelte schwach. »Wenn du willst, singe ich dir sogar ein Schlaflied.«

Ray setzte sich auf die Bettkante, nachdem ich unter die Decke geschlüpft war.

»Danke«, flüsterte ich und stockte, »danke, dass du mein Leben gerettet hast.«

»Keine Ursache.«

»James meinte–«

»Hör nicht auf den Stuss, den James erzählt«, erwiderte er sanft und streichelte mir über die Wange.

»Aber warum hast du es getan? Weil ich deine Fake-Freundin spielen soll?« In meiner Stimme schwang eine unbeabsichtigte Bitterkeit mit.

»Nein.« Er atmete scharf aus und wandte den Blick ab.

»Aber warum dann?«

»Weil du besonders bist, ich könnte dich nicht einfach sterben lassen. Aber genug davon, du musst jetzt schlafen, morgen ist auch noch ein Tag.«

Kaum hatte ich die Augen geschlossen, drang seine Stimme seidenweich an meine Ohren, als er in einem samtigen Bariton ein paar Zeilen anstimmte und ich langsam in einen tiefen, traumlosen Schlaf driftete.

Kapitel 2

Alte Liebe rostet nicht

Wie Adam es vorhergesehen hatte, hingen wir eine Weile in Florida fest, zumindest bis der Hurrikan vorbeigezogen war. Einerseits war ich dankbar, dass ich dieses Mal ein Hotelzimmer für mich alleine hatte, aber andererseits auch ein wenig traurig. Denn nachdem ich mich an seine kühle Körpertemperatur gewöhnt hatte, genoss ich es, neben Ray einzuschlafen. Um potenziellen Albträumen vorzubeugen, war es nur wichtig, tagsüber nicht versehentlich auf die Leiche neben mir zu schauen. In den letzten beiden Tagen hatte er angeblich keine Zeit gehabt, sich mit mir zu beschäftigen. Ich wusste nicht, ob ich froh darüber sein sollte.

Meine kleine Schwärmerei für ihn – Liebe konnte das keinesfalls sein – war dadurch jedenfalls nicht verschwunden. Ich dachte an ihn, zu oft, zu viel und auf jeden Fall eindeutig mehr, als ich wollte.

Zudem hatte ich ein 48-stündiges striktes Ausgehverbot. Mein Essen bekam ich durch den Zimmerservice und mein Telefon überschlug sich mit Nachrichten von besorgten Freunden. Nur meine Eltern ließen nichts von sich hören. Entweder hatten sie von alledem nichts mitbekommen oder sie teilten die Einstellung der Vampire, die das Ganze immer wieder mit »Ist ja nichts passiert« abtaten, wenn sie danach gefragt wurden. Alice hingegen musste ich in einem einstündigen Telefonat davon überzeugen, dass ich in Sicherheit war und mich nicht sofort auf den Heimweg machen würde, so wie sie es verlangte.

Abgesehen davon vergingen die Tage verhältnismäßig ruhig. Ich war froh darüber, dass ich, trotz Petes Drängen, noch keinen offiziellen Auftritt als Rays neue Freundin hatte.

Also hatte ich so gut wie gar nichts zu tun und war mit meinen Gedanken alleine.

Auch der Hotelpool reizte mich seit heute nicht mehr, da James gemeint hatte mich untertauchen zu müssen und dabei wohl vergaß, dass ich im Gegensatz zu ihm aufs Atmen angewiesen war. Außerdem fraß Taylor mich geradezu mit Blicken auf, wenn ich mich ihm im Bikini näherte.

***

Mein Tages- bzw. Nachtrhythmus verschob sich immer mehr, bis ich vier Tage später schon gegen drei Uhr nachmittags erwachte. Frustriert, weil ich nicht mehr einschlafen konnte, stand ich auf. Ich griff nach dem Taschengeld, welches mir Ray für den Zimmerservice oder Ähnliches gegeben hatte, und stopfte es in meine Hosentasche. Rays Idee von einem *kleinen Taschengeld* hätte vermutlich gereicht, um mir einen gebrauchten Kleinwagen zu kaufen. Bevor ich noch weiter Trübsal blies, beschloss ich mir etwas die Beine zu vertreten.

Meine Füße lenkten mich automatisch durch die Gartenanlage rund um den Pool zur Lobby. Auch wenn Damian und Taylor mir nach den ersten Tagen immer wieder erklärt hatten, dass ein weiterer Anschlag unwahrscheinlich war, hatte ich mich noch nicht auf die Straße getraut, obwohl das Ausgehverbot aufgehoben worden war. Aber es gab eigentlich auch keinen Grund, das Hotel zu verlassen, außer diese bohrende Langeweile. Ich konnte mich nicht ewig verkriechen. Damian hatte mir außerdem versichert, dass er mit der Rezeption etwas arrangiert hatte und tagsüber ein Bodyguard zu meiner Verfügung bereitstehen würde.

Spätestens wenn ich wieder zu Hause wäre, müsste ich täglich rausgehen. Ich musste meine Angst früher oder später verlieren.

Wenigstens ein einziges Mal wollte ich mir die herrliche Einkaufsstraße ansehen, in der das Hotel lag, bevor wir weiterreisten.

Zu weit weg wollte ich mich nicht bewegen, falls doch etwas Unerwartetes geschah. Vorsichtig läutete ich die Glocke an der Rezeption und scheuchte einen genervt aussehenden Concierge aus dem Hinterzimmer auf. »Ja?«, fragte er und legte den Kopf leicht schräg.

»Ich bin, ähm ... Holly Bane, die ... Begleiterin von *Bloody Mary*. Ich würde gerne ein wenig einkaufen gehen, ich soll hier nach Begleitschutz fragen«, beantwortete ich seine Frage unsicher.

Er nickte und griff zum Telefonhörer. »Ja, eine Miss Bane ... Genau ... Du weißt Bescheid? ... Ja, sie steht hier in der Lobby.« Er legte seine Hand auf die Sprechmuschel. »Gehören Sie zu Mr Grellaume oder zu Mr Sorin?«, fragte er und ich überlegte fieberhaft hin und her. Was für einen Unterschied würde meine Antwort machen?

»Ich gehöre zu Mr Sorin«, erwiderte ich, als der Concierge ungeduldig auf den Tresen klopfte.

»Gut, sag ich ihr.« Er legte auf und meinte dann an mich gewandt: »Mr Keith kommt gleich«, bevor er wieder im Hinterzimmer verschwand.

Geduldig wartete ich, bis ein drahtig wirkender Mitzwanziger auf mich zugeschlendert kam. Er trug ein weites Tanktop und eine zerrissene Jeans. Seine Haare waren verwuschelt, leicht gelockt und von einem schönen Blond mit karamelbraunen Strähnen. Außerdem war ich mir in einem Punkt sicher: Ich kannte ihn.

Es war Sam. Der Sam, der mit mir und Alice zur Uni ging und dasselbe Seminar in Kunstgeschichte belegt hatte wie ich. Der Sam, in dessen wilden Augen ich bei jeder Gruppenarbeit versunken war, und der Sam, der mir damals so sehr den Kopf verdreht hatte, dass ich kaum noch geradeaus denken konnte. Ich biss mir auf die Lippe.

»Ah, hey, Bane!«, rief er gut gelaunt mit seinem tiefen Bariton.

»Sam?«, fragte ich verwirrt, doch dann schenkte er mir ein freundliches und ehrliches Lächeln und ich konnte nicht anders, als zurückzulächeln.

Gerade als ich zu allen bekannten Göttern beten wollte, dass er sich nicht mehr an meinen freudschen Versprecher erinnerte, öffnete er erneut den Mund. »Du bist doch das *Erbsen-und-Mösen*-Mädchen? Weißt du noch? Als du mir sagen wolltest, was es an dem Tag in der Mensa gab, und du dich so lustig versprochen hast.« Ich wollte im Boden versinken. Natürlich erinnerte er sich.

»Holly, richtig?«

Peinlich berührt nickte ich. »Was machst du hier?«, fragte ich mit gespielter Gleichgültigkeit, um meine Verlegenheit zu vertuschen.

»Ich bin Rays Bodyguard. Seit einer halben Ewigkeit, genauer gesagt seit er aus Vistren raus ist«, antwortete er mit einem strahlenden Lächeln.

»Und ich dachte immer, du bist Kunststudent. Du siehst nicht wirklich aus wie ein Bodyguard. Müsstest du dann nicht auch die ganze Zeit mit Ray unterwegs sein?«, fragte ich skeptisch.

Er hob eine Augenbraue. »Das Studieren ist mehr mein Hobby. Sagen wir mal so, ich habe den Biss, der für den Job nötig ist, und Ray hat sich noch nie über meine Fähigkeiten beschwert. Er ruft mich nur sehr selten zu sich, deswegen habe ich genug Zeit, mich anderen Interessen zu widmen.«

Ich sah ihn immer noch stirnrunzelnd an. Das klang nach einer sehr seltsamen Geschichte. Fast zu unglaublich, um wahr zu sein. Rays Bodyguard ging mit mir zur Uni und war dann auch noch der bestaussehendste Student meines Jahrgangs? »Hör mal, ich glaube, wir hatten keinen so guten Start, lass uns noch mal neu anfangen. Also, ich bin Sam Keith und heute dein Bodyguard, freut mich dich kennenzulernen.« Er hielt mir grinsend die Hand hin.

Ich ergriff sie und antwortete trocken: »Holly Bane, Anhängsel von *Bloody Mary* und Jungfrau in Nöten.«

Er nickte wissend. »*Jungfrau* in Nöten? Soso ...« Dann lachte er wieder sein herzliches Lachen.

»Wie kommst du eigentlich hierher?«

»Nun, Ray hat mich angerufen, nachdem sich der Anschlag auf dich ereignete, ich soll tagsüber ein Auge auf dich haben. Bin heute Vormittag erst angekommen und hatte noch keine Gelegenheit, mit ihm zu sprechen, aber der Concierge hat mir dieselben Anweisungen wie Damians Sicherheitspersonal weitergegeben.«

»Meinst du nicht, das sind ein paar Zufälle zu viel? Also, dass wir uns schon kannten und so?«

»Ja, aber ich kann es auch nicht ändern. Ich bin aus allen Wolken gefallen, als ich in den Nachrichten gesehen habe, dass ausgerechnet du plötzlich mit *Bloody Mary* rumreist. Die Welt ist scheinbar kleiner, als man denkt, und die Wege des Schicksals sind unergründlich.« Er zuckte mit den Schultern.

»Weiß Ray von unserer Bekanntschaft?«, fragte ich und rieb mir den Nacken.

»Ich denke nicht. Wollen wir los? Glücklicherweise soll das Wetter heute halbwegs angenehm bleiben und wir spüren hier nur noch die Ausläufer des Sturms«, verkündete er und ich lief skeptisch neben ihm her.

Wir traten durch die großen Flügeltüren nach draußen. Vor dem Hotel warteten einmal keine Paparazzi. Warum auch, es war ja Tag. Sie hatten keine Chance, einen der Vampire zu erwischen, und ich war bei Weitem noch nicht interessant genug, als dass sie mir auflauern würden. Mit einem Schaudern dachte ich daran, wie sich das spätestens dann ändern würde, wenn mein Status als Rays neue Freundin enthüllt wurde.

Wir schlenderten unbehelligt zum nächsten Block und folgten den vereinzelten Passanten bis zur belebten Einkaufsstraße. In meinen Ohren rauschte das Blut und ich konnte nicht umhin, nervös zu sein. Würde Sam mich überhaupt verteidigen können, sollte ein weiterer Angriff passieren? War er vielleicht selbst ein Attentäter? Nein, wenn das der Fall wäre, dann hätte er nichts über Damians Sicherheitspersonal gewusst und nie so auffällig agiert.

»Wir sollten Händchen halten«, schlug Sam vor, als er sah, dass ich ihn immer noch grüblerisch beäugte.

Ich lief dunkelrot an und riss die Augen auf. Er schien seinen Job nicht besonders ernst zu nehmen. Ich war schon drauf und dran umzudrehen und zurück zum Hotel zu laufen, bis er sich erklärte.

»Tarnung ist alles! Wir wirken dann unauffälliger.« Mit ernstem Gesicht deutete er unbemerkt auf die Menschen um uns herum. Es waren überraschend viele Paare. »Ich weiß ja nicht, woran du gerade gedacht hast, aber ich weiß von dem Deal mit Ray. Wir haben denselben Boss und ich würde sagen, Romanzen am Arbeitsplatz sind zumindest für uns eindeutig verboten.«

Etwas unwohl ließ ich zu, dass er nach meiner Hand griff. Sie war warm. Ich hatte schon ganz vergessen, wie sich eine warme, menschliche Hand anfühlte, da ich in letzter Zeit nur von Vampiren umgeben gewesen war.

Während wir an den prall gefüllten und schön dekorierten Schaufenstern vorbeigingen, blieb mein Blick an einem Buchladen hängen. Ein letztes Mal sah ich mich noch ängstlich um, ehe ich stehen blieb. Sam ließ seinen Blick durch die Umgebung schweifen und nickte dann, als ich ihn unsicher ansah.

Ich las für mein Leben gerne, es würde nicht schaden, ein oder zwei Bücher für die weitere Reise mitzunehmen. Immerhin hatte ich noch gut drei Wochen vor mir. Vielleicht sollte ich mir ein Buch über Vampire holen? Nur für den Fall natürlich.

»Ich würde gerne in den Bücherladen gehen«, flüsterte ich Sam zu und sah ihn fragend an.

Er hob abwehrend die freie Hand. »Beachte mich gar nicht, tu das, was du ohne mich auch tun würdest. Ich sorge nur dafür, dass dir nichts geschieht.«

Nun, es war durchaus schwierig, jemanden nicht zu beachten, der geradezu an einem klebte, aber ich gab mir größte Mühe, mir nichts anmerken zu lassen. Also betrat ich, dicht gefolgt von Sam, den teuer aussehenden Buchladen.

Ich wandelte zu den Sachbüchern, fand das Thema, das ich suchte, schlug ein Buch auf, aber nach kurzem Blättern auch schnell wieder zu. Keine Informationen über seltsame vampirische Schockmomente nach Küssen mit Menschen oder plötzlich einsetzendem Herzschlag. Außerdem keine Hinweise darauf, was für eine seltsame Verbindung ich mit Ray zu haben schien. Vermutlich hatte Taylor mich mit seinen Geheimnissen, für die ich teuer hatte bezahlen müssen, doch nur hinters Licht geführt.

Grummelnd scannte ich die Regale, doch meine Suche blieb erfolglos. Ich seufzte abgrundtief. Vielleicht lieber doch ein einfacher Schmöker, um mir die Zeit zu vertreiben? In der Romanabteilung fand ich auf Anhieb drei Bücher, die mein Interesse weckten. Umständlich klemmte ich sie mir unter den Arm, ehe mein Blick an einem eher düster anmutenden Titel hängen blieb.

Vampire Hearts stand in roten, verschnörkelten Buchstaben darauf und ein makelloser männlicher Oberkörper zierte das Cover. Es war mir zwar schon ein wenig peinlich, so ein Buch in der Nähe eines erwachsenen Mannes zu lesen, aber Sam hatte ja gesagt, ich solle ihn nicht weiter beachten. Ich nahm also meinen Mut zusammen und das Buch in die Hand. Neugierig blätterte ich ein wenig herum – oh ... OH! Okay, es enthielt auf jeden Fall reichlich erotische Elemente.

»Lass mal sehen«, grinste Sam und klaute mir das Buch aus der Hand, nachdem er meinen verschüchterten Blick bemerkt hatte. »›Er strich mir über die Lenden und entfachte ein Feuer in mir, wie es noch nie ein Mann vor ihm geschafft hatte. Sein praller Lustspender ...‹«, rezitierte er.

Peinlich berührt schnappte ich mir das Buch. »Lass das! Ich wollte da nur etwas nachschlagen! Recherche quasi!«, verteidigte ich mich.

»Was willst du darin denn recherchieren?«, fragte Sam und sah mich belustigt an.

»Über Vampire und Beziehungen«, nuschelte ich.

»Vampire und Beziehungen?«

Wortlos verkrümelte ich mich in eine Ecke, um an einer anderen Stelle weiterzulesen, und würdigte Sam keines Blickes.

Während ich in dem Taschenbuch herumblätterte, bemerkte ich die Verkäuferin erst, als sie direkt neben mir stand. Da Sam nicht reagierte, war sie wohl keine Bedrohung, aber ich musste dennoch einen erschrockenen Aufschrei unterdrücken. Ich war wohl immer noch nervös nach dem Vorfall.

Doch die Verkäuferin bemerkt meinen Schrecken nicht. »Das Buch hat eine echte Vampirin geschrieben«, verkündete sie strahlend und ihr graues Haar, welches zu einem Dutt hochgebunden war, wippte fröhlich hin und her.

»Oh«, machte ich und ließ meinen Blick wieder auf das Buch sinken. Gab's für so etwas jetzt auch schon Gütesiegel? »Kann ich das schon mal für dich zur Kasse bringen oder hast du dich noch nicht entschieden?«, fragte die Verkäuferin und deutete auf den restlichen Stapel unter meinem Arm.

»Ja, bitte«, sagte ich und gab ihr die Bücher. Während die nette Verkäuferin also mit meinen neuen Schätzen davoneilte, hielt ich immer noch den echten, kitschtriefenden Vampirroman in Händen. Sam lehnte am Regal neben mir und war in sein Handy vertieft. Ich haderte, ob ich das Buch nun mitnehmen sollte oder nicht. Wenn es jedoch tatsächlich eine Vampirin geschrieben hatte, dann würde vermutlich zumindest ein Funken Wahrheit drinstecken. Dadurch, dass es eine Liebesgeschichte war, hatte ich vielleicht auch eine Chance rauszufinden, wie man eine vernünftige Fake-Freundin für einen Vampir abgab. Ich trug das Buch unter meinen verschränkten Armen, sorgsam darauf bedacht, den Titel zu verdecken, und ging in Richtung Kasse, wo auch schon die anderen Bücher auf mich warteten.

Sam war mir dicht auf den Fersen. Augenrollend wandte ich mich wieder zur Verkäuferin, die mir aufmunternd zunickte und das Buch einscannte. Sie reichte mir, nachdem ich bezahlt hatte, eine große Packpapiertüte über den Tresen.

Sam nahm mir wie selbstverständlich die Tüte aus den Armen und hielt mir gleich darauf die Tür auf: »Nach dir.«

Wir schlenderten noch eine Weile die Straße entlang und blieben vor einem Juwelier stehen. Sam hatte kein weiteres Wort mit mir gewechselt und schien es dabei zu belassen, still in sich hineinzugrinsen. Mein Blick wanderte wieder ins Schaufenster. Ein kleines silbernes Kreuz hing dort an einer schwarzen Büste und glänzte auffällig in der Sonne.

Hm, Ray hatte mir nie offenbart, ob Kreuze tatsächlich gegen Vampire wirksam waren. Silber war es insofern, dass es einen Blutsauger zwar nicht verletzte, aber festhalten konnte. Durch meine bisherige Erfahrung hatte ich mittlerweile folgende Dinge gelernt: Knoblauch schreckte nicht ab, denn James war überraschenderweise ein großer Fan von Aioli. Der klassische Holzpfahl funktionierte, sonst hätte James nicht so große Sorgen gehabt, dass die Kugel, die Ray für mich abgefangen hatte, aus Holz hätte sein können. Zwar hatte Adam mir eröffnet, dass Weihwasser ihnen schaden konnte, wenn es von einem gläubigen Priester geweiht worden war, von silbernen Kreuzen hatte er jedoch nichts erzählt.

Ich dachte zurück an Taylors versuchten Angriff auf mich nach dem Disneyland-Drama und entschied, dass es zumindest einen Versuch wert war, immerhin hatten Taylors Handschellen aus Silberlegierung es auf unangenehme Weise erfolgreich geschafft, Ray und mich aneinanderzuketten.

»Bist du wirklich so naiv zu glauben, dass das funktionieren könnte?«, fragte Sam mich.

»Ein Stück Silber um meinen Hals könnte mich vor Bissen schützen.«

»Da müsstest du schon eine silberne Halskrause tragen«, murmelte Sam.

Eine kleine Glocke läutete, als wir den Laden betraten, und ein älterer Herr kam aus dem Hinterzimmer hinter den Tresen. »Was kann ich für Sie tun?«, fragte er neugierig und ließ seine Hände über die Waren schweifen.

»Ich interessiere mich für das kleine Kreuz im Schaufenster, das silberne«, sagte ich schnell und der alte Mann lächelte wissend.

»Dann wollen wir mal.« Bedächtig ging er zum Schaufenster und öffnete die Verriegelung. Nur ein paar Minuten später lag das kleine Kreuz auf meiner Haut und glitzerte in der Sonne.

»Ich nehme an, der Herr wird das bezahlen?«, fragte der alte Verkäufer mit Blick auf Sam und ich schüttelte vehement den Kopf.

»Wir sind nicht ... Er ist nicht ... Ich zahle das«, stotterte ich, als Sam auflachte. »Ja, Schatz, tut mir leid, ich fürchte, du musst heute selbst zahlen.«

Bis vor ein paar Wochen hätte ich mir gewünscht, wir könnten als Paar durchgehen. Wie schnell sich so etwas änderte. Sam war ein attraktiver Mann und bis auf kleinere Seitenkommentare machte er einen wirklich guten Job als Bodyguard. Er ließ seinen Blick aufmerksam über jeden gleiten, der an uns vorbeiging, und lief immer so neben mir, dass ich von den meisten Passanten abgeschirmt war.

Mittlerweile entspannte ich mich in seiner Anwesenheit. Auch wenn ich nicht umhinkam ihn vornehmlich immer noch als Kommilitonen statt als Bodyguard wahrzunehmen, denn er sah nicht so aus, als wäre er in der Lage, es mit einem Vampir oder einem muskulösen Angreifer aufnehmen.

Warum also sollte Ray ihn als Personenschützer anheuern? Vielleicht war er stärker, als er aussah?

Ich kniff die Augen zusammen, konnte es mir aber beim besten Willen nicht vorstellen. Er räusperte sich und mir wurde auf einen

Schlag klar, dass ich ihn angestarrt hatte. Wortlos und beschämt wandte ich mich ab. Wenn ich weiterhin durchgehend rot anlief, konnte ich es vielleicht als Sonnenbrand abtun.

Da ich noch etwas Zeit hatte, bevor die Sonne unterging, beschloss ich, im Zuge meiner Schocktherapie, mich in ein kleines Café zu setzen und so viel wie möglich von dem Vampirbuch lesen. Wenn ich las, konnte ich mich immerhin nicht mehr vor Sam blamieren. Wir saßen an einem der kleinen runden Tische und Sam verstaute meine Einkäufe neben mir, ehe er mich fragte: »Wie trinkst du deinen Kaffee?«

»Schwanz«, antwortete ich. Moment mal, was hatte ich gerade gesagt? »Schwarz«, korrigierte ich mich laut und meine Stimme war um ein paar Oktaven nach oben geschnellt.

Sam bekam einen Lachanfall. Meine Wangen glühten und ich biss mir auf die Lippe.

»Ein Königreich für deine Gedanken, Holly«, brachte er zwischen zwei Lachsalven hervor. Wenn er gewusst hätte, dass ich für Ray manchmal *Barbie Girl* in Dauerschleife laufen ließ, um ihn aus meinem Kopf zu vertreiben, hätte er sich das vermutlich nicht gewünscht.

»Ich bin mir nicht sicher, ob sie hier ein Getränk nach deinem Geschmack haben«, rief er immer noch lachend aus der Schlange, während ich im Erdboden versinken wollte. Kurze Zeit später stellte er jedoch zwei dampfende Becher Kaffee auf den Tisch. »Tut mir leid, er ist leider nur schwarz«, kicherte er und ließ sich auf einen Stuhl fallen.

Warum konnte ich nicht einfach die Zeit zurückdrehen?

»Aber ich kann dir ein Stäbchen zum Umrühren anbieten.« Anzüglich wackelte er mit den Augenbrauen. Mit einem zuckersüßen Lächeln nahm ich den dargebotenen Holzstab entgegen und brach ihn vor seinen Augen entzwei. Damit war das Thema erledigt.

Ich vergrub mich so tief es ging in mein Buch. Zurück zum Plan:

Je weniger ich sprach, desto weniger Schaden konnte ich anrichten, und je schneller ich das Buch ausgelesen hatte, desto schneller konnte ich es unauffällig loswerden.

Das ungute Gefühl, dass ich es sowieso nicht geheim halten könnte und Ray oder Taylor bei der nächsten Gelegenheit geiernd das Buch in den Händen halten würden, kroch mir den Nacken empor. Möglicherweise würde Sam ihnen von meinen Einkäufen berichten, ganz zu schweigen von meinen Kaffeevorlieben und Versprechern.

Ich las das erste Kapitel. Dann das zweite. Und letztendlich war ich schon nach kurzer Zeit tief in meiner Lektüre versunken. Als ein Kellner an unseren Tisch stieß, schreckte ich orientierungslos hoch. Er entschuldigte sich und fragte ungeduldig, ob wir noch etwas wünschten.

Panisch ließ ich meinen Blick zur Uhr wandern, es war bereits acht, die Vampire waren sicherlich seit einer Stunde auf den Beinen!

»Sam, warum hast du nichts gesagt? Es ist schon längst Nacht?!«, kreischte ich und stand erschrocken auf.

»Ich habe Taylor gesagt, wo wir sind, keine Sorge. Außerdem finde ich es klasse, dafür bezahlt zu werden, einer Frau beim Pornolesen zuzugucken.«

Auch wenn mir eine spitze Erwiderung auf der Zunge lag, ignorierte ich den letzten Kommentar. Ich hatte dringendere Probleme. Denn Taylor war definitiv nicht Ray und Letzterer wäre von meinem Verschwinden aus dem Hotel sicherlich nicht begeistert. Auch wenn ich mit seinem Bodyguard unterwegs war. Ich drückte dem Kellner rasch etwas Geld für den Kaffee in die Hand, vermutlich mit einem riesigen Trinkgeld, schnappte meine Tüte und stürzte auf die Straße.

»Beruhig dich, es gibt keinen Grund zur Eile«, rief mir Sam hinterher, doch ich hörte nicht zu. Mit langen Schritten lief ich zurück zum Hotel. Während ich keuchte, schien Sam mühelos mitzuhalten und nicht mal außer Atem zu geraten.

Vor dem Hoteleingang kampierten schon wieder sämtliche Fotografen der Gegend und ich fluchte leise. Ich musste also den langen Weg zur Rückseite des Hotels gehen.

»Okay, wir müssen uns beeilen, sonst bemerken sie uns noch. Sorry, Holly, das muss jetzt sein.« Sam hob mich in seine Arme und bugsierte mich durch eine Abkürzung unbemerkt zum Hintereingang. Mein Gewicht schien ihm nichts auszumachen und er war wirklich schnell. Schneller als ein normaler Mensch jedenfalls, wie ich stirnrunzelnd zur Kenntnis nahm. So dicht an ihn gepresst zu sein störte mich, doch ich biss mir auf die Lippen. Wie er gesagt hatte: Es musste sein.

Als wir an der kleinen blauen Hintertür ankamen, ließ er mich runter und ich versuchte mein abermals rotes Gesicht zu verbergen. Ich läutete an der kleinen Klingel und ein fröhlich lächelnder Concierge öffnete mir die Tür.

In der Lobby begrüßte mich auch schon Mr Miesepetrig persönlich. »Wo zur Hölle warst du? Dir hätte sonst was passieren können!«, polterte Ray los.

Ein paar Köpfe wandten sich bereits zu uns um.

»Beruhige dich, Ray. Ich wollte nur meine Angst vor Schießereien auskurieren. Sam hat auf mich aufgepasst. Er hat gesagt, er wäre dein Bodyguard«, entgegnete ich, war aber doch geschmeichelt, dass Ray sich überhaupt Sorgen um mich gemacht hatte. So weit war es mit mir schon gekommen.

Sein Blick wurde weicher und er senkte seine Stimme etwas. »Immerhin warst du nicht alleine da draußen, ich wusste nicht mal, dass Sam bereits da ist. Trotzdem hast du mich gefälligst um Erlaubnis zu fragen. Du begleitest sie einfach so? Ohne auf meine Anweisungen zu warten?«, fauchte er Sam an, ehe er sich wieder an mich wandte. »Was wolltest du überhaupt da draußen?«

Ich kniff die Augen zusammen, ich konnte es gar nicht leiden, wenn er so einen Befehlston draufhatte. Sam dagegen zuckte nur mit den Schultern und sah zwischen uns hin und her.

»Jawohl, Oberfeldwebel Sorin, ich werde nächstes Mal für immer in deinem goldenen Käfig hocken bleiben. Ich finde, Sam hat sehr gut auf mich aufgepasst, und es ist ja nichts passiert. Wir haben das schöne Wetter genossen, was mit dir nun mal nicht geht. Sonnenbaden ist ja mit dir eher Grillen und du bist der Erste, der gut durch ist. Außerdem habe ich mir ein paar Bücher gekauft, kein Grund zur Panik«, sagte ich und schwenkte die braune Packpapiertüte.

Sam hinter mir prustete los.

»Ich müsste nur ein einziges Mal ausholen und dein Sam würde eine Sekunde später am Boden liegen und sich nicht mehr rühren. Gib mir zehn Minuten und ich mache Hundefutter aus ihm«, erwiderte Ray gereizt und seine Augen wurden schmal.

»Grillzeit, schon vergessen? Es war Tag, Vampire schlafen am Tag«, erklärte ich und verschränkte die Arme vor meiner Brust.

»Guck mal auf die Uhr, Prinzessin, die Sonne ist vor zwei Stunden untergegangen und Vampire sind wieder wach, nicht nur die guten, sondern auch die bösen und du hängst mit so einem Schwächling ganz alleine da draußen rum!« Er war mir mit jedem Wort nähergekommen. Sein Atem kitzelte mich an der Nasenspitze und sein Blick wurde wieder weicher.

»Also, ich lasse mich nicht gerne Schwächling nennen«, mischte sich Sam ein. »Außerdem weißt du genau, ich kann auch einem Vampir, der nicht gerade so alt ist wie du, den Hintern versohlen. Ich habe dein Mädchen bewacht wie ein Schießhund!«

Doch Ray würdigte Sam keines Blickes mehr und verharrte immer noch direkt vor mir. »Tu. Das. Nie. Wieder. Ich dachte, dir wäre etwas zugestoßen«, sagte er und schien von seinen Worten selbst überrascht.

Angesichts seiner Nähe hatte ich Mühe, meine Reserviertheit

ihm gegenüber aufrechtzuerhalten. »Dann kannst du dich ja jetzt wieder beruhigen. Sam hat Taylor gesagt, wo wir sind. Es ist nicht meine Schuld, wenn eure Kommunikation zu wünschen übrig lässt«, antwortete ich patzig und schob mich an Ray vorbei, um meine neuen Schätze auf mein Zimmer zu bringen. Doch er packte mich am Handgelenk und hielt mich auf.

»Du hast zwanzig Minuten, ein paar Sachen für zwei Tage zusammenzupacken, dann treffen wir uns wieder hier in der Lobby. Wir werden unsere Beziehung jetzt öffentlich machen, da du wieder fit zu sein scheinst.«

Ich sah ihn überrascht an.

»Ich muss zwei Tage alleine nach New York und werde dich mitnehmen, damit du nicht mehr herumstromerst und dich unnötig in Gefahr begibst. Sam wird nachreisen und die strikte Anweisung haben, dich tagsüber nicht aus den Augen zu lassen.«

Mit einem Schnauben entfuhr mir: »Ich war nicht alleine!«, und wirbelte auf dem Absatz herum.

»Ray, sie war sicher bei mir«, setzte Sam abermals an und diesmal widmete Ray ihm seine Aufmerksamkeit.

»Das mag sein, trotzdem darf ihr nichts geschehen und ich traue niemandem außer mir selbst, sie angemessen zu beschützen.«

»Autsch, ich glaube, ich muss mich mal wieder mit dir anlegen, wenn du so wenig Vertrauen in meine Fähigkeiten hast«, erwiderte Sam.

»Hunde, die bellen, beißen nicht. Mach einfach deinen Job. Ich fordere dich so selten an, da erwarte ich zumindest für die Zeit, in der ich dich brauche, etwas Disziplin«, fauchte Ray zurück, aber ich spürte, dass er sich beruhigt hatte.

Mit der Versuchung ringend, ihnen noch eine Weile zuzuhören, huschte ich dann aber doch auf mein Zimmer und packte meine Sachen zusammen. Ein Lächeln umspielte meine Lippen. Ich allein mit Ray! Doch eine Sekunde später schalt ich mich wieder. Ich wollte doch versuchen meine Gefühle im Zaum zu halten. Auf keinen Fall wollte ich noch mehr Gefühle für ihn entwickeln. Immerhin gab es zwei Dinge, die dagegensprachen: Erstens die kurze verbleibende Zeit plus die Tatsache, dass ich ihn anschließend vermutlich nie wiedersehen würde. Zweitens ein Paar viel zu spitzer Eckzähne. Das klappte ja großartig, vermutlich würde das Ganze reibungsloser verlaufen, wenn mein Herz nicht ständig mein Hirn sabotieren würde. Als hätte man eine Schraube locker und wüsste ganz genau, wer sie rausgedreht hatte.

Kapitel 3

Der Whiskey war schuld

Eine Stunde später polterte ich prustend mit meinem Koffer im Schlepptau in die Lobby. »Schneller ging es nicht«, keuchte ich.

»Du bist einen Hauch zu langsam«, erwiderte Ray und schürzte die Lippen.

»Du hättest mir auch einfach früher Bescheid sagen können, dann hätte ich mehr Zeit zum Packen gehabt!«, fauchte ich, woraufhin er nur grinste und mich in die wartende Limousine winkte.

Der Weg zu dem kleinen privaten Flughafen, bei dem wir abgesetzt werden sollten, war kurz und schon bald fuhren wir auf ein Rollfeld, auf dem ein kleiner weißer Jet stand. Weit und breit fand sich keine andere Menschenseele. Bis auf einen Mann in Uniform, der uns die Koffer abnahm und anwies Platz zu nehmen. Ich streckte den Kopf unbeholfen durch die schmale Luke in die Maschine und mir verschlug es die Sprache. Wenn ich geglaubt hatte, die erste Klasse auf dem Hinflug wäre das Höchste der Gefühle gewesen, hatte ich mich getäuscht. Dieser Privatjet stellte alles in den Schatten.

Mehrere Mahagonitische wurden von hellen Ledersesseln und -bänken umgeben, die mindestens doppelt so einladend aussahen wie die Luxussitze auf unserem letzten Flug. Der weiche marineblaue Teppich unter meinen Füßen bildete einen Kontrast zu der eierschalenfarbenen Wandverkleidung, die Gold akzentuiert war. Das Highlight stellte jedoch die offene Bar dar, die sich am Ende des Flugzeugs befand und zahlreiche glitzernde Flaschen enthielt. Ich hoffte inständig, dass nicht alle mit Blut, sondern zumindest ein paar mit trinkbareren Köstlichkeiten gefüllt waren.

Alles mutete wie eine luxuriöse Lounge an, hätte die Form nicht verraten, dass es sich trotz allem um nichts anderes als eine fliegende Sardinenbüchse handelte. Eine extravagante Sardinenbüchse zwar, aber letztendlich änderte das auch nichts an der Tatsache, dass diese dünne Metallwand das Einzige war, was zwischen mir und über zehn Kilometern freiem Fall stand. Immerhin würde ich dann glamourös sterben, auch wenn ich mir vielleicht andere Gesellschaft ausgesucht hätte, denn immerhin gab es genug freie Plätze.

Wie schon auf dem letzten Flug lag meine Gedankenwelt dank des Blutlinks, den wir bereits in der Limousine vollführt hatten, für Ray so offen da wie seine eigene. Ein einziger Tropfen meines Blutes und mein Kopf verwandelte sich für ihn in *Holly-TV: 24/7*, schlechte Unterhaltung und unpassende Ideen. George Orwell wäre vor Neid erblasst.

Ich verstand noch nicht so ganz, wieso der Blutlink bei einem Privatjet überhaupt nötig war, doch Ray hatte nur kryptisch irgendwas von Sicherheit des Bodenpersonals gemurmelt.

»Aber wir fliegen doch gar nicht tagsüber. Außerdem ist es dein Flugzeug, da bestimmst du doch die Regeln, oder etwa nicht?«

»Letztendlich ist es ein Vampirflug, das Sicherheitspersonal besteht darauf, dass jeder Mensch auf einem als Vampirflug deklarierten Flug gelinkt ist.«

Man gewöhnte sich ja an vieles, aber ich war mir in einem Punkt ziemlich sicher: Permanente Gedankenüberwachung gehörte nicht dazu.

Der Mann, der unsere Koffer entgegengenommen hatte, war unterdessen hinter mir ins Flugzeug gestiegen und stellte sich als der Pilot vor. Ich mustere ihn kritisch und befand, dass er vertrauenswürdig und erfahren aussah. Allerdings beruhigte mich das nur geringfügig.

Einige tiefe Atemzüge später verschloss Ray, der nun ebenfalls ins Flugzeug gestiegen war, mit geübten Handgriffen die Tür hinter uns. Für ihn war das alles reine Routine. Ich ging mit bereits wackeligen Beinen zu einem der Ledersessel und ließ mich hineinfallen.

Ray ließ sich mir gegenüber nieder und beobachtete mich genau. »Du hast wieder Angst.«

Ich nickte und verzichtete darauf, ihn zu belehren sich gefälligst aus meinem Kopf rauszuhalten. »Wie wäre es damit: Wir machen uns erst mal zwei, drei Drinks. Du siehst nämlich so aus, als könntest du einen Beruhigungstrunk vertragen«, sagte er und stand auf, obwohl sich das Flugzeug bereits aufs Rollfeld bewegte, um seinen Vorschlag in die Tat umzusetzen. Ich rutschte unruhig auf meinem Sitz hin und her, bis er mir ein Glas mit braungoldener Flüssigkeit in die Hand drückte.

»Was ist das?« Misstrauisch starrte ich auf den fragwürdigen Inhalt.

»Die einzige magische Flüssigkeit, die ich dir neben meinem Blut anbieten kann – Whiskey«, schmunzelte er und genehmigte sich einen tiefen Schluck, ehe er sich wieder in seinen Sessel fallen ließ.

»Die Frage, ob du schon Mitglied im *Mile High Club* bist, ist vermutlich überflüssig?«, fragte er dennoch und sah mich über den Rand seines Glases hinweg an.

Ich runzelte die Stirn. »Was ist der *Mile High Club*?«, fragte ich zurück, beäugte ihn neugierig und nahm einen großen Schluck aus meinem Glas. Schnell erkannte ich den Grund, warum meine Eltern Whiskey verteufelt hatten. Der Alkohol brannte in meiner Mundhöhle. Allerdings war das nicht der Grund, warum ich das Gesicht verzog. Wir würden in nur wenigen Augenblicken starten und ich verkrampfte mich.

Ray seufzte, eher er antwortete. »Das ist der inoffizielle Club der Menschen, die während eines Fluges schon mal Sex hatten.«

Perplex atmete ich tief ein, wodurch ich den Whiskey plötzlich in der Luftröhre hatte. Ich hustete und meine Augen fingen an zu tränen. Flüssiges Feuer züngelte die empfindliche Schleimhaut hinunter. Prustend schnappte ich nach Luft und versuchte das Brennen in meinem Hals in den Griff zu bekommen.

Ray war wieder aufgestanden und klopfte mir gönnerhaft auf den Rücken. Ich hörte ihn leise lachen. »War ja klar, die Reaktion.«

»Warum hast du mich dann nicht zuerst runterschlucken lassen?! Zählt so etwas nicht als Körperverletzung?«, fragte ich keuchend zwischen zwei Hustensalven.

»Du solltest mal hören, was du so von dir gibst«, erwiderte er grinsend und setzte sich wieder, nachdem mein Husten abgeklungen war. »Wenn ich nicht direkt in deinem Kopf sehen könnte, wie unschuldig du bist, würde ich denken, dass du mir solche Vorlagen absichtlich lieferst. Aber immerhin hat es dich vom Start abgelenkt.«

Ich riskierte einen kurzen Blick aus dem Fenster, vor dem schneeweiße Wattewolken vorbeizogen, ehe ich ihn finster anfunkelte und die ersten paar Töne von *Macarena* in meinem Hirn anstimmte. Ray verzog das Gesicht.

»Für einen tausend Jahre alten Vampir verhältst du dich oft ziemlich pubertär«, sagte ich und nahm noch einen Schluck. Diesmal stürzte ich ihn aber so schnell es ging hinunter, nur für den Fall, dass er mich noch einmal mit einer seiner Aussagen kalt erwischte. Ich kniff die Augen zusammen, denn der viel zu starke Whiskey brannte mir immer noch in der Kehle.

Ray prostete mir zu, ehe er einen weiteren Schluck von seinem eigenen Glas nahm. »Du bist noch kein bisschen ruhiger geworden. Wirst du den Flug überstehen? Er wird nicht so lang wie der letzte«, sagte er und ich glaubte eine besorgte Miene über sein Gesicht huschen zu sehen.

»Jaja, wird schon gehen«, erwiderte ich unsicher und krallte meine Nägel in die Sitzlehnen, als das Flugzeug eine winzige Turbulenz durchflog. Meine Fingerknöchel wurden weiß.

»Sicher? Ich könnte dich weiter ablenken.« Er beugte sich vor und seine Finger hoben mein Kinn an, sodass ich nicht anders konnte, als ihm in die Augen zu sehen. »Wir sind schließlich ganz alleine hier«, sagte er, begleitet von einer ausschweifenden Geste zum leeren Kabineninneren. Seine Stimme war süß und verführerisch wie Honig. Nein, seine Stimme war sogar so verführerisch wie eine ganze Wagenladung Nutella ohne Kalorien. Honig reichte nicht mal ansatzweise an dieses Niveau heran.

Ich schluckte und krallte mich noch fester in die Sessellehne, bevor ich hier und jetzt die kombinierte Todsünde aus Lust und Völlerei begehen konnte.

»Es geht schon«, brachte ich irgendwie hervor, aber meine Stimme klang heiser und ziemlich rau. Ich erkannte sie selbst nicht wieder und räusperte mich.

Ray lehnte sich zurück in seinen Sessel. »Na, wenn das so ist«, sagte er und jetzt hatte sein Lächeln etwas Diabolisches. Er hatte das Verlangen in meinen Augen gesehen und spielte mit mir wie ein Fuchs mit einem hilflosen Küken. Aber ich würde nicht einfach so nachgeben.

Nachdem ich den restlichen Inhalt meines Glases in einem Zug geleert hatte, überlegte ich fieberhaft, wie lange ich meine eiserne Willenskraft aufrechterhalten konnte. »Etwa zweieinhalb Stunden«, sagte Ray und musterte mich mit belustigter Miene.

»Raus aus meinem Kopf, sonst schmeiß ich dein ganz persönliches Radio des Grauens wieder an! Vielleicht stehst du ja auf *Crazy Frog*?« Meine Eingeweide verknoteten sich. Scheiße. Wir würden zweieinhalb Stunden fliegen?! Bemüht das Gespräch in andere Bahnen zu lenken, fragte ich: »Wie hast du Sam eigentlich kennengelernt?«

Ray lachte. »Seine Familie ist sehr eng mit den Sorins verbunden und sie dienen uns seit Jahrhunderten. Er ist schon länger mein Bodyguard, aber nachdem sich die Vampire der Welt offenbart haben, brauche ich ihn kaum noch. Aber eure Kennenlerngeschichte erscheint mir viel interessanter«, hakte er nach und sah mich mit hochgezogenen Augenbrauen an.

»Nun, er studiert mit mir Kunst. Er hat dasselbe Seminar belegt.«

»Und du hattest eine Schwäche für ihn«, stellte Ray mit einem forschenden Blick fest. War das etwa Eifersucht? »Er war der Kerl, von dem du gesprochen hast, als ich dich neulich gefragt habe, ob es einen Mann in deinem Leben gibt.«

»Das habe ich so nie gesagt! Seitdem hat sich auch so einiges verändert«, verteidigte ich mich vehement und versuchte meine letzten Worte mysteriös klingen zu lassen, während ich noch einen beherzten Schluck aus meinem Glas nahm und ein geistiges Taylor-Swift-Medley anstimmte.

»Dein Herz rast.« Er beobachtete mich prüfend und reagierte nicht auf die DJ-Künste meines Gehirns. »Liegt das an Sam?«

»Liegt vielleicht an der Situation«, entgegnete ich kryptisch und konzentrierte mich auf die Wolken, die am Fenster vorbeizogen.

Ich musste wohl härtere Seiten aufziehen und zwang mich an das langweilige Fischzuchtmagazin zu denken, was mir meine Tante Anne zum 16. Geburtstag geschenkt hatte, obwohl ich nicht mal ein Aquarium besaß. Die Zeitschrift hatte so lange auf dem Gästeklo meiner Eltern gelegen, dass ich sie beinahe auswendig kannte. Alles war besser, als Ray noch mehr Munition zu geben. Im Krieg und in der Liebe war schließlich alles erlaubt – auch zu Tode langweilen.

Doch Ray hatte andere Pläne. »Dein Herz rast auch, wenn ich deine Hand nehme, und manchmal sogar, wenn ich dich nur ansehe.«

Ich biss mir auf die Lippen, als ich bemerkte, dass sein kritischer Blick noch immer auf mir ruhte.

Die Sekunden verstrichen.

Diskusfische sind eigentlich mega interessant, meinst du nicht? Mühselig versuchte ich meine Gedanken wieder auf die Fischzucht zu lenken, bevor Ray zu einem erneuten Angriff übergehen konnte, doch es wollte mir nicht recht gelingen. Mein Hirn wanderte stets in die abgesperrten Bereiche und stieg über das mentale Absperrband hinweg direkt in die emotionale Zone, wo der Sturm wogte, den ich mein Gefühlsleben nannte.

Ich schüttelte den Kopf und gab auf. Als ich Blickkontakt herstellte, funkelten Rays eisblaue Augen verführerisch unter seinen langen Wimpern.

»Glaubst du, mir gefällt das? Ich wünschte doch auch, es wäre nicht so! Ich kann meine Gefühle eben nicht so gut kontrollieren, wie ich es mir wünschen würde! Jetzt lass mich in Ruhe«, platzte es aus mir heraus und ich senkte sofort wieder den Blick.

Stille kehrte ein. Ray griff ein paar Augenblicke später in eines der Fächer unter dem Tisch und förderte eine Zeitung zutage. »Wenn du keine Ablenkung brauchst, dann kann ich ja lesen«, sagte er, warf mir einen zweifelnden Blick zu und ging nicht auf meine Worte ein.

»Ja klar, kein Problem«, fauchte ich und wühlte meinerseits im Handgepäck herum, bis mir das Vampirbuch in die Hände fiel. Ich schlug es auf der Seite auf, bei der ich glaubte stehengeblieben zu sein.

Ray sah mich durchdringend an, es sah so aus, als hadere er mit sich selbst, sagte aber nichts.

Schnell versank ich in meiner Lektüre und vergaß sogar, dass ich mich in einer fliegenden Sardinenbüchse befand. Auch der Alkohol, den ich in unregelmäßigen Abstanden in mich hineinkippte, half dabei, mir ein Gefühl von Unbeschwertheit zu vermitteln. Ich wippte mit dem Fuß im Takt zur Melodie von *Über den Wolken* und hatte mich mit der Situation arrangiert. Dann wurde ich dadurch unterbrochen, dass sich ein Finger auf mein Buch senkte und mich zwang es in den Schoß legen.

Der Blick, den Ray mir schenkte, war atemberaubend. »Was liest du da deiner Meinung nach?«, fragte er und hatte wieder sein verführerisches Lächeln aufgesetzt.

»Ein Vampirbuch«, antwortete ich ausweichend und machte Anstalten, das Buch wieder zu heben, doch Ray war bereits aufgestanden und stand direkt hinter mir. Sein kühler Atem strich mir über die Wange. Er stand viel zu dicht. Mein Herzschlag und meine Atmung beschlossen ihre Frequenz schlagartig zu erhöhen und das Buch zitterte in meinen Händen. Mein Puls hämmerte so laut in meinen Ohren, dass ich kaum noch etwas anderes wahrnahm.

»Ich bilde mich nur ein wenig«, setzte ich an, doch meine Stimme kam nur kratzig aus meinem Hals, was mich schnell verstummen ließ.

»Also in deinen Gedanken hat sich das eher wie ein Porno gelesen«, flüsterte Ray mir ins Ohr und seine Unterlippe streifte mein Ohrläppchen. Ich widerstand dem Drang aufzuspringen, auch wenn meine Nackenhaare das bereits getan hatten. Mein Kopf war wie leergefegt, was ja auch etwas Gutes hatte. Leider hielt dieser Zustand nicht lange an.

»Sam hat mir schon gesagt, du hast anscheinend ein paar schmutzige Vorlieben. Wenn du dich fortbilden willst, wären Praxisstunden nicht viel besser geeignet?«, säuselte er weiter und ich musste mich darauf konzentrieren, nicht in Ohnmacht zu fallen.

Was machte dieser Typ nur mit mir? Ich hatte einen Mann noch nie so sehr gewollt und gleichzeitig gewünscht, er würde dahin gehen, wo der Pfeffer wächst. Ich war jedes Mal, sobald er auch nur ein kleines bisschen mit mir flirtete, kurz davor, alle meine Prinzipien über Bord zu werfen und ihm mit gespreizten Beinen entgegenzuspringen, ehe mein Verstand wieder einsetzte und mich davon abhielt.

Er veränderte mich und ich erkannte mich selbst nicht wieder. In seiner Gegenwart fühlte ich mich nicht nur sicher, sondern auch selbstbewusster und stärker. Er beschützte mich und so konnte ich ungeahnte Charakterzüge von mir entdecken, die sonst nicht zutage traten, auch wenn sie immer noch unbeholfen und verkümmert wirkten. Ich konnte einfach ich selbst sein und es war unmöglich zu leugnen, dass Ray und die anderen mir guttaten. Wenn ich an unsere erste Begegnung zurückdachte, bei der ich ihn noch total bescheuert fand ...

»So ist das also? Du fandest mich total bescheuert?«

»Äh, das tut jetzt nichts zur Sache, das wusstest du eh schon längst und ...«, machte ich und verfluchte mich dafür, den Mund schon geöffnet zu haben, bevor ich drüber nachgedacht hatte, was ich eigentlich sagen wollte. »Ich brauche keine Praxisstunden! So eine Frau bin ich nicht! Raus aus meinem Kopf!«, schloss ich dann, aber meine Stimme klang nicht besonders überzeugend.

»Entschuldige, es ist einfach zu verlockend. Was für eine Frau bist du denn?« Er rührte sich keinen Millimeter und seine Stimme umwaberte mich wie eine dunkle, aber dennoch verführerische Nebelschwade.

»Ich bin nicht der Typ für One-Night-Stands«, nuschelte ich und wollte aufstehen, doch meine Beine versagten mir den Dienst. Ob das jetzt an der Situation oder an meinem mittlerweile beträchtlichen Alkoholpegel lag, konnte ich nicht sagen.

»Wer hat denn von einem One-Night-Stand gesprochen?«

»Auch nicht für Two-Night-Stands«, setzte ich an und rutschte unruhig hin und her. Ray sah mich mit einer hochgezogenen Augenbraue an. Er war wieder um meinen Sessel stolziert und setzte sich in seinen, ehe er nach seinem Whiskeyglas griff. Er blickte unergründlich in die Tiefen seines Glases, während er den Alkohol schwenkte. Eine etwas unangenehme Stille machte sich zwischen uns breit, aber ich wusste nicht, wie ich sie brechen sollte. Deshalb befand ich, dass es Zeit für mein nächstes Glas war, um mich auf andere Gedanken zu bringen.

»Holly, überleg doch mal, wenn es ein One-Night-Stand wäre,

dann wäre das doch unklug geplant, danach noch mindestens drei Wochen mit dir verbringen zu müssen, oder? Außerdem stecken wir jetzt in einer Beziehung, da wäre das doch nur angemessen, zumindest zu prüfen, ob wir in der Horizontalen genauso kompatibel sind wie in der Vertikalen.« Ray hob ruckartig den Kopf, um meinen Blick einzufangen. Seine eisblauen Augen schienen mich geradezu einzusaugen.

»Äh, Fake-Beziehung. Außerdem, seit wann sind wir denn in der Vertikalen kompatibel? Wir diskutieren ständig über irgendwelchen Kleinkram. Eigentlich sind wir sogar schlimmer als Ernie und Bert«, lallte ich und in meiner Stimme lag Bitterkeit, ich musste mich wohl verhört haben. Wollte er etwa andeuten, dass er mehr wollte, als mich ins Bett zu kriegen oder unsere Abmachung durchzuspielen? »Du könntest mich auch einfach irgendwo sitzen lassen.«

»Nachdem ich live im Fernsehen zugesagt habe dir deinen Traum von den *Atlantis Awards* zu erfüllen? Nein ...« Er schüttelte den Kopf und fokussierte mich wieder mit einem hungrigen Ausdruck. »Ich finde, du bist ... interessant«, murmelte er und kniff die Augen zusammen, als würde er ein exotisches Tier begutachten, dabei war er meiner Meinung nach eindeutig der komischere Vogel im Raum. »Deswegen habe ich dich überhaupt mitgenommen.«

Ich wartete auf sein Lachen und die Erklärung, dass er nur einen weiteren Scherz auf meine Kosten gemacht hatte. Doch nichts dergleichen geschah, er sah mich nur fragend an.

»Was willst du von mir? Außer einem Schauspiel für die Presse? Schon mal daran gedacht, wie es mir dabei geht?«, fragte ich unsicher und wartete noch immer darauf, dass das Team der versteckten Kamera aus der Bordtoilette springen würde.

»Du hast selbst in die Abmachung eingewilligt. Was ich will? Wenn ich das wüsste. Manche Dinge lassen sich nicht so einfach erklären«, antwortete er und runzelte die Stirn, nachdem er sich wieder dem Whiskeyglas gewidmet hatte.

»Ja, aber ich hab nicht zu irgendwelchen … Sauereien eingewilligt! Wenn du vielleicht ein ganz normaler Kerl wärst, aber du bist ein Vampir …«, stammelte ich und verfluchte mein Gehirn dafür, dass es versuchte Gründe zu finden, sein Angebot auszuschlagen, obwohl ich es doch liebend gerne annehmen würde. Moral vs. Libido – ein Kampf zweier Mächte, die sich zumindest in meinem Leben noch nie gestritten hatten. Bis Ray aufgetaucht war.

»Sauereien ist ein Wort für sehr verklemmte Menschen. Was soll das heißen, wenn ich ein ganz normaler Kerl wäre? Bist du etwa rassistisch?«, fragte er und grinste.

Sämtliches Blut schien aus meinem Gesicht zu fließen, wodurch ich nun vermutlich mit seiner blassen Hautfarbe konkurrieren konnte. »Nein, ich …«, stammelte ich und er sah mich weiterhin erwartungsvoll an. »Ich liebe alle … Wesen, aber …«, versuchte ich mich zu retten.

»Hättest du bei Taylor Ja gesagt?«, fragte er und huschte erneut um mich herum wie eine Raubkatze.

»NEIN!«, protestierte ich vehement und ich sah ihn kaum merklich nicken. »Du bist nur so viel älter als ich …«

»Und ich dachte immer, Frauen auf stehen reifere Männer.«

»Ich glaube, das bezieht sich nur auf Männer mit einem Jahrgang nach 1950. Auch aus dem besten Wein wird irgendwann Essig«, fügte ich unsicher hinzu.

Ray schüttelte lachend den Kopf.

»Dann stell dir vor, ich bin so alt, wie ich aussehe. Also irgendwas um die fünfundzwanzig. Ich hör immer nur von dir, warum es nicht geht. Seien wir doch mal ehrlich, du findest mich attraktiv.«

»Ja, aber –«

»Du magst meinen Charakter.«

»Ja, manchmal. Aber –«

»Du bist schon längst in mich verliebt.«

»Ja, aber –«

Meine Augen wurden groß und ich schlug mir die Hände vor den Mund.

Ray fuhr sich mit der Hand durch die Haare. »Na ja, das musste vielleicht einfach mal gesagt werden.«

Ich war über meinen Anfall ungeschönter Ehrlichkeit so entsetzt, dass ich etwas brauchte, um kleinlaut zu fragen: »Bist du denn auch in mich verliebt?«

Er sah mich zunächst lange an, bevor er den Blick abwandte. »Tut das irgendwas zur Sache? Hilft es dir, wenn ich dir das sage? Für mich ist das nicht so wichtig, ich habe das zu weit über hundert Frauen in genauso vielen Jahrhunderten gesagt, es aber nie so gemeint. Ich bin leider nicht nur irgendein Vampir, sondern ein vistrescher Prinz und habe hart darum gekämpft, die Zwangsverlobung aufzuheben. Ich habe meine Freiheit gerade erst gewonnen und würde jede in Gefahr bringen, für die ich sie aufgebe.«

Ich senkte den Kopf. Ich wusste nicht, was ich erwartet oder wann ich den Punkt erreicht hatte, an dem aus Hass, Angst und Unsicherheit irgendwas in Richtung Liebe geworden war. Ich hatte gerade einem Blutsauger direkt ins Gesicht gesagt, dass ich ihn liebte. Das war sicherlich ein neuer Tiefpunkt in meinem Leben.

Ray beugte sich langsam nach vorne, während er seine Hände auf meinen Armlehnen abstützte. »Was ich aber weiß, ist, dass ich dich sehr, sehr glücklich machen könnte«, hauchte er mir entgegen und seine eisblauen Augen fixierten mich mit einem verführerischen Ausdruck.

»Ich bleibe lieber bei Schokolade als Glücklichmacher, danke.« Dennoch konnte ich ein Quieken nicht unterdrücken und versuchte es anschließend mit einem Husten zu überspielen. Warum verhielt ich mich in seiner Gegenwart wie ein Teenager, nicht wie eine erwachsene Frau?

»Gib mir zumindest eine Chance«, bat er.

»Drei Wochen, bis zu den *Atlantis Awards*!«, krächzte ich und versuchte ihn wieder an unsere Abmachung zu erinnern.

In seinem Blick lag etwas Trauriges, kurz bevor er noch näher kam und seine Lippen meine schon fast berührten. »Damit kann ich leben.«

Ich lehnte mich ein kleines Stück nach vorne, um die Lücke zwischen uns zu schließen, doch dann wanderte sein Blick zu meinem Dekolleté.

»Hast du das Kreuz wegen mir gekauft, weil du immer noch Angst hast, ich könnte dich beißen? Oder bist du jetzt doch unter die Religiösen gegangen?«

Er nahm das kleine Silberkreuz zwischen die Zähne, während es immer noch an meinem Hals hing, und sah dabei verboten sexy aus. Ich schluckte und grub meine Finger in meine Oberschenkel. Sein Atem roch nach einer angenehmen Mischung aus Pfefferminz und einer Spur Alkohol.

»Ich dachte, einen Versuch sei es wert«, kiekste ich und spezifizierte nicht genauer, ob ich das eine oder das andere meinte.

Er ließ das Kreuz zurück auf meine Brust gleiten, drückte seine Lippen sanft auf meine und ich versank erneut in einem seiner Küsse. Die Silberkette wandte sich gegen mich und schien auf meiner Haut zu brennen und mich an meine mangelnde Moral zu erinnern. Ob das Flattern der Schmetterlinge bald aufhören würde?

Entschlossen zog ich ihn zu mir heran und hieß seine Zunge, die an meine Lippen stieß, gierig willkommen. Verlangen kochte in mir hoch und ich feuerte ihn gedanklich an, nachdem seine Hände lange nicht mehr nur auf meinen Armlehnen ruhten.

Ray war atemberaubend, ich verlor mich so sehr in dem Kuss, dass ich beinahe vergaß überhaupt Luft zu holen. Keuchend löste ich mich von ihm. Tief sah ich ihm in die neckisch funkelnden Augen. Meine Lippen brannten und verlangten nach mehr, aber wenn ich jetzt nicht die Notbremse zog, würde der Zug über die nächste Klippe stürzen. Nächster Halt: *Mile High Club.*

»Dafür dass du so unschuldig bist, küsst du ziemlich gut. Außerdem hast du eine Wahnsinnswhiskeyfahne.«

»Ich werde jetzt aber trotzdem nicht mit dir in die Kiste springen! Außerdem ist hier immer noch keine Presse. Wir spielen unsere Abmachung nur für deinen Cinderella-PR-Gag durch!«, verteidigte ich mich, klang aber nicht sehr vehement.

Sein Grinsen wurde noch breiter. »Wir haben ja noch den Rückflug.«

Kapitel 4

Nackte Tatsachen

Als wir in New York landeten, schüttete es wie aus Eimern. Die Skyline verschwand hinter dichtem Nebel und ich hätte schwören können, dass die Außentemperatur nur ein paar Grad betrug. Mir war jedoch glühend heiß. Der Regen machte mir nichts aus, er schien ohnehin sofort auf meiner Haut zu verdampfen. Alkohol und Flugangst hatten mich zusammen mit Rays Charme so lange bearbeitet, bis ich nicht mehr wusste, wo oben und unten war. Doch da war auch etwas anderes, das wohlige Kribbeln, welches sich im Magen ausbreitete, wenn man frisch verliebt war. Ich redete mir ein, dass ich mich unter normalen Umständen niemals so hätte gehen lassen, aber mich die Situation eben dazu verleitet hatte.

Ray hielt mir seine Hand hin. »Miss Bane, Ihre Limousine wartet«, sagte er mit einer gespielten Verbeugung und süffisantem Unterton.

»Meine Beine sind aus Pudding«, stöhnte ich und versuchte mich aufzurappeln.

»Ich kann dich auch gerne wieder über meine Schulter werfen.«

»Nein danke, kein Bedarf!«, schmunzelte ich, als ich ins Innere des Wagens kletterte.

Die Limousine fuhr uns direkt vom Flughafen zu einem Hotel im Herzen von Manhattan. Auf dem Weg dorthin konnte ich das Chrysler Building sowie das Rockefeller Center sehen. Auch ein kleines Stück des Broadways fuhren wir entlang und ich konnte die beleuchteten Reklametafeln der Musicals bewundern. Ich fühlte mich wie eine Protagonistin aus *Sex and the City*.

Als wir die Einfahrt hinauffuhren, warteten dort schon die

Reporter, die ich am Flughafen vermisst hatte. Wir stellten uns dem Blitzlichtgewitter. Carrie Bradshaw wäre stolz auf mich gewesen. Ich schirmte meine Augen mit einer Hand ab und winkte unsicher mit der anderen, ehe Ray uns geschickt ins Innere des Gebäudes, einen komplett verglasten Wolkenkratzerkomplex mit vampirsicheren Bereichen, bugsierte.

Wir hatten endlich wieder ein Zimmer zusammen. Meine Beherrschung würde aufs Härteste geprüft werden. *Und führe mich nicht in Versuchung, sondern erlöse uns von dem Bösen,* betete ich sarkastisch. Statt im Paradies war ich direkt in der Hölle gelandet und meine verbotene Frucht hatte liebenswürdigerweise seine ganz eigene Schlange mitgebracht. Womit hatte ich das nur verdient?

Kopfschüttelnd betrachtete ich die Aussicht vor unserem Fenster. Ich konnte den gesamten Central Park überblicken, auch wenn dieser derzeit nass und nebelig war.

Ray trat hinter mich ans Fenster. Seine Hände wanderten an meiner Hüfte entlang und ein wohliger Schauer durchfuhr mich. Jede einzelne Berührung schien mir geisterhaft auf der Haut zu verweilen.

»Meinst du wirklich, das ist eine gute Idee?«, fragte ich und drehte mich zu ihm herum.

»Meinst du nicht, du solltest dir diese Frage selbst beantworten?«

Auf meiner Schulter schienen sich ein Engel und ein Teufel einen erbitterten Ringkampf zu liefern. Während der Engel irgendetwas von Moralvorstellungen brabbelte, lieferte der Teufel die besseren Punkte. Eines seiner Argumente ließ seine Hand gerade an meinen Po wandern und sah verboten scharf dabei aus.

»Ich glaube, ich kann das nicht«, sagte ich mit zusammengezogenen Augenbrauen.

»Was hält dich ab? Sei mal ehrlich, du willst es, das kann ich direkt in deinem Kopf sehen. Dich hält nur die Angst zurück, dass lauter verklemmte Menschen, die das hier gar nicht erfahren werden, schlecht über dich denken könnten.« Er grinste breit und ich verdrehte die Augen.

»Was mich abhält, ist, dass ich mich anscheinend in dich verknallt habe, meine Gefühle aber nicht erwidert werden«, entgegnete ich tonlos.

Ray sah mich lange an und in seinen Augen lag – Bedauern? Nein, es war mehr eine Art Sehnsucht. Er atmete tief ein und legte seine Lippen abermals auf meine, aber diesmal war es anders. Das war kein Kuss von jemandem, der einfach nur gefühllosen Sex haben wollte, sondern ein Kuss, in dem so viele Gefühle lagen, dass sie mich fast überwältigten. Unsicherheit, Selbstbestimmtheit, Verlangen, eine Spur von Zorn gegen sich selbst und tiefe Zuneigung, die sehr viel intensiver war als eine Fake-Beziehung bis zu den *Atlantis Awards*. Zumindest hoffte ich das.

Mein Rücken an das kühle Glas hinter mir gedrückt entfuhr mir ein verzweifeltes Stöhnen, als er seinen Arm um meine Hüfte schlang, um mich näher an sich zu ziehen. Unsere Körper aneinandergepresst wollte ich ihm zeigen, dass ich ihn verstand, und ich wollte mehr.

Doch plötzlich löste Ray seine Lippen von mir und ließ sie in einer brennenden Spur meinen Hals entlangwandern. Seine rohen Gefühle verschlugen mir den Atem und ich wollte nichts sehnlicher, als ihn erneut küssen. Mein enges Shirt rutschte unter seinen Fingern hoch, doch es war mir egal, ich wollte den Moralpredigten in meinem Kopf nur eine Weile mal nicht zuhören. Nur für fünf Minuten nicht!

Ich spürte seine Erregung, die hart gegen meinen Unterleib drückte, und fing den lodernden Blick ein, den er mir schenkte. Dieser Kerl raubte mir den Verstand und das Herz brach er mir vermutlich gleich dazu.

Schlimmer als jedes Zwei-für-eins-Angebot im Supermarkt. Vielleicht war es aber auch nur der Alkohol, zumindest redete ich mir das ein. Genau, der Whiskey war schuld.

Gerade als ich mich, zufrieden mit meiner Ausrede, ihm hingeben wollte, löste er sich abrupt von mir und sah mich verletzt an.

»Wirklich? Du willst den Alkohol als Ausrede vorschieben?«

Ich biss mir auf die Lippe, auf der zuvor noch seine gelegen hatte. Er ließ zwar mir die Wahl, doch ich würde für meine Entscheidung gradestehen müssen – ohne Ausreden, Rechtfertigungen oder einen fadenscheinigen Grund vorzuschieben. Angst flackerte in mir hoch, aber ich atmete tief ein und fasste neuen Mut.

Was hielt mich davon ab? Er hatte ja gesagt, dass es kein One-Night-Stand werden würde. Ewige Liebe konnte ich allerdings fairerweise auch nicht erwarten, immerhin würde ich längst ein Häufchen Staub sein, während er noch makellos schön war. Mein Kopf ratterte wie besessen, als ich mit mir kämpfte, um mich endlich von meinen moralischen Fesseln zu befreien. Auf einem Bauernhof im prüden Bayern mit prüden Eltern und prüden amerikanischen Wurzeln aufzuwachsen half nicht unbedingt dabei, sich sexuell zu entfalten.

War ich wirklich so weit? Ich wusste so gut wie nichts über den Kerl, kannte weder seine Lieblingsfarbe noch was für Hobbys er neben Bluttrinken, Flirten und Musikmachen sonst noch hatte.

Aber musste ich das wirklich alles wissen?

Allerdings: Was war mit Verhütung? Doch dann erinnerte ich mich an Taylors Erklärung.

»Da hat Taylor ausnahmsweise keinen Unsinn geredet. Es gibt keine Hybriden. Vampire können nur mit anderen Vampiren Kinder kriegen, aber das ist recht kompliziert«, erklärte Ray mit ruhiger Stimme.

Was war mit Geschlechtskrankheiten? Hatten nicht eigentlich alle Rockstars Geschlechtskrankheiten? Ich verzog das Gesicht.

»Vampire können weder Geschlechtskrankheiten bekommen, noch welche übertragen«, erwiderte er vehement und schüttelte irritiert den Kopf.

»Das einzig Gute an dem Blutlink ist, dass ich solche Fragen nicht laut stellen muss ...«

»Du sagst doch immer, ich soll mich aus deinem Kopf raushalten!«

Als ob er sich jemals daran gehalten hatte!

Einer seiner Fangzähne lugte über der Unterlippe hervor, als er sich daraufbiss. Mein Herz hämmerte bis in den Hals.

»Ich glaube, du bist noch nicht so weit. Kopf schlägt Herz, so wie es aussieht. Ich würde dich nie zu etwas zwingen, ich will das nur, wenn du es auch wirklich willst, ohne Ausreden, ohne geistige Moralpredigt und ohne Reue hinterher.«

Er klang nicht wütend oder frustriert, nur ruhig, obwohl ich eine Spur Traurigkeit in seinem Blick erkennen konnte. Ray ließ die Hände sinken, während ich meine Kiefer fest zusammenpresste. Als er einen Schritt zurücktrat, um sich von mir abzuwenden, traf ich eine Entscheidung und griff ihn fest am Handgelenk. »Bitte bleib hier.«

Unschlüssig sah er auf meine Finger hinab, bevor er mir einen weiteren fragenden Blick zuwarf und mich kritisch musterte.

Zur Hölle mit der Grüblerei! Ich würde es mir erlauben, einfach mal meinen Gefühlen freien Lauf zu lassen. Mit den Konsequenzen konnte ich mich später befassen.

Ich wollte ihn. Jetzt.

Die Erinnerung an seinen typischen Honiggeschmack kitzelte wieder an meinen Sinneszellen und brachte mich fast um den nun glasklaren Verstand.

Als meine Lippen erneut auf seine trafen, schien die Zeit stillzustehen. Wie zwei Ertrinkende an ihr Floß klammerten wir uns aneinander und jede Faser meines Körpers brannte vor Verlangen. Ray löste sich nur Sekundenbruchteile von mir, um mir mein Shirt über den Kopf zu ziehen. Sein Atem schien sich zu beschleunigen. Ich nestelte verzweifelt an den Knöpfen seines Hemdes und nachdem ich erst zwei gelöst hatte, besaß er die Liebenswürdigkeit, es sich einfach vom Leib zu reißen und achtlos in die Ecke zu werfen.

Ich schlang ihm ein Bein um die Hüfte und presste mich an ihn. Seine Haut war kalt, als er mich zurückdrängte, aber nicht mal annähernd so eiskalt wie die beschlagene Fensterscheibe, die ich plötzlich wieder in meinem Rücken spürte. Ein erschrockenes Quieken entfuhr mir und ich hörte ihn ein »Tschuldigung« in meinen Mund murmeln, bevor er mich hochhob und an sich zog.

Mit seiner übernatürlichen Geschwindigkeit beförderte er uns zum nächsten Möbelstück – einem Eichentisch – und fegte diesen mit einer einzigen Bewegung leer. Das Klirren der auf dem Boden zerberstenden Schreibtischlampe wurde von einem hungrigen Knurren begleitet. Er legte mich behutsam auf die Tischplatte und ließ seine Küsse von den Lippen über meinen Hals bis zum blutroten Spitzenstoff meines BHs wandern. Während er mich mit einem einzigen Blick gefangen hielt, durchtrennte er den schmalen Stoffsteg zwischen meinen Brüsten mit einem seiner Fangzähne.

Himmel hilf! Ich keuchte, richtete mich auf und riss mit einer Hand an den Knöpfen seiner Jeanshose herum, um die Wölbung darunter zu befreien. Er tat mir denselben Gefallen, wenn auch deutlich schneller und eleganter, meine Pobacken klatschten auf das lackierte Holz. Mein Blick streifte die achtlos verstreuten Kleidungsstücke. Ich konnte meine Wangen brennen spüren, stopfte den Anflug von Schamgefühl aber direkt wieder dahin, wo er rausgekrochen war.

»Hey«, säuselte Ray und drehte meinen Kopf wieder zu sich. »Hier spielt die Musik.«

Er zog mich näher zu sich heran, wodurch sich sein bestes Stück hinter seinen Boxershorts eng an meinen winzigen Tanga presste. Verführerisch wanderten seine Hände über meinen Körper und er massierte mich sanft an den richtigen Stellen. *Oh, Gott!* Der Mann hatte aber auch ein glückliches Händchen!

Er genoss meine Reaktion und ich schmolz dahin.

Einen Moment später hatte er den selbstgefälligsten Ausdruck der Welt aufgesetzt und löste seine Hände von meiner Haut. Seine Mundwinkel zuckten diabolisch und ich blinzelte noch völlig benebelt.

»Was ist denn los?«, fragte ich ihn verstört, immer noch heftig atmend.

»Ich will nur nochmal sichergehen, dass du das wirklich willst. Ich mache erst weiter, wenn du mich wirklich … überzeugt hast.«

Fast hätte ich vor Frustration laut aufgeschrien. Der Mann war der Teufel!

»Das ist nicht dein Ernst! Was ist, wenn ich beschließe darauf zu verzichten?«, erwiderte ich trotzig, doch meine Stimme klang zittrig.

Seine Lippen kräuselten sich zu einem ungläubigen Lächeln. »Dann ist es eben so. Nur ein kleines Wörtchen und ich mache weiter.«

Ein Wimmern entfuhr mir, denn ich kannte das Wort und mein Kopf schrie es geradezu hinaus: *Bitte, bitte, bitte!*

»In Gedanken zählt es nicht, du musst es schon laut sagen«, säuselte er und sein Atem kitzelte an meinem Ohr.

Ich war so benebelt, dass ich ihn nicht einmal ermahnte sich aus meinem Hirn rauszuhalten.

»Ray, du bist ein Arschloch, ich hasse dich! Mach gefälligst weiter!«, verlangte ich.

»Ich habe das Zauberwort wohl nicht gehört, vielleicht war es zu leise?«, flüsterte er und seine Hand wanderte fordernd auf und ab. Meine Haut brannte unter jeder Berührung und ich japste verzweifelt nach mehr.

»Arschloch?«

»Na, na, na, keine Beleidigungen.«

Ray schnalzte mit der Zunge, ehe er beschloss mir noch einen

Vorgeschmack auf die Welt zu geben, die mir das richtige Wort öffnen würde. Sein Honiggeschmack, der so vertraut und anziehend wirkte, war mein persönliches Paradies. Zumindest so lange, bis er den Kuss abbrach und Zentimeter vor meinem Gesicht verharrte.

Ich winselte und bewegte mich, demnächst würde mir vermutlich gar kein Wort mehr einfallen. Ein Seufzen, dann gelang mir der Anflug eines Lächelns und ich röchelte: »Das Zauberwort? Sesam öffne dich?« Dieses Spiel konnte man auch gemeinsam spielen.

Die Vibrationen seines Lachens, die sich auf meinen Körper übertrugen, halfen mir allerdings nicht gerade bei der Konzentration.

»Ich werde nicht betteln«, erklärte ich mit rauer Stimme, aber meine Körpersprache haute mich in die Pfanne. »Du weißt ganz genau, dass ich dich will, also … mach gefälligst weiter!«, verlangte ich heiser.

»Okay, scheiß auf Höflichkeiten. Dein Wunsch ist mir Befehl, ich hätte es auch selbst nicht mehr länger ausgehalten, um ehrlich zu sein. Zumindest nicht, wenn du mich so anschaust.«

Ray ließ seine Lippen wieder auf meine schnellen und sein Gewicht, das auf mir lastete, ließ mein Verlangen hochkochen. Seine Hand setzte ihre wohltuende Massage fort und es fühlte sich an, als stünde mein Unterleib in Flammen – aber auf eine angenehme Art.

Forsch ließ er seine Küsse südwärts wandern, bis er den kritischen Punkt erreicht hatte. Ohne viel Federlesen riss er den Tanga entzwei und warf ihn achtlos hinter sich, ehe er zwischen meinen Beinen niedersank, noch bevor ich ihn aufhalten und wieder an mich ziehen konnte. Doch Sekunden später war das auch das Letzte, was ich wollte. *O Himmel!* Es war göttlich und mein Herz spielte verrückt, während sein Mund die Innenseiten meiner Schenkel erkundete.

»Du bist wunderschön«, sagte Ray und sein kalter Atem erregte mich auf ganz besondere Art.

Keine Ahnung, wie viel Zeit verging, ich verlor die Kontrolle, mein verschwitzter Körper wälzte sich unter ihm und ich krallte mich an der Tischplatte fest, als ich endlich kam.

Allerdings hatte Ray keine Pause im Sinn, als er wieder auftauchte, sich mit dem Handrücken genüsslich über den Mund fuhr und seine Boxershorts herunterzerrte. Das Einzige, was ich noch am Leib trug, war das Silberkreuz. Er packte mich und warf mich mit Vampirgeschwindigkeit aufs Bett.

»Wie war das?«, fragte er schelmisch und küsste mir die Stirn.

»Hart«, entgegnete ich mit dem Gedanken an die Tischplatte und erwiderte Rays Grinsen, ehe ich meine Finger durch die Täler seiner definierten Bauchmuskeln wandern ließ, immer weiter nach unten.

Ich besah den perfekten Körper vor mir und verlor mich in seinen außergewöhnlichen Details. Von seinen breiten Schultern über sein Sixpack bis hin zu seinem ...

»Glaub mir, dass ist nicht das Einzige, was hart ist.«

Gerade als meine Fingerspitzen der Spur aus feinen schwarzen Härchen unter seinem Bauchnabel gefolgt waren, griff Ray mich am Handgelenk, verschränkte die Finger zärtlich mit seinen und pinnte meine Hand über unseren Köpfen in die Kissen. Ich keuchte und spreizte einladend die Beine.

»Verdammt, ich kann nicht mehr warten, Holly.«

Das musste er auch nicht, ich wölbte mich ihm entgegen und er schob sein Becken vor und kam zu mir.

Gott! War das gut!

Seine Augen schimmerten ekstatisch, während der gleichmäßige Rhythmus uns immer lauter aufkeuchen ließ. Ich schlang die Beine um seine Hüfte und seine Finger glitten zärtlich über meine Brustwarze. Als ich versuchte einen wohligen Schrei zu unterdrücken, verließ ein Gurgeln meine Kehle.

Ray ließ von meiner Brust ab und ich sah die Spiegelung in seinen Augen. Zärtlichkeit gemischt mit Verlangen. In einem Anflug von

Kühnheit rollte ich ihn forsch auf den Rücken, warf meine Haare nach hinten und küsste seinen Hals entlang, während ich meine Hüften gleichmäßig kreisen ließ. Als ich den Kopf hob, sah ich den überraschten Ausdruck auf seinem Gesicht und ließ meine Zunge über seine leicht geöffneten Lippen gleiten. Der große Ray Sorin – sprachlos. Doch die Überraschung schien ihn nur kurz aufzuhalten, denn ein hungriges Knurren entwich seiner Kehle, woraufhin er mich packte und unsere Zungen miteinander tanzen ließ.

»Du bist unbeschreiblich, mach weiter!«, japste er zwischen zwei Küssen.

Dieser Satz ließ meinen Puls in ungeahnte Höhen schnellen. Ich wand mich über ihm in stetig steigendem Tempo und grub die Fingernägel in seine Schultern. Innerhalb eines Wimpernschlags warf er mich wieder herum, mit dem Rücken aufs Bett, aber dachte nicht im Traum daran, das Tempo zu drosseln. Das einladende Blitzen seiner Fangzähne ließ mich erschauern. Seine freie Hand massierte sanft meine Brust.

Ich war kurz vor der völligen Ekstase, was vermutlich erklärte, warum mein Hirn nicht mehr ganz anwesend war, als ich flüsterte: »Beiß mich!«

Warte, was hatte ich gerade gesagt?

Aber Ray ließ mir keine Zeit, meine Aussage noch einmal zu überdenken, zog meine Silberkette beiseite und schlug seine Zähne in mich. Ich spürte keinen Schmerz, sondern pure Lust, mein ganzer Körper zuckte. »O Gott!«

Er zog seine Zähne mit einem Stöhnen aus meiner Schulter und leckte genüsslich über die zwei kleinen Wunden, während ich das Laken packte. Als ich mich aus dem Sog der Empfindungen, der mich gefangen hielt, zurück an die Oberfläche kämpfte, fanden Rays Lippen erneut meine. Ich schlang die Beine um seine Hüfte und er keuchte auf, während ich meinen Kopf in den Nacken legte.

Er verstand die Aufforderung und biss mich ein weiteres Mal, woraufhin die Wogen eines zweiten Orgasmus über mir zusammenschlugen.

Auch Ray sackte über mir zusammen.

Sein Gewicht ruhte angenehm auf mir und ich entknotete meine zitternden Beine, die ich immer noch um ihn geschlungen hatte. Mein Körper fühlte sich an, als wäre er verflüssigt.

Wow ...

Wie konnte jemand so Kühles solche Hitzewallungen in mir auslösen? Ich hatte noch nie so guten Sex gehabt. Aber ich hatte es ja auch noch nie mit einem Vampir getan, was vermutlich ein Fehler gewesen war, denn über Jahrhunderte angesammelte Lebens- und Liebeserfahrung schienen sich nicht nur karrieretechnisch auszuzahlen. Außerdem waren meine vorangegangenen Liebschaften auch nicht gerade besonders talentiert in der Horizontalen gewesen.

»Vielen Dank für das Kompliment, ich glaube auch, deine Eltern wären sicher stolz auf mich, immerhin habe ich dich dazu gebracht, den Namen des Herrn in den letzten paar Minuten öfter zu benutzen als im ganzen letzten Jahr zusammen.«

Er rollte sich von mir herunter, als ich die Augen verdrehte. Ewig und drei Tage diese Gedankenleserei!

»Sieh es positiv, wir müssen jetzt definitiv bis zum Rest unserer Reise keine neuen Blutlinks mehr machen«, sagte er dann, immer noch lachend. »Es sei denn, du lädst mich wieder so verführerisch dazu ein.«

Ich stöhnte auf und drehte mich von ihm weg, er hatte mir tatsächlich das Gehirn rausgevögelt, sonst hätte ich dem niemals zugestimmt.

Ray strich mir über den Rücken. »Habe ich jemals den Einblick in deine Gedanken missbraucht?«

Verdammt nochmal, ja!

»Okay, okay«, sagte Ray und nahm die Hände von meinem Rücken.

Ha! Er war schon wieder in meinem Kopf gewesen. Ich sollte eine Mauer um sämtliche Gedanken bauen. Oder einen Türsteher engagieren. »Wozu spreche ich überhaupt noch mit dir? Du holst dir deine Antworten sowieso direkt aus meinem Kopf«, schnaubte ich, woraufhin Ray wieder zu lachen begann. Seine Haare fielen ihm in die immer noch vor Leidenschaft glühenden Augen.

»Vorhin warst du sogar noch dankbar dafür. Halt kurz still, ich muss den Biss schließen«, sagte er und leckte dann über die Wunden. Ich schauderte unter der erneuten Erregung, die es auslöste, weil ich mich daran erinnerte, wo seine Zunge zuvor verweilt hatte. »Zweite Runde? Ich kann die ganze Nacht, wenn du willst«, meinte er und ich keuchte auf. Anscheinend ließ sich die menschliche Ausdauer keineswegs mit der eines Vampirs vergleichen, denn das Adrenalin sprühte noch ungebremst durch meine Blutbahnen – angetrieben vom noch immer viel zu schnell schlagenden Herzen. Ich war mir nicht mal sicher, ob ich schon die Kontrolle über all meine Gliedmaßen wiedererlangt hatte.

»Gönn mir eine Pause«, japste ich und er kuschelte sich lachend in meine Halsbeuge.

»Bereust du es? Muss ich Angst haben, dass du jetzt nicht mehr mit mir redest?« Ray malte ein paar Kreise mit seinem Finger auf meinen Handrücken.

»Nein, keine Sorge, ich habe es genossen«, flüsterte ich und Stille senkte sich auf das Hotelzimmer.

Plötzlich, als hätte er einen Entschluss gefasst, sagte Ray: »Morgen werde ich dir meine Lebensgeschichte erzählen.« Er klang ernst.

Ich drehte mich herum und sah ihn verwirrt an. Der ernste Ton ließ mich aufhorchen. Hatte er etwa schlimmere Dinge getan als James?

»Ich bin sehr viel älter als James«, antwortete er ausweichend meinem Gedanken. »Ich habe schlimme Dinge getan, aber du hast ja auch Taylors Geschichte gehört und redest mit ihm, also habe ich, denke ich, nicht allzu viel zu befürchten.«

»Na ja ...«, begann ich und sah vermutlich nun noch unbehaglich aus. »Er hat mir nicht wirklich viel über sich erzählt, ehrlich gesagt weiß ich immer noch so gut wie gar nichts über ihn.«

»Hätte ich mir denken können«, knurrte Ray ärgerlich.

»Also, er hat mir erzählt, dass er Casanova war.«

»Natürlich, das würde er niemals auslassen. Aber die ganzen schmutzigen Details schon. Er hat beispielsweise einen anderen Vampir gepfählt, allerdings nicht aus einem guten Grund, sondern um eine Fehde anzuzetteln, und dafür wurde er hart bestraft. Die Frau, die er liebte, wurde vor seinen Augen hingerichtet ...«

»Moment mal«, unterbrach ich ihn. »Taylor hat ein Verbrechen begangen, aber seine Freundin wurde dafür bestraft?« Ich sah ihn verständnislos an.

»Ja, sie war ein Mensch ... Das ist ein wenig komplizierter, zwing mich bitte nicht das alles jetzt zu erklären, während wir nackt im Bett liegen. Jedenfalls kann Taylor seitdem nur sehr schwer Nähe zulassen. Diese ganzen Frauengeschichten ... Ich habe das Gefühl, er sucht etwas, das das Loch in seiner Seele füllen kann. Dabei ist er eher selbst der Experte im Löcherfüllen.«

»Soll das etwa heißen, wenn du Mist baust, werde ich getötet? Nur weil wir jetzt miteinander geschlafen haben und ich mit dir rumhänge?«, fragte ich entsetzt.

»Nein, die Gesetze wurden inzwischen geändert, wir wissen die Menschen jetzt etwas mehr zu schätzen und sehen sie nicht mehr nur als Zahlen oder Kollateralschäden. Oder als Nahrungsquelle.«

Mir lief eine Gänsehaut über den Rücken. In solchen Momenten wurde mir wieder bewusst, wie gefährlich Ray und die Jungs wirklich waren. Ich drehte mich weg, doch Ray hielt mich an der Schulter zurück.

»Niemand wird dir etwas tun, dafür werde ich sorgen. Du musst keine Angst haben. Ich werde, wenn es nötig ist, jederzeit wieder eine Kugel für dich fangen.«

Er zog mich an sich und schloss mich in die Arme. Das beruhigte mich ein wenig. Trotzdem war ich noch immer aufgewühlt. Außerdem konnte er definitiv nicht verhindern, dass ich durch die Beziehung mit ihm Schaden nahm. Wie sollte das jemals zwischen uns funktionieren? Uns trennte nicht nur ein gigantischer Altersunterschied, sondern eine ganze Welt.

»Schon wieder so viele Sorgen.« Er strich mir eine Strähne hinters Ohr.

Ich nickte seufzend.

»Das liegt an deiner Erziehung. Aber überraschenderweise durfte ich immerhin feststellen, dass deine prüden, verantwortungsvollen Wurzeln nicht so tief reichen. Du hast mich ziemlich kalt erwischt, als du mich plötzlich auf die Matratze geworfen hast«, schmunzelte Ray.

»Ich weiß auch nicht, was mich da geritten hat«, erwiderte ich, was ihn in schallendes Gelächter ausbrechen ließ.

»Es war wohl eher andersherum.«

»Gar nicht wahr! Ich dachte nur, ich ergreife auch mal die Initiative«, protestierte ich und er schüttelte den Kopf.

»Siehst du? Eindeutig schuldig!«

»Und was wird meine Strafe sein?«, fragte ich mit diesmal gespieltem Entsetzen, woraufhin er mir sein schönstes schiefes Lächeln schenkte.

»Nach reichlicher Überlegung wird mir vielleicht etwas Angemessenes einfallen, aber glaub ja nicht, dass ich gnädig sein werde. Man nennt mich auch den Erbarmungslosen«, flüsterte er.

»Gleich sagst du noch, das Strafmaß wird besonders … hart … ausfallen«, kicherte ich.

»Vermutlich. Aber wir sollten uns vor der zweiten Runde vielleicht überlegen, wie wir das hier erklären.« Er wies mit einer ausladenden Geste über das Trümmerfeld, welches vor Kurzem noch ein Hotelzimmer gewesen war.

Die Vorhänge, die die phototropen Fenster umrahmten, waren halb heruntergerissen. Wann war das denn passiert? Der Teppichboden war mit den Scherben der Schreibtischlampe übersät und alles, was sich sonst noch auf dem Tisch befunden hatte, lag mitsamt dem Stuhl achtlos auf dem Boden zerstreut.

Das zerwühlte Bett hatte noch den geringsten Schaden genommen. Nur an den Stellen, an denen Ray seine Vampirkräfte ausgelebt hatte, war das Laken zerfetzt und die Matratze darunter wies tiefe Risse auf.

»Du bist ein Rockstar, also deinem Image schuldig, vielleicht kriegst du sogar noch Rabatt auf zerstörte Hoteleinrichtung«, überlegte ich peinlich berührt, bevor Ray mich wieder lachend an sich zog.

Kapitel 5

Alice im Wunderland

Ich erwachte am nächsten Abend mit dem deftigsten Muskelkater der Welt. Ray murmelte etwas von »Verträge unterschreiben«, da klopfte es zart an der Tür, woraufhin wir uns verwirrt ansahen.

Als Ray sich mit halb offenem Hemd schützend vor mich stellte, fing ich den entsetzten Blick des Zimmermädchens auf, welches ihre abendliche Runde drehen wollte. Ich zog die Decke hoch bis zu meinem Kinn und spürte meine Wangen vor Scham brennen.

Ihre Augen wanderten ungläubig über das Schlachtfeld, in das wir das Zimmer letzte Nacht verwandelt hatten. Ray drückte ihr einen Bündel Geldscheine in die Hand und schob sie behutsam vor sich aus dem Zimmer.

Er warf mir über die Schulter einen letzten Blick zu. »Bleib im Hotel, verstanden? Keine Ausflüge auf eigene Faust! Sam trifft erst später ein, er wird noch zusammen mit den anderen Bodyguards in Florida neu instruiert.«

Ich schenkte ihm für diesen romantischen Abschied nur ein Augenrollen, ehe er die Tür hinter sich zuschlug, und drehte mich im federweichen Bett um. Ich hatte ohnehin kaum geschlafen und stundenlang wachgelegen, um über das Geschehene zu grübeln.

Mit ihm zu schlafen war wie eine Erlösung gewesen. Wie etwas, das man schon ewig vor sich hergeschoben hatte, es endlich erledigt hatte und dann feststellte, es war schöner, als man es sich jemals hätte erträumen können, und sich fragte, warum man das nicht schon längst gemacht hatte.

Dennoch bereute ich es auch ein bisschen, immerhin hatte sich dadurch unser Beziehungsstatus eher verkompliziert als vereinfacht. So ähnlich stellte ich mir Bungee-Sprünge vor, dachte ich noch, ehe mich eine weitere Welle Schlaf übermannte.

***

Ich wurde durch ungestümes Rütteln geweckt. Als ich die Augen öffnete, blickte ich in eisblaue Augen und ein erwartungsvoll lächelndes Gesicht – Ray. Ein erschrockenes Quieken entfuhr mir, als er sein Körpergewicht auf mich fallen ließ.

»Ist ja gut, ist ja gut! Ich bin ja wach!«, keuchte ich.

»Ich habe etwas geplant«, rief er und wirkte so aufgeregt wie ein kleines Kind an Weihnachten. »Also besser als gestern Nacht wird es vermutlich nicht, aber du freust dich sicher trotzdem.«

»Du hast dir aber nicht einfach eine rote Schleife um dein bestes Stück gebunden, oder?«, hakte ich vorsichtig nach.

»Nein, aber den muss ich mir merken. Vielleicht wird das ja dein Weihnachtsgeschenk.«

Moment mal, Weihnachtsgeschenk? Weihnachten lag erst nach den *Atlantis Awards* ... Bedeutete das etwa ...

»Ein Schritt nach dem anderen«, antwortete Ray auf meine Gedanken mit erhobenen Händen.

»Ich bereue es jetzt schon, darüber nachgedacht zu haben. Warum habe ich so viel getrunken? Warum hast du so viel von mir getrunken?«, stöhnte ich und schlug mir mit der Hand gegen die Stirn.

Ray lachte. »Du hast mir deinen Hals hingehalten und verlangt, dass ich dich beiße. Ich hätte das von mir aus nie getan.« Er hatte eine wenig überzeugende Unschuldsmiene aufgesetzt. *Lügner!*

»Okay, ich hätte aber nur mal geknabbert.«

»Seh' ich aus wie ne Salzstange?«

Ich versuchte ihn von mir zu schubsen, weil ich nicht zugeben wollte, dass er recht hatte. Ich hatte gewollt, dass er mich biss, mit jeder Faser meines Körpers und aus freien Stücken.

»Nur fürs Protokoll, du hast nicht nur den Biss gewollt.« Ray schmunzelte und ich bewarf ihn mit einem Kissen, welches er lässig auffing.

»Mir tut alles weh!«, beschwerte ich mich. Der Muskelkater zog in meinen Beinen.

»War's das nicht wert? Ich würde ja sagen, beim nächsten Mal gehen wir es ruhiger an, aber ich will nichts versprechen, was ich nicht halten kann.«

Er kletterte vom Bett und erst jetzt fiel mir auf, dass er ein mausgraues Hemd trug, welches seinen Oberkörper hervorragend betonte. Die saphirblauen durchlöcherten Jeans rundeten das Gesamtbild ab und verliehen ihm, zusammen mit seinen verwuschelten Haaren, den perfekten Rockstar-Look. Als ich ihn so gedankenverloren ansah, bemerkte ich, dass er grinsend posierte. *Raus aus meinem Kopf!*, brüllte ich in Gedanken, woraufhin er wieder in schallendes Gelächter ausbrach.

Ich sprang aus dem Bett, griff hastig nach dem Bademantel, der neben dem Bett lag. Ray verwuschelte mir prustend die Haare. Ich freute mich, dass seine miesepetrige Art, die er manchmal an den Tag legte, immer mehr zu verschwinden schien. Ich hatte ihn noch nie so viel Lachen gehört wie in der letzten Nacht.

»Du bist ein Morgenmuffel. Frühstücke erst mal was, dann geht es dir besser.« Er machte eine einladende Geste Richtung Tisch, auf dem ein herrliches kleines Frühstück platziert war.

Mein Magen knurrte und ich bemerkte erst jetzt, wie ausgehungert ich war. Ich ließ mich in einen der Sessel fallen und widmete mich mit wachsender Begeisterung Kaffee, Speck und Spiegeleiern – die mich zu einem bösen Gedanken und Ray wiederum zum Auflachen brachten – und all den anderen kleinen Köstlichkeiten.

Nachdem das Monster in meinem Magen endlich besänftigt war, wurde meine Laune auch wieder besser. Ich hüpfte unter die Dusche und das heiße Wasser sorgte dafür, dass ich mich vollends entspannte. Wie es wohl wäre, Sex in der Dusche zu haben? Ich hatte es mit einem meiner Exfreunde mal versucht, wir waren jedoch kläglich gescheitert.

»Später gerne«, hörte ich Rays Stimme und fuhr erschrocken herum.

Durch die leicht beschlagene Glaswand der Duschkabine konnte ich ihn im Türrahmen stehen sehen, ein Jackett locker über die Schulter geschwungen. »Beeil dich«, sagte er, drehte sich um und verließ das Badezimmer wieder.

Ich streckte seinem Rücken den Mittelfinger entgegen.

»Das habe ich gesehen«, flötete er, während ich erschrocken die Hand hinter dem Rücken versteckte. *Blöder Kerl!*, fluchte ich deutlich hörbar in meinem Kopf und musste grinsen.

Nachdem ich gestriegelt und geschniegelt aus dem Badezimmer kam, packte Ray mich und trug mich durchs Zimmer, den Flur und anschließend durchs Treppenhaus – mit Vampirgeschwindigkeit, natürlich.

»Nicht so schnell! Mir wird schlecht!«, rief ich und klammerte mich panisch an Ray, wobei ich sein Hemd zerknitterte.

»Dann hättest du weniger Sexfantasien mit mir unter der Dusche haben sollen«, feixte er und mein Protest verstummte.

Am Hintereingang des Hotels wartete bereits eine Limousine auf uns, in die Ray mich setzte.

Sam begrüßte uns mit einem fröhlichen Nicken. »Na, ist unser großes Liebespaar auch endlich eingetroffen?«

»Nicht meine Schuld, Holly musste noch unbedingt …«

Ich hielt Ray beherzt den Mund zu. Er sah mich herausfordernd an. Ich spürte sein Grinsen, ehe er seine Zunge sanft über meine Handinnenfläche wandern ließ.

Ich quiekte erschrocken auf und riss meine Hand zurück, während mich eine Gänsehaut überkam.

»Nehmt euch ’n Zimmer, für eure Vampirspielchen werde ich

nicht gut genug bezahlt«, rief Sam genervt aus und ich rückte erschrocken ein paar Zentimeter von Ray ab.

Die Limousine hatte sich derweil in Bewegung gesetzt. Der Fahrer schien das Ziel zu kennen, im Gegensatz zu mir. Wir hielten schließlich am Rande einer großen Einkaufsstraße. Ray reichte mir eine Anti-Paparazzi-Montur, wie ich sie getauft hatte, und wir rutschten mit Sonnenbrillen und dunklen Kapuzenpullovern bewaffnet aus dem Auto. Nur Sam blieb unverkleidet.

»Mich kennt niemand, außerdem sind Sonnenbrillen und Kapuzen nur hinderlich, wenn man jemanden im Auge behalten will«, sagte er achselzuckend. Der Glückliche.

»Daran siehst du, wer der Bessere von uns beiden ist. Ich kann jemanden beschützen trotz all dieser Dinge«, brüstete sich Ray, woraufhin Sam und er eine gedämpfte Diskussion vom Zaun brachen.

Ich ließ unterdessen den Blick über die Straße wandern. Die Schaufenster waren mit gruseligen Dekorationen geschmückt – Halloween stand vor der Tür. Ray nahm mich bei der Hand und ich blickte ihn fragend an.

»Was machen wir hier?«, fragte ich ihn, doch er führte mich ohne Erklärung durch die Menschenmengen.

Sam hielt mühelos mit uns Schritt und lief auf meiner anderen Seite, diesmal jedoch ohne meine Hand zu nehmen. Zum Glück. Zwischen den beiden hätte ich mich wie ein Kleinkind gefühlt. Vor einem großen Einkaufszentrum blieben wir letztendlich stehen und plötzlich wurde ich fast umgerannt. Eine Frau, etwas größer als ich, mit einem riesigen Hut und einer Sonnenbrille ausstaffiert, hatte sich mir an den Hals geworfen und quiekte.

Ich war völlig überrumpelt, doch einen Augenblick später wurde mir endlich bewusst, wen ich da vor mir hatte. »Alice?«, fragte ich überrascht.

»Holly! Warum hast du dich nicht mehr gemeldet!«, rief sie vorwurfsvoll, nachdem sie sich von mir gelöst hatte.

Ich blickte betreten zu Boden, es stimmte. Ich war schon vorher nie der Typ gewesen, der viel telefonierte oder simste, aber seit Beginn der Reise hatte ich es regelrecht vermieden, mein Telefon auch nur anzusehen.

Der Grund waren die ganzen Hassmails und Hunderte andere Nachrichten, für die ich wohl so alt wie Ray hätte werden müssen, um sie abzuarbeiten. Aber nun bereute ich es, denn als ich Alice vor mir sah, wurde mir umso bewusster, wie sehr ich sie vermisst hatte. Doch ehe ich mich entschuldigen konnte, plapperte Alice auch schon los, so wie ich es von ihr gewohnt war.

»Du musst mir alles erzählen, ich bin ja so aufgeregt. Ich freue mich so für dich! Ich konnte es kaum glauben, als Ray dir angeboten hat dich mitzunehmen. Bei uns in der Uni stand alles Kopf! Doch als du angeschossen wurdest –«

Ich unterbrach Alice, bevor sie sich noch weiter hereinsteigern würde. Sie wurde zunehmend lauter und ich hatte Sorge, dass sich demnächst die ersten Neugierigen zu uns umdrehen würden. »Ich freue mich so! Aber New York wäre wirklich der letzte Ort gewesen, an dem ich erwartet hätte dich wiederzusehen.«

Alice öffnete schon den Mund, doch Ray kam ihr zuvor. »Nachdem du deine beste Freundin offenbar sträflich vernachlässigt hast, hat sie alles darangesetzt mich zu erreichen. Pete hat eine ihrer Nachrichten in unserer Fanpost entdeckt. Nachdem sie mir erklärt hatte, wer sie war, dachte ich, Hartnäckigkeit muss belohnt werden, und habe sie einfliegen lassen. Ich dachte mir schon, es würde dich freuen.«

Er legte mir eine Hand auf die Schulter, doch ich drehte mich um und umarmte ihn voller Dankbarkeit. »Du kannst dich später noch genug erkenntlich zeigen, wenn du willst«, flüsterte er mir ins Ohr und ich wurde rot.

Verlegen löste mich von ihm und mein Blick wanderte zu Alice, die ein erwartungsvolles Lächeln auf den Lippen hatte und schon wieder quiekte.

»Du umarmst einen attraktiven, männlichen Vampir! Dass ich das noch erleben darf! Ich. Will. Alles. Wissen. Jedes Detail!«, sagte sie, ehe sie plötzlich mit Blick auf Sam ihre Stirn runzelte. »Was zur Hölle machst du denn hier?«

»Nun, ich arbeite. Ich bin Rays Bodyguard und nun, nachdem er mich eine kleine Ewigkeit nicht brauchte, passe ich auf deine Freundin auf.«

Alice warf mir einen sehr langen, sehr eindringlichen Blick zu. Obwohl sie keine Vampirin war und meine Gedanken nicht lesen konnte, wusste ich genau, dass sie versuchte zu ergründen, wie ich damit umging. Immerhin war Sam Keith mehrere Semester lang mein Schwarm gewesen, zumindest bis Ray kam. »Ich glaube, es wird Zeit für ein paar Mädels-Gespräche«, flötete sie fröhlich und zog mich ungeduldig mit sich.

Ray und Sam gingen in einigem Abstand hinter uns, weil sie meinten, es wäre zu gefährlich, uns alleine rumlaufen zu lassen, während wir eine Weile durch die Geschäfte schlenderten und uns unterhielten.

Ich erzählte Alice von den letzten Wochen und versuchte so gut wie nichts auszulassen, aber gerade die pikanten Details, die sie interessierten, wollte ich nicht preisgeben, solange Ray jedes einzelne Wort brühwarm aus meinen Gedanken lesen konnte.

Ich blickte über Alice' Schulter hinweg zu unseren Begleitern. Ray mit seiner blassen Haut und den schwarzen Haaren, die nur vereinzelt unter der Kapuze hervorlugten, und Sam, der einen krassen Kontrast zu ihm darstellte mit seinen blonden Locken und dem sonnengebräunten Teint. Als er meinen Blick bemerkte, konnte er nicht umhin zu winken und ein Grinsen zur Schau zu stellen, ehe Ray ihm einen stirnrunzelnden Seitenblick zuwarf.

»Ich muss mich mal frisch machen«, sagte ich zu Alice und Ray kam zu uns herübergerauscht.

»Du probierst jetzt aber nicht denselben Trick wie neulich, oder?«, fragte er und seine Stimme klang belustigt. »Selbst wenn ich plötzlich durch Menschenmassen behindert sein sollte, Sam wird immer noch da sein.«

»Keine Sorge, ich pass schon auf«, antwortete Alice für mich. »Sie wird keine Dummheiten machen und ich bringe sie dir unbeschadet zurück. Da können du und Sam noch was lernen! Ich mach den Job quasi schon seit Jahren!« Sie presste sich theatralisch die Hand auf die Stirn und legte den Kopf in den Nacken. So viel dazu, dass sie für mich Partei ergreifen würde. Ein Flug nach Amerika hatte mich ihre Loyalität gekostet.

Wir rauschten zu den Waschräumen und Ray und Sam lehnten sich an die Wand gegenüber.

»Alice ...«, begann ich und trat von einem Bein aufs andere. Ich wusste nicht, wie ich das angehen sollte. »Ray kann meine Gedanken hören, weil er mein Blut getrunken hat. Nichts, was wir hier besprechen, wird unter uns bleiben.«

Alice' Augen wurden groß. »Er hat dein Blut getrunken?«

Ich nickte.

»Ich fass es nicht! Holly, du hattest doch immer Angst vor Vampiren und fandest sie unheimlich und jetzt lässt du einen dein Blut trinken? Wer hat meine beste Freundin entführt und wer bist du?«, fragte Alice und lachte ungläubig.

»Das ist der sogenannte Blutlink. Vor großen Veranstaltungen und Flügen muss ich ihm etwas von meinem Blut geben oder alternativ einem Vampir vom Sicherheitspersonal. Irgendwie als Kontrolle und Sicherheitsmaßnahme. Ich habe lieber Ray gewählt als irgendeinen Fremden«, versuchte ich das ungewöhnliche Ritual so gut es ging mit einfachen Worten zu erklären. Von den einvernehmlichen Bissen letzte Nacht erzählte ich ihr natürlich nichts.

»Ah, ja, ich glaube, ich habe so was mal gelesen.« Alice nickte wissend und fuhr sich mit der Hand durchs Haar. »Hm ... Du vertraust ihm also?«

»Ja«, antwortete ich und sie riss die Augen noch weiter auf.

»Was ist mit Sam? Wie lange ist er schon dabei? Vor zwei Wochen war er auf jeden Fall noch in der Uni. Wie kann er ein Bodyguard sein? Ist er auch ein Vampir? Er scheint das ja theoretisch schon länger zu machen. Dabei ist er gerade mal so alt wie wir, oder?«, rappelte sie.

»Nein, er kann tagsüber raus. Deswegen kann er kein Vampir sein. Ray meinte, er bräuchte Sam nicht mehr, seit sich die Vampire offenbart haben. Vielleicht hat er deshalb angefangen zu studieren? Er ist auch erst vor Kurzem zu uns gestoßen. Allerdings hast du recht, das ist verdächtig viel Zufall«, erklärte ich.

»Hm«, machte Alice. »O Holly, ich will dich so viele Sachen fragen, du kannst nicht erwarten, dass ich jetzt an mich halten kann …«

Ihr Blick wurde flehentlich und ein Seufzen entfuhr mir. Meine Handflächen wurden feucht und ich verschränkte die Hände im Nacken, zog die Ellbogen zusammen und versteckte mein Gesicht dazwischen.

»Versuch nur nichts zu fragen, was mir zu peinlich wäre, es auch Ray zu beantworten«, bat ich sie und Alice klatschte begeistert in die Hände, nur um mich dann grinsend aufzuziehen: »So prüde wie du bist, dürfte ich dich dann gar nichts fragen.«

Mein Blick wurde säuerlich. Warum nannte mich nur jeder prüde? *Nein, Ray, ich erwarte später keine Antwort!*

»Hast du mit Ray geschlafen?«, stellte Alice auch gleich die ultimative Frage.

»Äh …«, machte ich überrumpelt, nickte aber und lief rot an.

Alice Lächeln wurde breiter, als ich es jemals zuvor gesehen hatte, und sie machte Laute, die einem von Rays Groupies alle Ehre gemacht hätten.

»Und wie war es? Ist er gut? Hat er … ein großes Mikrofon?«, fragte sie mich neugierig und stieß mich in die Seite, während sie kicherte wie ein Teenager.

Ich schaute sie irritiert an. »Mikrofon?« Eine Sekunde später fiel der Groschen. Da ich wusste, lügen war zwecklos, seufzte ich und nickte abermals, wobei meine Wangen zu glühen begannen. »Er ist eine Granate im Bett.« Ich rieb mir die Nasenwurzel. Warum hatte ich das nur zugegeben? *Wehe du wirst jetzt noch überheblicher!*, schickte ich ihm abermals ein mentales Telegramm.

Alice sprang begeistert auf und ab. »Wer hätte das gedacht! Holly und ein echter Rockstar! Ein Vampir noch dazu!«, rief sie, nachdem sie sich etwas beruhigt hatte. »Du hast aber nicht seine Blockflöte gespielt, oder?«

»Gott bewahre! Nein! Alice, deine Genital-Analogien bringen mich ganz durcheinander. Können wir das bitte lassen? Vor der Tür steht ein Vampir mit einem Ego, das doppelt so groß ist wie Amerika, ich würde es gerne vermeiden, das noch weiterzufüttern.«

Wir hörten ein tiefes, männliches Lachen von der anderen Seite der Tür. Mist.

»Liebst du ihn?«, führte sie ungerührt ihr Verhör fort und stellte damit genau die Frage, die ich nicht hören wollte.

»Keine Ahnung ... ich glaube schon ... Vielleicht ... Manchmal ist er ein totales Arschloch, aber eben ein sexy, cooles, unglaublich süßes Arschloch und ich kann nicht anders, als ihn zu küssen, wenn er mir so nahekommt. Glaub mir, er kann wirklich gut küssen. Allerdings habe ich auch Taylor geküsst und ...«

Ich brach ab. Meine Eingeweide schienen sich in Schlangen verwandelt zu haben, zumindest drehte sich mir der Magen um und mein Herz schlug mir bis zum Hals. Ich sprach all die Dinge aus, die ich eigentlich ganz hinten in meinem Kopf vergraben hatte. Damit war der Knoten geplatzt und es sprudelte geradezu unkontrolliert aus mir heraus und es war mir egal, dass Ray mithören konnte.

»Aber dieser Eifersuchtsstreit mit Taylor und diese ganze Geschichte mit der Abmachung ...« Ich schluckte. Alice nahm mich in den Arm, während ich hemmungslos weiterbrabbelte: »Selbst wenn ... er ist ein Vampir und ich ein Mensch, das kann doch niemals funktionieren! Ich meine, er ist über tausend Jahre alt und ich bin gerade einmal Anfang zwanzig! Ich will nicht verletzt werden. An seine Diät könnte ich mich auch nicht gewöhnen oder daran, dass er sich tagsüber in eine Leiche verwandelt. Hast du das mal gesehen? Das ist echt widerlich. Außerdem hat er mir hinterhältig ein Liebesgeständnis entlockt, aber selbst noch nichts dergleichen hervorgebracht. Woher soll ich also wissen, ob seine Gefühle für mich echt sind? Vielleicht bilde ich mir das alles nur ein und er macht das nur wegen der Abmachung?«, schloss ich meinen wirren Monolog und lehnte mich gegen Alice' Brust. Sie strich mir über den Rücken und sagte eine Weile gar nichts. Sie fragte nicht, sie verstand, dass ich zumindest ein paar Augenblicke brauchte, um den Kloß in meinem Hals wieder runterzuschlucken.

Schließlich seufzte sie und flüsterte: »Sieh es mal so, immerhin hast du dadurch die Schwärmerei für Sam im Nullkommanichts überwunden oder hast du auch noch Gefühle für ihn? Das würde das Chaos perfekt machen. Was für eine Abmachung meinst du eigentlich?«

Vehement schüttelte ich den Kopf. »Ich habe eingewilligt, bis zu den *Atlantis Awards* Rays Freundin zu spielen, für eine halbe Million. Damit die Presse eine süße Story zum Berichten hat und seine wahnsinnige Ex-Verlobte ihn vielleicht in Ruhe lässt«, erklärte ich und meine Stimme wurde dabei zunehmend leiser.

»Ex-Verlobte? Jetzt mal langsam. Holly, du prostituierst dich quasi, das weißt du schon, oder?«, fragte Alice halb entsetzt und halb amüsiert. »Wobei, für eine halbe Million und Ray Sorin würde das wohl jeder machen. Außerdem kann ich mir schon vorstellen, dass du ihm etwas bedeu–«

»Sagt wer?«, unterbrach ich sie.

Alice blickte mich unsicher an. »Er hätte wohl kaum mit dir

geschlafen, wenn er dich komplett beschissen finden würde«, schlussfolgerte sie wenig überzeugend und ich schnaubte.

»Das war sowieso alles nur wegen dem Whiskey!«, verteidigte ich mich, ehe ich klein beigab und zurückruderte. »Okay, es war nicht wegen dem Whiskey. Aber ich habe es einfach satt, die Schwache zu sein! Die Jungfrau in Nöten, die immer gerettet werden muss!«

»Du und schwach? Du hast Jahrhunderte alte Vampire angeschrien. Auf dich wurde geschossen und du läufst immer noch da draußen rum. Du bist in diese neue Welt gestolpert und kommst darin gut zurecht. Du hast es sogar geschafft, deine Angst zu überwinden und dich in einen Vampir verliebt. Stärke bedeutet nicht, dass man besonders laut oder heroisch ist. Stärke bedeutet auch, dass man über sich selbst hinauswächst.«

Wow, wie pathetisch. Selbst für Alice. »Trotzdem habe ich es satt, einfach nur immer der Spielball für alle zu sein!«, fauchte ich sie an, obwohl ich mich eigentlich nur über mich selbst ärgerte.

»Dann geh da raus und zeig es ihnen! Wenn du aufhörst ständig an dir selbst zu zweifeln, dann werden es die anderen auch tun«, erwiderte Alice und gab mir High-Five.

Ich angelte mir ein Taschentuch und schnaubte geräuschvoll.

»Mir fällt allerdings nichts Kluges ein, was ich dir in diesem Liebesschlamassel raten soll, streng genommen ist es ja auch schon irgendwie zu spät«, sagte sie dann mitfühlend.

Als ich mir die Tränen, die ich gar nicht bemerkt hatte, aus den Augen wischte und das verlaufene Make-up von den Wangen entfernte, seufzte ich nur.

Alice kramte nach ihrer magischen Handtasche, in der immer die richtigen Utensilien zu finden waren, um mein Gesicht wiederherzustellen, bevor sie mitten im Lidstrich plötzlich ganz still wurde und erschrocken die Augen aufriss.

Kapitel 6

Lidstrich des Todes

Alice war mitten in der Bewegung erstarrt, ihre Augen waren weit aufgerissen und fixierten einen Punkt hinter mir. Plötzlich spürte ich etwas Kaltes an meinem Kopf und ein Schauer lief mir über den Rücken.

»Keine Bewegung und die Fresse halten«, sagte eine eiskalte, weibliche Stimme und ich wurde von ihrer Besitzerin gepackt. »Wenn eine von euch beiden auch nur einen einzigen Mucks macht, leg ich euch um. Wir beide werden jetzt verschwinden, deine kleine Freundin bleibt hier«, raunte mir die Stimme ins Ohr und zerrte mich in Richtung der Kabinen – weg von der hilflos dreinblickenden Alice und der Tür, hinter der sich meine vermeintliche Rettung befand.

Ich drehte vorsichtig den Kopf und das Adrenalin strömte durch meinen Körper, als ich das Gesicht meiner Angreiferin erblickte. Schwarze Haare, blutrot funkelnde Augen mit dunklen Schatten, eingefallene Wangen. Zweifelsohne eine Vampirin. Eine durstige Vampirin. Wie war sie nur an Ray und Sam vorbeigekommen?

»Was wollen Sie von mir? Wenn Sie mich gehen lassen, finden wir sicher eine Lösung«, flehte ich sie mit zitternder Stimme an und brüllte in meinem Kopf gleichzeitig wie am Spieß nach Ray. Warum dauerte das so lange? *Beweg deinen Arsch hierher! Ich will nicht auf dem Damenklo sterben!* Er hatte doch gesagt, er würde mich beschützen. Einen flüchtigen Gedanken lang überlegte ich mich zu wehren. Doch ich hatte sicher nicht den Hauch einer Chance. Stärke hin oder her – ich konnte mich ein anderes Mal von der Rolle der Jungfrau in Nöten befreien.

Ray stürmte endlich in den Raum, dicht gefolgt von Sam. Meine Angreiferin fuhr zu den beiden herum und riss mich mühelos, wie eine Strohpuppe, mit sich. Sie hielt meinen Körper schützend vor ihren und schwenkte ihre Waffe abwechselnd von Ray zu Sam und dann wieder an meine Schläfe.

»Lass sie sofort los«, knurrte Ray und ging in die Knie. Seine ganze Haltung erinnerte an eine Raubkatze – zum Sprung bereit. Seine Augen waren tiefschwarz und furchteinflößend. Ein tiefes Knurren entfuhr seiner Kehle und jagte mir eine Gänsehaut über den Körper. Ich war froh, dass das Knurren nicht mir galt. »Ich befehle dir sie sofort gehen zu lassen«, fauchte er scharf.

»Wir sind hier nicht in Vistren, kleiner Prinz! Hier kannst du mir keine Befehle erteilen«, erwiderte die Vampirin kühl.

Sam versuchte derweil Millimeter für Millimeter vorzurücken, ohne die Aufmerksamkeit meiner Angreiferin zu erregen. Vergeblich.

»Einen Schritt näher und sie ist tot. Schlimm genug, dass die kleine Schlampe dir ihr Blut gegeben hat, wir wären sonst längst weg gewesen und du hättest erstmal deinen kleinen Spürhund auf mich ansetzen müssen«, sagte sie und Ray und Sam hielten tatsächlich inne.

»Wo willst du schon hin? Wenn du sie entführst, dann weiß innerhalb einer Viertelstunde das ganze Land davon. Du würdest keinen Unterschlupf finden, keine Zuflucht, kein Vampir legt sich freiwillig mit einem der Hohen Zwölf an. Du wärst eine Gejagte und Ausgestoßene«, spottete Ray, klang aber besorgt, ein Hauch Unsicherheit schwang in seiner Stimme mit.

Ich hatte keinen Schimmer, wovon er sprach, aber es war mir auch egal, solange er mich nur irgendwie hier rausholte. Ich wünschte sogar, ich hätte sein Blut in mir, dann hätte er nicht nur meine Gedanken lesen können, sondern mir auch sagen, was ich tun sollte. Stillhalten? Versuchen mich zu befreien? Schreien? Was würde

Liam Neeson tun? Immerhin hatte der jede Menge Erfahrungen mit Einführungen, zumindest wenn man die *96-Stunden*-Reihe ansah.

Ich entschied mich fürs Stillhalten, der Lauf der Pistole war wieder ohne Unterbrechung an meinen Kopf gerichtet. Ich hatte das Gefühl, es war ihr egal, ob sie mich lebend oder tot bekam. Wieso hatte sie mich dann noch nicht erschossen?

Ray schien meine Frage zu teilen, er war erstarrt, während meine Angreiferin sich rückwärts von ihm zurückzog. Er hob die Hand, um Sam zurückzuhalten, der versuchte sich wieder in Bewegung zu setzen.

Nur eine Person hatte meine Angreiferin wohl in ihrem Plan vergessen: Alice. Genauer gesagt Alice und ihre fünfzehn Zentimeter langen Schminkpinsel mit Holzstiel. Ich bekam nicht mit wie, aber sie rammte einen Pinsel mit ordentlich Schmackes in den Körper der Angreiferin, welche daraufhin erschrocken aufschrie. Blut tropfte von ihrer Schulter auf die weißen Fliesen.

Plötzlich ging alles irrsinnig schnell. Die Vampirin fiel, riss mich mit sich zu Boden und feuerte gleichzeitig die Pistole ab. Der Schuss traf einen der Spiegel über den Waschbecken, Scherben regneten auf uns herab.

Sam schützte sein Gesicht mit einem Arm, während er mit dem anderen nach vorne preschte, um die Vampirin auf den Boden zu pinnen. Er schlug ihre Hand so lange auf den Boden, bis sie die Pistole losließ, wobei sich noch vier weitere Schüsse lösten, die die Fliesen an den Wänden platzen ließen. Querschläger irrten ziellos durch den Raum. Ein unglücklicher Schuss zischte unter einer der Trennwände der Kabinen hindurch und traf eine Rohrleitung, welche zerbarst, und ein stetiger Wasserfluss ergoss sich auf den Fliesenboden.

Ray stürzte auf mich zu und riss mich aus dem Griff der Frau, deren Fingernägel lange Striemen auf meinem Arm zurückließen, und stürzte sich nun ebenfalls auf sie. Er stieß Sam beiseite, packte den Pinsel, der beim Aufprall aus ihrer Schulter geglitten war, und rammte ihn ihr direkt ins Herz.

Sofort versteifte sich der Körper der Frau und sie wurde weiß wie Porzellan. Ihre Augen verloren jegliche Farbe und sie begann sich in winzige Partikel aufzulösen, die im Wasser umhertrieben. Ein wesentlicher Teil wehte allerdings auch als Staubwolke in die Luft und setzte sich auf die Waschbecken und Handtuchspender wie eine dünne Schicht Asche. Nur ihre Klamotten und die Waffe blieben zurück sowie ein heilloses Durcheinander aus Scherben und Wasser. Der Kampf war genauso schnell vorbei, wie er begonnen hatte.

Ich begann zu würgen, schlug mir die Hand vor Mund und Nase, zwang mich die Luft anzuhalten, denn ich wollte auf keinen Fall die Überreste eines toten Vampirs einatmen.

Sam wandte sich mit einem Stirnrunzeln an Ray. »Was sollte das? Ich hatte sie entwaffnet und unter Kontrolle. Du bist der Prinz der Urteilssprechung, nicht der Ausführung. Du hast sie ermordet.«

Ray sah ihn mit einem sehr seltsamen Ausdruck an. »Notwehr. Wenn sie sich befreit hätte, hätte sie Holly umgebracht. Das Risiko gehe ich nicht ein. Du etwa? Wir haben aber grad dringlichere Probleme als Schuldzuweisungen, Sam!«

Bevor noch ein weiteres Wort gewechselt werden konnte, stürzte die Security des Einkaufscenters in den Raum. Sie blickten sich nur kurz um, verständigten die Polizei und führten uns in einen kleinen Raum, in dem wir warten sollten. Erst hier holte ich wieder richtig tief Luft.

Sam und Ray hatten sich derweil in Rekordzeit wieder beruhigt. Sie taten, als wäre der Angriff nur ein kurzes Ärgernis gewesen, wie ein Mückenstich.

Mir dagegen fiel das nicht ganz so leicht. Ich fiel schluchzend auf die Knie. Alice, ebenfalls tränenüberströmt, saß hinter mir und Ray sah unsicher zwischen uns beiden hin und her. Sam kniete sich zu uns und wischte zuerst mir, dann Alice den Staub aus dem Gesicht.

»Es ist vorbei, alles ist gut«, flüsterte er und Alice fiel geradezu in seine Arme, was ihn nur noch verlegener machte.

Ich fixierte unter einem Tränenschleier Ray und mein Kopf war wie leergefegt. Ich konnte keinen klaren Gedanken fassen.

»Es tut mir leid«, flüsterte er in die Stille, die sonst nur von Alice' Schluchzen durchbrochen wurde. »Ihr solltet so etwas nie wieder mit ansehen müssen, aber ich bereue nicht sie unschädlich gemacht zu haben und ich bin mir in einem Punkt sicher: Zum Zeitpunkt der Attacke wusste sie, worauf sie sich einließ.« Er kniete sich vor mir hin, legte seine Hände an meine Wangen und sah mir tief in die Augen. Er mochte vielleicht recht haben, mit dem, was er sagte, aber mein Entsetzen linderten diese Worte nicht.

»Wir können schon von Glück reden, dass Vampire keine Leichen hinterlassen, ich werde jemanden anrufen, der das abwickelt«, erklärte Ray, stand wieder auf und trat durch die Tür, um sich mit dem Sicherheitsmann zu unterhalten. Grundsätzlich konnten wir von Glück reden. Nachts unter der Woche waren weniger Leute einkaufen als sonst. Nicht auszumalen, wenn ein Unbeteiligter zufällig hereingestolpert und womöglich noch zu Schaden gekommen wäre. Schlimm genug, dass Alice und ich beinahe ... Ich verbot mir den Gedanken zu Ende zu denken und ballte meine Hände zu Fäusten.

Minuten später kehrte Ray zurück. »Pete wird sich darum kümmern, er steht schon im Kontakt mit den Behörden. Die Polizei wird uns jetzt kurz vernehmen und dann laufen lassen.«

Wir erzählten ihnen alle dasselbe. Dadurch, dass es keine Leiche gab, wir in Notwehr gehandelt hatten und Vampire in die Angelegenheit verstrickt waren, sah man die Erleichterung in den Augen der Polizisten, als sie uns endlich gehen lassen konnten.

Schweigend fuhren wir wie in Trance nach unseren Einzelverhören zum Hotel zurück. Irgendjemand hatte die zerstörte Lampe und das sonstige Chaos, das wir letzte Nacht hinterlassen hatten, in

Ordnung gebracht und während Alice und ich immer noch geschockt auf der geglätteten Bettdecke saßen, arrangierte Ray einen zusätzlichen Tag in New York. Er setzte die anderen Bandmitglieder darüber in Kenntnis, was geschehen war, und kümmerte sich um die vereinzelten Anrufe von Pete. Sam saß neben uns und gab sich alle Mühe, uns zu beruhigen. Er hatte Tee beim Zimmerservice bestellt und uns in Decken gewickelt.

»Wir können jetzt zweifelsfrei davon ausgehen, dass mein Bauchgefühl sich nicht geirrt hat. Zwei Angriffe, beide von Vampiren, und das in so kurzer Zeit hintereinander, das können keine Zufälle sein«, schlussfolgerte Ray und ging im Zimmer auf und ab.

»Ray, ich glaube, wir sollten das unter uns besprechen, die beiden haben heute Nacht schon mehr als genug erlebt«, setzte Sam an.

Ich nickte dankbar und spürte, wie mich eine unbändige Müdigkeit übermannte, nun, da das Adrenalin abgeklungen war.

Sam fing meinen Blick auf, ehe er seine Augen zu Alice wandern ließ, die abrupt aufgestanden war.

»Ich nehme Holly mit nach Hause. Solange sie mit euch rumreist, ist sie in Gefahr«, erklärte sie mit fester Stimme und funkelte Ray an.

»Nein«, sagte er schlicht und warf Alice einen verärgerten Blick zu, die ihn daraufhin nur noch böser ansah. »Wir haben keine Ahnung, warum sie attackiert wird, und vor allem wissen wir nicht, ob es aufhört, wenn sie nicht mehr in meiner Nähe ist. Das Risiko ist viel höher, wenn ihr nach Hause fliegt, weil sie da keiner beschützen kann.«

»Ich könnte mitfliegen«, warf Sam ein, doch Ray schüttelte nur den Kopf.

Alice setzte sich wieder. »Also, ich hatte den Eindruck, dass weder du noch Sam die Situation unter Kontrolle hattet. Wenn ich nicht meinen Pinsel gehabt hätte, dann wären wir vermutlich alle tot!«, sagte sie und das Grauen der Erkenntnis sickerte wohl endlich zu ihr durch und ein Zittern durchfuhr sie.

Allerdings ahnte keiner von uns Rays Gefühlsausbruch voraus, der Alice' Worten folgte.

»Das war komplett fahrlässig, du hast nicht eine Sekunde darüber nachgedacht! Sie hätte in dem Moment, in dem du sie verletzt hast, den Abzug drücken und Holly erschießen können! Wir können von Glück reden, dass das alles glimpflich ausgegangen ist, sonst wäre Holly jetzt vermutlich tot und es wäre deine Schuld gewesen!«, brüllte Ray und seine Augen waren komplett schwarz. Dann biss er sich auf die Lippe.

Alice' Augen weiteten sich vor Entsetzen und sie begann erneut zu weinen und ich sah, wie Rays Gesichtszüge entgleisten. Ich saß immer noch apathisch da, war noch nicht einmal in der Lage, Alice zu trösten.

Sam begann Alice den Rücken zu tätscheln, stand dann jedoch vom Bett auf und nahm Ray beiseite, der völlig verdattert aussah. Ich konnte nicht hören, was die beiden besprachen, aber Sam musste es irgendwie geschafft haben, Ray wieder zu beruhigen.

»Tut mir leid, Alice. Sicher wäre es nicht deine Schuld gewesen. Ich habe einfach die Beherrschung verloren«, murmelte er schließlich und strich Alice entschuldigend über den Kopf.

Zwischen zwei Schluchzern hörte ich meine Freundin, die mit leiser Stimme sagte: »Wieso hat die Polizei nichts gemacht? Wieso haben sie nicht die ganze Stadt informiert? Jemanden verhaftet? Wieso wollten sie einfach nur weg?«

Ray schüttelte den Kopf und Sam erklärte ihr, was mir Tage zuvor erklärt wurde: Die Polizei würde sich nicht einmischen. Unter Vampiren galt das vampirische Rechtssystem.

»Die Polizei kann nichts gegen Vampire ausrichten. Die einzige Ausnahme bilden ein paar wenige vampirische Polizisten, die allerdings auch nur dann Erfolg haben, wenn der Vampir, den sie jagen, jünger ist als sie selber. Die meisten von ihnen stellen jedoch den Vampirkodex trotz ihres Berufes über die menschlichen Gesetze. Es wird ein vampirisches Urteil gefällt und ausgeführt. Ein solches Vergehen, wie die Vampirin es begangen hat, wäre ohne Aussicht auf mildernde Umstände mit der Todesstrafe belegt worden, das wusste sie. Wie du siehst, hat sie das aber nicht abgehalten. Ich bin über tausend Jahre alt, Holly ist bei mir sicherer als irgendwo sonst.«

Alice plusterte sich auf. »Woher willst du das wissen? Du hast sie ohne Urteil getötet, ist so was in euren Vampirkreisen nicht illegal?«, fauchte sie.

»Ich habe das Urteil nur auf der Stelle gefällt und die Strafe vollstreckt. Ich oder mein Vater wären ohnehin diejenigen gewesen, die diesen Prozess und das zugehörige Urteil gesprochen hätten. Wir sind die höchsten Mitglieder des Hohen Hauses in Vistren, welches für die Rechtsprechung zuständig ist. Und eins kann ich dir versichern: Für jeden Vampir, der in vollem Bewusstsein einen Menschen entführt und versucht umzubringen, hätte ich die Todesstrafe gefordert. Wir haben Abmachungen mit den menschlichen Regierungen jeden Landes und internationale Beziehungen, die es zu schützen gilt. Dass ich diesmal die richtende und ausführende Kraft war, mag dabei ein wenig unglücklich gewesen sein, aber keinesfalls illegal. Außerdem, wer sollte mich anklagen?«

»Ich finde, Holly sollte entscheiden, ob sie bei dir bleiben will. Es ist schließlich ihr Leben«, schoss Alice zurück, doch gerade als ich Ray zustimmen wollte, ergriff er bereits das Wort für mich. »Ich weiß bereits, dass sie bei mir bleiben möchte, schon vergessen? Ich kann ihre Gedanken lesen.«

»Du sollst es aber nicht! Mir geht das auf die Eierstöcke!«, polterte ich los. »Alle denken, sie könnten einfach so über meinen Kopf hinweg bestimmen! Das gilt für alle, auch für dich, Runer!«

Ray zuckte zusammen. »Woher kennst du meinen Namen?«

Seine Augen funkelten gefährlich, doch ich verzog keine Miene. »Taylor«, erwiderte ich knapp und reckte mein Kinn in die Höhe.

»Diese miese kleine Ratte ...«

»Was findest du eigentlich so schlimm dran?« fragte ich, doch Sam antwortete für Ray: »Runer ist die Urform von Rainer.«

In meinem Kopf erschien ein Bild von den üblichen *Bloody-Mary*-Groupies, die diesmal jedoch »Rainer, Rainer!« statt »Ray, Ray!« kreischten, und ein Lächeln stahl sich auf mein Gesicht.

»Haha, sehr witzig«, kommentierte Ray meine Gedanken und gerade als ich ihn aus meinem Kopf verscheuchen wollte, setzte er nach: »Jetzt soll ich mich also wieder aus deinem Hirn raushalten. Natürlich, immer so, wie es gerade passt. Ich hätte vorhin erst viel zu spät etwas mitbekommen, wenn ich deine Gedanken nicht gelesen hätte.«

»Und warum dauerte das dann so lange?«, herrschte ich ihn an. Ich hatte sicher eine halbe Stunde lang um Hilfe gebrüllt.

»Zwei Sekunden, Prinzessin. Zur Hölle, verdammt, ich hätte dem nicht mal zustimmen sollen, dass ihr da ein Kaffeekränzchen auf der Toilette haltet, nur um Dinge zu besprechen, die ich ohnehin mitbekomme! Holly, ich will dich nicht dauerhaft in einen goldenen Käfig stecken, sondern dir ermöglichen trotz der Situation so viel zu unternehmen und zu erleben, wie du willst!« Dann wandte er sich an Alice: »Wenn du kein Problem damit hast, ihre Chancen auf die Erfüllung ihres Lebenstraums damit zu zerschmettern, indem du sie wieder mit in ihr langweiliges Leben nach Hause nimmst, dann bitte, nur zu.« Rays Blick hatte sich wieder verfinstert.

Alice sah mich lange an, ehe sie nickte. »Okay! Aber wenn ich noch einmal mitbekomme, dass ihr Leben erneut in Gefahr schwebte, dann mache ich Hackfleisch aus dir«, drohte sie Ray und sah ihn mit einem Todesblick an, welcher wesentlich beeindruckender gewirkt hätte, wenn das Make-up ihr nicht an den Wangen herabgelaufen wäre, wodurch sie aussah wie eine Kreuzung zwischen einem Waschbären und einem Heavy-Metal-Bandmitglied. Dennoch bohrte sie ihm mit Nachdruck den Zeigefinger in die Brust. »Ich glaube, ohne dich wäre sie gar nicht erst in einer solchen

Gefahr«, schloss sie und wandte sich ab, um ins Badezimmer zu rauschen.

»Sie wird sich wieder beruhigen. Ich finde es allerdings großartig, wie ihr meinen Einwand zur Selbstbestimmung einfach ignoriert habt«, grummelte ich sarkastisch, als ich sah, wie Ray verärgert die Haare aus seiner Stirn strich.

»Ich habe einen Bodyguard und einen Fahrer für sie bestellt, damit ihr auf dem Rückweg nichts geschieht. Du brauchst jetzt vor allem Ruhe. Wie geht es dir? Du bist schließlich die, die angegriffen wurde«, fragte er und sein Blick ruhte auf mir.

»Bist du dir sicher, dass das zu ihrem Schutz ausreicht? Ich habe Angst um sie, ich habe schließlich dich hier, aber sie hat keinen Vampir, der sie beschützt. Vielleicht sollte sie Sam mitnehmen? Ich würde sagen, mir geht's ganz gut. Ist ja nichts passiert. Vielleicht gewöhnt man sich an so etwas«, plapperte ich, doch schon im nächsten Augenblick strömten mir Tränen über die Wangen und ich begann zu schluchzen. Diese verräterischen, salzigen Dinger. Anscheinend gab es Dinge, an die gewöhnte man sich nie. Der Schock war verflogen, jetzt kam das Entsetzen. Ich zitterte und mir wurde abwechselnd heiß und kalt.

Ray setzte sich neben mich und hielt mich einfach in seinen Armen, während ich sein Hemd mit meinen Tränen und Schnodder versaute. Meine Augen schienen sich nicht mehr auf einen Punkt fixieren zu können und wanderten Hilfe suchend im Raum umher.

»Sch … Ich bin ja da«, flüsterte er und strich mir über die Haare. Ich klammerte mich an ihn. »Eine gute Freundin hast du da, sie passt wirklich auf dich auf. Sehr mutig, eigenmächtig auf die Angreiferin loszugehen. Keine Sorge, der Bodyguard, den ich ihr mitschicken werde, ist ein Vampir, nur um sicherzugehen.«

Als eine der salzigen Tränen auf die Wunde fiel, wo die Fingernägel der Vampirin meine Haut aufgeritzt hatten, durchzuckte mich Schmerz und ich griff mit der Hand hin.

Ray zog meine Finger weg und sah sich die Verletzung genau an. »Wo wir schon bei Geheimnissen sind, das ist auch etwas, das du für dich behalten solltest«, sagte er und punktierte seine Fingerkuppe mit seinem Vampirzahn.

Ein einzelner Blutstropfen erschien und er benetzte damit die Wunde. Als ich mit den Fingern danach tastete, hatte sie sich bereits verschlossen und ich machte große Augen.

»Heilkräfte, siehst du, jetzt tut es gar nicht mehr weh«, flüsterte Ray nur und drehte sich zum Fenster. »Wir haben tatsächlich nicht nur mörderische Eigenschaften.«

Während ich ihm eigentlich dankbar war, war mein Kopf damit beschäftigt auszurechnen, wie hoch das Risiko einer Krankheitsübertragung durch Blut war, und mir wurde kotzübel. Ich lief in Richtung Badezimmer und hämmerte dagegen, bevor mir eine wieder halbwegs ansehnliche Alice die Tür öffnete. *Schon seltsam, woran man in solchen surrealen Situationen denkt,* dachte ich noch, bevor ich zur Toilette eilte, um mich herzhaft zu übergeben.

»Na, immerhin besser als weinen«, murmelte Ray, der herbeigeeilt war, um meine Haare aus der Kloschüssel zu halten, während Alice mir den Rücken tätschelte.

Kapitel 7

Morgengrauen

Alice stemmte ihre Hände in die Hüften. »Die Limousine und den Bodyguard kannst du direkt wieder abbestellen, mein Lieber. Ich gehe heute Nacht nicht nach Hause und lasse Holly alleine.«

»Nun, hier kannst du aber auch nicht bleiben. Tagsüber bin ich tot und selbst für so eine halbe Portion wie dich leicht zu vernichten, da lasse ich keine fremden Menschen in meine Nähe.« Ray verschränkte die Arme vor der Brust.

»Ach? Warum hast du dann Holly, nachdem du sie gerade erst aufgelesen hattest, bei euch im Tourbus schlafen lassen?«, fragte Alice mit funkelnden Augen zurück.

Eins zu null für Alice.

Ray war sichtlich sprachlos. Wenn es um mich ging, schien er überdurchschnittlich oft durcheinander zu sein.

Schließlich schritt Sam ein, bevor die Situation noch unangenehmer wurde. »Sie kann bei mir bleiben. Holly ebenfalls, dann kann ich sie tagsüber auch beschützen, während du eben ... unabkömmlich bist. Wir müssen nur ihrer Familie Bescheid sagen.«

Alice nickte zufrieden, doch mein Blick wanderte zu Ray. Er schien mit sich zu hadern.

»Aber ihr bleibt im Hotel, solange es Tag ist!«, gab er schließlich nach.

Sam nickte bestätigend. »Keine Sorge, Boss, keiner wird mein Hotelzimmer verlassen«, fügte er hinzu, weil Ray noch immer kritisch dreinblickte.

»Und lass deine Pfoten von Holly, sie war mal in dich vernarrt«, fügte Ray hinzu und ich sah, wie der Anflug eines Lächelns über sein Gesicht huschte. Natürlich konnte er es nicht lassen, mich noch einmal bloßzustellen und irgendwelche Besitzansprüche, die er gar nicht hatte, geltend zu machen. Ich rollte genervt mit den Augen.

»Das erklärt zumindest die ganzen freudschen Versprecher. Aber solltest du dann nicht eher ihr sagen, sie soll die Pfoten von mir lassen?«, prustete er und bat: »Dann bitte einmal mir folgen, die Damen.«

Er führte uns zur Tür, auf den Flur und zog seine Zimmerkarte durch den Schlitz der nächsten Tür, während Alice kurz mit ihren Eltern telefonierte und sie darüber informierte, dass sie den Tag bei uns verbringen würde. Wir betraten hinter Sam das Hotelzimmer.

Wenn er heute Morgen erst angekommen war, konnte er bisher nur einige Stunden dort verbracht haben. Wie zur Hölle hatte er es fertiggebracht, in dieser Zeit derartig viele Klamotten im gesamten Raum zu verteilen? Es sah aus, als wäre ein H&M explodiert. Alice und ich schlichen auf einem Trampelpfad, welcher das Chaos durchzog, zum Bett und ließen uns darauf nieder. Sam räumte hastig ein paar Papiere und Boxershorts von den Laken.

»Wenn wir jetzt direkt nebenan sind, dann kann Ray uns sicherlich durch die Wände hören, oder? Dank seines Vampirgehörs?«, fragte Alice und Sam unterbrach seine hektischen Tätigkeiten, um auf die Uhr zu sehen.

»In fünfzehn Minuten kann er es nicht mehr, nicht einmal mehr durch Hollys Gedanken.«

»Gut, dann hätte ich in der Zwischenzeit gern deine Meinung zu dem Anschlag, außerdem will ich wissen, was du hier machst, wie du hierherkommst und was genau du mit Ray zu tun hast«, verlangte Alice.

Sam seufzte ergeben. »Wie gesagt, Rays Familie, die Sorins, sind schon seit Ewigkeiten eng mit meiner Familie verbunden. Mein Urururururgroßvater war bereits ein Beschützer der Sorins. Sie haben meine Vorfahren aus der Sklaverei befreit und seitdem ist jedes Mitglied meiner Familie mit einem Mitglied der Familie Sorin verbunden. Wir haben geschworen immer da zu sein, wenn wir gebraucht werden, so wie jetzt zum Beispiel.«

»Und das nimmst du einfach so hin?«, entrüstete sich Alice. »Wann wurdest du zum Bodyguard ausgebildet? Du bist ja wohl kaum älter als wir. Ray aber ist wirklich alt, wer hat ihn vor dir beschützt? Warum studierst du Kunst, wenn du eigentlich Bodyguard bist?«, führte sie ihr Verhör fort.

Sam wirkte etwas überfordert, beantwortete jedoch brav ihre Fragen. »Vor mir hat ihn ein Onkel beschützt, der ist jetzt im Ruhestand. Ich sehe vielleicht auch ein bisschen jünger aus, als ich eigentlich bin, und habe ... eine natürliche Begabung, was den Personenschutz angeht, so könnte man es zumindest nennen. Meine Familie hat die genetische Lotterie gewonnen. Ray ist aber auch nicht der Typ, der oft jemanden braucht. Im Gegenteil, er hat gesagt, er würde mich nur rufen, wenn es wirklich dringend nötig sei, die restliche Zeit meines Lebens soll ich verbringen, wie ich will. Er hat mir den Freipass gegeben, um aus Vistren herauszukommen, und ich bin ein wenig herumgereist und habe dann begonnen Kunst zu studieren, in der Hoffnung, irgendwann einmal Kunsthistoriker zu werden.«

»Ich dachte, es leben nur Vampire in Vistren«, überlegte ich laut und Sam wandte sich mit einem Lächeln zu mir.

»Nun, wenn das so wäre, dann könnte ja jeder kommen und einfach tagsüber die gesamte Stadt niederbrennen. Dann würde es heißen: Vorhang auf – BBQ-Zeit.«

Alice kniff die Augen zusammen. »Also bist du kein Vampir.«

Sam schüttelte den Kopf und sah abermals auf die Uhr. »Wenn ich einer wäre, dann wäre ich jetzt mausetot«, sagte er und ging zu der großen Fensterfront, um den Sonnenaufgang zu betrachten.

Seit ich mit Ray in ausschließlich vampirsicheren Hotelzimmern geschlafen hatte, löste der Anblick einen kurzen Moment des

Schocks aus, als sich die verschiedenen Töne der Morgenröte auf den Horizont malten.

Stille kehrte ein und alles wirkte beinahe friedlich. Erst nach einigen Minuten, in denen wir das orangerote Leuchten beobachteten, sprach Sam erneut: »Es ist eigentlich schon ein irrer Zufall, dass wir drei hier plötzlich in New York in einem Hotelzimmer sitzen. Damit hätte ich auch nie gerechnet.« Er lachte, als er unsere verdutzten Mienen sah. »Aber ich finde, jetzt bin ich auch mal dran, euch ein bisschen auf den Zahn zu fühlen. Du hattest also mal etwas für mich übrig, Holly?«, fragte er denn auch gleich und sein Grinsen wurde breiter.

Ich lief rot an und Alice antwortete, bevor ich auch nur den Mund aufmachen konnte: »Mehrere Semester lang! Sogar noch kurz bevor sie Ray traf!« Sie verdrehte die Augen und kicherte. Eine schöne Freundin hatte ich da, die mir gradewegs in den Rücken fiel, zum zweiten Mal.

»Ach wirklich? Warum hast du nie etwas gesagt? Wir hätten ja mal ausgehen können«, meinte Sam, doch ich schüttelte nur den Kopf und verbarg mein Gesicht in den Händen. Darüber wollte ich jetzt wirklich nicht reden.

Alice schien zu erraten, was ich dachte, und deutete vorwurfsvoll auf Sam. »Lenk nicht ab, Mister. Was denkst du über den Anschlag?«

»Nun, ich stimme Ray zu. Ein Zufall ist hier unwahrscheinlich. Die Vampirin war ziemlich ausgehungert, aber das war kein ausreichender Grund, um Hollys versuchte Entführung zu rechtfertigen. Sie hätte immerhin direkt zubeißen können, ohne sie zu verschleppen. Außerdem war sie älter als der erste Vampir, der Holly angegriffen hat. Er könnte möglicherweise ein Kind von ihr sein.« Sam rieb sich mit den Fingern die Nasenwurzel. »Wir können nicht davon ausgehen, dass es aufhören wird, solange unklar ist, wer dahintersteckt. Du wirst also leider noch eine Weile mit mir und dem Obermufti nebenan abhängen müssen«, wandte er sich an mich.

»Ich vertraue da Rays Urteil«, sagte ich nur und starrte zurück.

»Seit wann vertraust du Ray so sehr?«, hakte Alice nach und sah mich misstrauisch an.

»Er hat eine Kugel für mich abgefangen und er vertraut mir«, entgegnete ich und sah nun zwischen Sam und Alice hin und her.

Während Sonnenlicht das Zimmer flutete, erklärte Sam Alice das weitere Prozedere. Er beruhigte sie, nicht nur Ray, sondern auch die anderen Vampire würden auf mich aufpassen. Na klar, James war sicherlich ganz scharf darauf, den Babysitter für mich zu spielen. Taylor dagegen würde die Situation zu seinem Vorteil nutzen, also war Damian der Einzige, der zusätzlich auf mich aufpassen würde, aber das musste sie ja nicht unbedingt wissen.

»Holly, alles okay? Alice stellt mir hier hundert Fragen, aber du bist so still.« Sam sah mich besorgt an.

Hm, mal überlegen, vermutlich lag das daran, dass mir ein Unbekannter nach dem Leben trachtete und ich zweimal mit nur mehr als Glück davongekommen war. Eine Frage hatte ich aber doch. »Ray hat versucht der Vampirin zu befehlen mich loszulassen. Er ist der Prinz der Rechtsprechung, das weiß ich soweit auch. Aber wie zur Hölle funktioniert dieses vistresche Herrschaftssystem?«

Sam fuhr sich mit der Hand durchs Haar. Er warf mir einen langen Blick zu. »Eigentlich bin ich nicht befugt dir etwas über Vistren und das Hierarchiesystem zu erzählen. Aber ich versuche es mal so allgemein wie möglich zu halten. Das sollte deine Frage beantworten, ohne zu sehr ins Detail zu gehen.« Er seufzte und knetete nervös seine Hände.

»Vistren wird von Vampiren regiert, die einen Rat bilden, der immer aus zwölf Mitgliedern besteht. Diese Mitglieder gehören jeweils einer Familie an, die für einen bestimmten Regierungsbereich zuständig ist. Man nennt diese Familien die Hohen Häuser. Es gibt zum Beispiel das Haus der Gesetzgebung und Urteilssprechung, das sind die Sorins, also Rays Familie. Es gibt aber auch das Hohe Haus der Bestrafung, dem Morgana angehört, oder das Hohe Haus der Schatten, Taylors Zuhause. Jeder Vampir kann letztendlich einem dieser zwölf Häuser zugeordnet werden, egal ob gebissen oder geboren. Ich bin mir bei Damian und James nicht sicher, aber ich glaube, sie gehören dem Hohen Haus der Künste an.«

»So viel hat mir Taylor ungefähr schon erzählt«, erklärte ich und Sam kratzte sich am Kopf, ehe er fortfuhr. »Innerhalb dieser Häuser gibt es dann Ränge. Die Obersten werden natürlich von den Gründerfamilien und geborenen Vampiren gestellt. Das jeweils oberste Mitglied entscheidet in der Ratsversammlung für sein Haus und führt die Aufgaben aus, die zu diesem Amt gehören. In Rays Familie ist das sein Vater. Deswegen ist Ray einer der Prinzen. Er wird irgendwann die Position seines Vaters übernehmen«, schloss Sam und sah mich an.

Ich wusste zwar nun etwas mehr, aber dadurch hatten sich auch neue Fragezeichen in meinem Kopf angesammelt.

»Tut mir leid, ich kann dir nicht sehr viel mehr erzählen, ohne dass Ray mir den Kopf abreißt«, erklärte Sam entschuldigend und legte mir seinen Arm um die Schultern.

»Schon okay«, murmelte ich.

»Ich versteh immer noch nicht, was deine Familie damit zu tun hat. Wie konnten Menschen noch vor der Enthüllung so eine enge Bindung zu Vampiren aufbauen? Wart ihr etwa Spender?«, fragte Alice, die Sams Vortrag mit immer größer werdenden Augen gelauscht hatte.

»Nein, wir waren noch nie Spender und wenn Ray versuchen würde von mir zu trinken, würde ich ihm die Zähne ausschlagen. Es sei denn, sein Leben hinge davon ab. Wobei unser Hochwohlgeboren vermutlich selbst dann noch meckern würde, weil ich ihm nicht schmecke. Sie haben uns eben aus der Sklaverei befreit und uns eine Aufgabe gegeben. Das Modell mag etwas veraltet anmuten, grundsätzlich hat es für beide Seiten etwas Gutes. Mehr darf ich dazu nicht sagen, das würde auch viel zu lange dauern.«

Er gähnte und grinste. »Ich würde sagen, ab ins Bett mit uns. Wobei ich gestehen muss, für einen flotten Dreier bin ich gerade zu müde, also müssen wir das wohl verschieben. Sorry, Mädels.«

Alice und ich rollten synchron mit den Augen. Ich knuffte Sam in die Seite.

»Hey, ich wollte das schon immer mal sagen!«, verteidigte er sich. Er zog die Vorhänge zu und bleierne Stille senkte sich zusammen mit der Dunkelheit über das Zimmer.

Kapitel 8

Sandwich-Dates

Ray und ich verließen das Hotel früh in der nächsten Nacht. Sam blieb in seinem Zimmer. Alice luden wir trotz einer erneuten Diskussion im Hotel bei ihrer Familie ab.

Ray schien wieder ganz der Alte zu sein. Auch Sam wirkte gelassen und die Ereignisse der letzten Nacht schienen wie weggewischt zu sein. Nur ich war noch immer aufgekratzt und jedes kleine Geräusch ließ mich zusammenzucken.

Die kurze Zeit mit Alice und Sam vor dem Anschlag hatte mir ein Stück weit Normalität gegeben, die ich anscheinend schmerzlich vermisst hatte. Egal wie absurd dieses Treffen von drei Studenten, die am anderen Ende der Welt wohnten, in einem New Yorker Hotelzimmer gewesen sein mochte, ich hatte es genossen.

Kein Stein in meinem Leben schien auf dem anderen stehen zu bleiben. Wie auch, wenn man alle naselang von irgendwelchen Blutsaugern attackiert wurde und die Vampire, die mir freundlich gesinnt waren, mir den Kopf verdrehten. Emotionale Ausnahmezustände waren zur Tagesordnung geworden.

»Hey, hast du wirklich noch was vor oder war das nur ein Vorwand, um Alice loszuwerden?«, fragte ich, als ich neben Ray in der Limousine saß, die uns abgeholt hatte.

Anstatt zu antworten, schwang er sich ruckartig über mich und stemmte die Hände links und rechts von meinem Kopf in die weichen Lederpolster. »Ich habe jedes einzelne Wort mitbekommen, das du gestern zu Alice gesagt hast, bis ich eingeschlafen bin. Auch jedes Wort, das ihr auf der Toilette vor dem Angriff besprochen habt.«

Ich schluckte laut und versuchte ein Lächeln, was mir aber nicht wirklich gelang. »Dann weißt du jetzt, dass du eine Granate im Bett bist«, stellte ich im Versuch, die Stimmung zu lockern, fest, doch er ging nicht erst darauf ein. Ich hoffte nur, Sam würde seinen Kopf behalten dürfen, obwohl er uns Top Secret-Vampirgeheimnisse offenbart hatte.

»Ich dachte, wir hätten uns drauf geeinigt, du stehst zu deiner Entscheidung, mit mir zu schlafen, und suchst dir keine Rechtfertigungen! Außerdem, wer hat gesagt, dass du mir nichts bedeutest?«

Oh ... Okay, damit hatte ich nicht gerechnet. Der Anschlag oder Sams Kaffeekränzchen schienen nicht die höchste Priorität dieses Gesprächs einzunehmen.

»Meinst du nicht, wir haben Dringlicheres zu tun? Zum Beispiel rauszufinden, wer mich umbringen will und warum?«

Er hob eine Augenbraue und ich wusste, dass er das Thema nicht wechseln wollte.

»Ray, du bist ein Vampir-Rockstar-Prinz und ich bin eine menschliche Studentin –«

»Falls das jetzt irgendwie dein Problem beschreiben soll, dann verstehe ich es nicht. Weil ich ein Vampir bin und du ein Mensch? Würdest du bei einem Alien, Werwolf oder sonst was auch so ein Problem haben? Oder weil ich ein Prinz bin? Ich dachte, das wäre eher ein Pluspunkt bei Frauen. Wir sind ja schon zusammen in der Kiste gelandet.«

Angesichts des letzten Abschnitts lief ich scharlachrot an. Auch wenn ich sicher war, dass ich einer Beziehung zu einem Alien oder einem Werwolf auch nicht sonderlich offen wäre, Ray hatte recht. Aber wenn ich ihm auch etwas bedeutete, wie er behauptete, dann konnte er ruhig ein bisschen offener mit seinen Gefühlen umgehen.

Er blickte mir weiter ernst in die Augen. »Wir hatten noch nicht mal ein erstes Date. Wieso kannst du es nicht einfach ganz entspannt geschehen lassen?«

»So wie du das ganz entspannt angehen lässt? Mein Herz macht das nicht so gut mit, das läuft seit Wochen im Turbomodus! Erst küsst du mich in Paris, dann küsse ich Taylor und du wirst ganz komisch, obwohl du selbst immer betonst, dass wir keine Beziehung haben. Trotzdem fängst du eine Kugel für mich ab, die dir durchaus hätte schaden können. Dann gestehe ich dir, dass ich verknallt bin, und du behauptest auch irgendetwas für mich übrigzuhaben, ruderst aber gleichzeitig schon wieder zurück und machst einen auf: *Es ist gefährlich, mit mir zusammen zu sein*. Ich kann meine Gefühle und meinen Kopf nun mal nicht trennen, okay? Vampire gehören eben nicht zu meiner Zukunftsplanung. Eigentlich gehörten sie nicht mal zu meiner Gegenwartsplanung, ehe du mein Leben auf den Kopf gestellt hast. Ich hatte bis vor ein paar Wochen immer noch Angst vor deiner ganzen Spezies! Und manchmal bin ich mir nicht mal sicher, ob ich die nicht immer noch habe. Oder haben sollte.«

Als ich all das, was in meinem Kopf so rumspukte, endlich ausgesprochen hatte, fühlte ich mich leer und ausgelaugt. Es war etwas anderes, Ray diese Dinge an den Kopf zu werfen, anstatt sie mit Alice zu diskutieren. Jedes einzelne Wort hinterließ einen tiefen Kratzer in meiner Seele. Dadurch dass mein Leben in Gefahr gewesen war, hatte ich kurzzeitig verdrängt, wie schwer dieses ganze emotionale Dilemma auf mir lastete. Verliebt in einen Vampir, der mich nicht wollte, oder zumindest nicht so, wie ich es mir wünschte. Verliebt in ein Wesen, das ich einst so sehr gefürchtet und verabscheut hatte. Die Schöne und das Biest reloaded X Punkt null.

Ray schnaubte und ließ sich wieder in seinen Sitz fallen. »Na schön, dann eben auf deine Weise, denk so viel nach, wie du willst«, murrte er.

Ich vertiefte meinen Blick auf das Muster des Limousinenbodens und spürte, wie sich Ray neben mir entspannte.

»Zeit, deinen Teil der Abmachung zu erfüllen. Herzlichen Glück wunsch, Belle, wir haben ein Date«, sagte er und trommelte im Rhythmus der Musik mit seinen Fingern auf der Türverkleidung herum.

Als wir am Ziel unserer Fahrt angekommen waren und die Wagentür geöffnet wurde, tobte draußen bereits das Blitzlichtgewitter. Ich konnte gerade so meine Tränen zurückkämpfen, Tränen der Wut, der Enttäuschung und des Schmerzes. Ray trat mutig nach draußen und griff nach meiner Hand, um mir beim Aussteigen zu helfen. Ich blinzelte gegen die hellen Lichter an und hörte Ray, der laut über das unbarmherzige Klicken der Fotoapparate hinwegsprach.

»Sie können mir gleich fünf Minuten lang Fragen stellen, keine Sekunde länger. Holly wird natürlich auch gerne für Fragen zur Verfügung stehen. Danach möchte ich, dass sie alle verschwinden, damit wir unser Date genießen können. Ihre Zeit läuft ab jetzt.«

Er klang kühl, aber höflich und drückte immer noch ermutigend meine Hand. Egal wie sehr ich ihn gerade angefaucht hatte, er konnte es nicht lassen, sich wenigstens ein paar Sorgen um mich zu machen, und ließ mich das spüren. Unter all der harten Schale verbarg sich, wie ich mittlerweile wusste, auch ein weicher Kern. Und er wusste schließlich, wie unangenehm mir die ganzen Reporter waren.

Sofort bekam ich ein Mikrofon vor die Nase gehalten.

»Holly, hängt dieses Date mit dem Anschlag auf Ihr Leben zusammen? Fühlen Sie sich zu Ray hingezogen, weil er Ihr Leben gerettet hat?«, fragte eine hübsche blonde Reporterin und ich blickte sie an wie ein erschrockenes Reh im Scheinwerferlicht.

»Ähm …«, antwortete ich, doch zeitgleich interessierte mich, was Ray zu der Frage »Wir haben dich noch nie auf einem Date erwischt. Was ist an Holly anders als an allen anderen Frauen bisher?« zu sagen hatte.

»Das kann ich nicht genau sagen, in dem Moment, wo ich sie sah, fand ich sie interessant. Sie ist sehr offen und ehrlich, hat jede Menge Humor und ist einfach … jemand Besonderes. Außerdem mag ich an ihr, dass sie so durchdacht ist und immer die richtigen Worte findet.« Grinsend richtete er die letzten Worte direkt an mich.

Diese Spitze hatte ich wohl für mein nicht gerade überzeugendes »Ähm …« verdient.

»Warum wurde Holly dann mit Taylor in Orlando gesichtet, auch bei einem Date?«, fragte eine vertraute Stimme: Jason Walkers. Folgte uns der Typ überallhin?

»Taylor hat auf meine Anweisung hin Zeit mit Holly verbracht, damit sie sich besser kennenlernen«, erwiderte Ray kühl und fixierte Jason mit einem düsteren Blick.

»Worüber haben die beiden sich damals gestritten?«, hakte der wiederum nach und in seinen Augen blitzte es gefährlich auf.

»Tja«, sagte Ray und schenkte der Menge wieder ein wundervolles Lächeln. »Es hat sich rausgestellt, dass sie nicht gerade auf einer Wellenlänge liegen.«

Das brachte ihm einige Lacher ein.

»Holly, wie viel ist zwischen Ihnen und Ray bisher passiert? Küsst er gut? Oder möchten Sie uns noch mehr verraten?«, fragte mich wieder die blonde Reporterin. Sie war trotz meiner wenig zufriedenstellenden ersten Antwort geduldig geblieben. Doch ehe ich ihr eine richtige Antwort geben konnte, packte mich Ray und küsste mich leidenschaftlich vor versammelter Mannschaft, was mir einen Kloß im Hals bescherte. Fotoapparate knipsten wie wild und ich sah die Blitzlichter selbst durch meine geschlossenen Augen. Mein Puls fuhr Achterbahn. Die Menge drängte näher zu uns heran, doch Ray hielt mich sicher in seinen Armen. »Beantwortet das Ihre Frage, Amanda?«, feixte er, nachdem er sich von mir gelöst hatte.

Die Reporterin lief rot an und drehte sich zu ihrem Kamerateam um. »Habt ihr das drauf?« Zustimmendes Nicken folgte.

Dann fiel mein peinlich berührter Blick auf jemanden, der etwas abseits der Papparazzihorde stand. Ein Paar funkelnde rote Augen blickte mir entgegen und ein zu einem Grinsen verzerrtes, eingefallenes Gesicht. Zweifelsfrei ein Vampir, noch dazu einer von der unangenehmen Sorte, wenn man von seinem Aussehen ausging. Der Unbekannte hob einen Finger zu seinem Hals und ließ ihn in einer eindeutigen Bewegung darüberfahren. Das internationale Symbol für *Kopf ab*!

Ich erbleichte und spürte, wie mir das Blut in die Beine sackte. Ray wirbelte besorgt zu mir herum, folgte meinem Blick und sprach dann zu den Reportern: »So, Ihre Zeit ist um, war nett mit Ihnen zu plaudern.«

Er nahm mich bei der zitternden Hand und führte mich langsam und selbstsicher in Richtung eines Lokals, ohne jedoch den fremden Vampir aus den Augen zu lassen, welcher sich nun wieder in die Schatten zurückzog. Niemand außer uns hatte ihn bemerkt. Die Reporter dachten jedoch nicht daran, uns einfach so ziehen zu lassen, sodass Ray unserem Chauffeur einen Wink geben musste, damit er uns half eine Schneise zur Eingangstür zu schlagen. Nachdem wir es mit Ach und Krach in das Diner geschafft hatten, nahm ich einen feinen Geruch nach frischem Gebäck wahr und hörte Musik. Die leisen Töne eines Klaviers, Saxophons und einer Blues-Sängerin wollten so gar nicht zu meiner alarmierten Stimmung passen, oder zu dem Tohuwabohu draußen vor der Tür.

Das Wundersamste jedoch war: Wir waren die einzigen Gäste, bis auf zwei Kellner und einem Koch, die uns neugierig beäugten. Gerade als ich wieder hinausstürmen wollte, da ich einen Hinterhalt witterte, senkte Ray seine Hände auf meine Schultern und beruhigte mich: »Alles okay, ich habe das Restaurant für uns gemietet.«

Er führte mich zu einem Tisch, auf dem eine Kerze stand, und bat mich es mir bequem zu machen. Ich zitterte immer noch, doch Ray schien sich nicht aus der Ruhe bringen zu lassen. Er wandte sich an einen Kellner, bestellte und ließ sich dann auf den Platz mir gegenüber fallen.

»Wer zur Hölle war das?«, fragte ich und hatte Mühe, meine bebende Stimme zu kontrollieren.

»Nun, wer das war, weiß ich nicht. Was die Geste angeht, könnte das alles bedeuten. Ein Fan, ein böswilliger Vampir oder ein weiterer Attentäter«, sagte Ray mit sachlicher Stimme, während sich mein Magen überschlug.

»Wie kannst du nur so gelassen bleiben?«, fragte ich ihn und sprang von meinem Stuhl auf.

»Er war sehr viel jünger als ich, das war offensichtlich. Selbst wenn er aus dieser Distanz auf dich geschossen hätte, hätte ich mit Leichtigkeit die Kugel für dich fangen können. Diesmal sogar komplett gefahrlos, denn ich habe weit schnellere Reflexe als er und ich hätte gewusst, woher und dass auf dich geschossen wurde.«

Er nippte an dem Glas Blut, welches der Kellner für ihn gebracht hatte. Mein Mund klappte auf und zu wie bei einem Fisch, der auf dem Trockenen gefangen war.

»Diesmal sogar komplett gefahrlos?«, hakte ich nach und Ray seufzte. »Gibst du also zu, dass du die erste Kugel impulsiv abgefangen hast?«

»Das ist doch jetzt völlig irrelevant. Du warst keine Sekunde in Gefahr – das ist das Einzige, was momentan zählt.«

Wie unterschiedlich die Definitionen dieses Wortes sein konnten. Ein Spaziergang im Löwengehege würde Ray vermutlich auch nur mit einem Gähnen als harmlose Freizeitbeschäftigung abtun, da müssten schon eher Geschütze à la *Jurassic* kommen, um dem Picknick im Park etwas Würze zu verleihen.

»Das macht mir nicht unbedingt weniger Angst, aber gut! Gibt es zumindest neue Erkenntnisse, wer dahintersteckt?«, fragte ich und verbarg meine zitternden Hände unter dem Tisch, indem ich mich am Zipfel des Tischtuchs festhielt.

»Taylor bemüht seine Kontakte im Haus der Schatten«, antwortete Ray schlicht.

»So jemand wie Jason könnte doch aber auch dahinterstecken?«, fragte ich, doch Ray schüttelte den Kopf.

»Jason hat genau wie du Angst vor Vampiren. Er deckt andauernd schmutzige Geheimnisse von uns auf, niemand wäre scharf darauf, mit ihm zusammenzuarbeiten. Außerdem läge es nicht in seinem Interesse, einen seiner Goldesel ernsthaft zu verletzen – worüber sollte er dann noch berichten?«

»Was ist mit deiner irren Verlobten? Morgana?«, hakte ich weiter nach.

»Sie ist nicht meine Verlobte!«, korrigierte er mich ungehalten, fuhr dann aber weiterhin ruhig fort: »Das habe ich zunächst auch vermutet, aber mittlerweile können wir ziemlich sicher sagen, sie ist nicht dafür verantwortlich. Nicht ihr Stil. Ihre Steckenpferde sind eher Angst, Überraschung und dergleichen. Ich war so frei zu bestellen, das Pastrami-Sandwich hier ist legendär«, erklärte er entschuldigend an mich gewandt.

Der abrupte Themenwechsel erwischte mich kalt.

»Sandwich beim ersten Date?«, fragte ich verwundert und Ray blickte mich verführerisch an.

»Ein besonderes Sandwich für eine besondere Frau. Hätte ich gewusst, dass du lieber ein ganz klassisches Date bevorzugst, hätte ich das auch arrangieren können. Beim nächsten Mal weiß ich dann Bescheid. Oder möchtest du lieber etwas anderes essen?«

Nächstes Mal ... Diese Worte ließen die Schmetterlinge in meinem Bauch einen Tanz aufführen. Ich blickte düster, genau das wollte ich vermeiden, schüttelte dann aber langsam den Kopf. Gerade noch vor Angst bebend schien sich mein Herz schneller beruhigt zu haben als mein Kopf.

»War das nicht gefährlich, allen zu sagen, wo wir in den nächsten paar Stunden sein werden?«, fragte ich.

»Es wäre noch schlimmer, wenn wir uns nicht zeigen würden. Genau das ist der Sinn von solchen Aktionen, derartige Panik, dass man vergisst zu leben.« Er hob sein Glas und prostete mir zu. »Auf ein schönes erstes Date.« Unsere Gläser klirrten aneinander.

Kapitel 9

Familienbande

»Holly«, setzte Ray an, »ehrlich gesagt überlege ich die ganze Zeit, wie ich anfangen soll dir etwas über mich zu erzählen, aber vielleicht ist es besser, wenn du mir einfach Fragen stellst.« Über sein Gesicht zog ein grüblerischer Schatten.

Ich dachte nach. Was wollte ich eigentlich wissen? Nicht zu viel, meldete sich mein Unterbewusstsein. Ich wollte nicht schon wieder Angst vor ihm bekommen, ich hatte mich ja gerade erst, entgegen meiner Erwartung, mit den Vampiren halbwegs arrangiert. Außerdem bereitete mir die Anschlagsserie auf mein Leben schon genug Panik.

»Erzählst du mir was von deinen Eltern?«, fragte ich unsicher und nippte an meinem Glas.

Ray lehnte sich zurück. »Nun, Sam hat dir ja schon etwas über die Position meines Vaters erzählt. Meine Eltern sind beide Vampire und schon sehr, sehr alt. Meine Mutter ist Römerin und mein Vater Grieche. Sie ist eine geborene Vampirin und verwandelte meinen Vater, da sie sich so sehr in ihn verliebt hatte. Sie haben sich irgendwie zusammengerauft, um die Ewigkeit miteinander zu teilen.«

Ich seufzte, auf eine verquere Art und Weise klang das sogar romantisch. Doch gerade als ich ihm meine Gedanken mitteilen wollte, kam er mir zuvor.

»Na ja, sie haben seit Jahrhunderten mehr oder minder eine On-Off-Beziehung. Vampire halten es meistens nicht länger als ein paar Jahrhunderte miteinander aus, deswegen gehen sie immer mal wieder getrennte Wege, es sei denn ...« Er hielt inne und starrte mich mit einer unergründlichen Miene an.

»Es sei denn was? Hatten sie auch so eine chemische Verbindung?«, fragte ich nach.

Er schüttelte den Kopf. »Glaub nicht jedes Märchen, das Taylor dir erzählt! Was ich sagen wollte, war: Es sei denn, sie haben Kinder. Die führen dazu, dass sie sich immer wieder zusammenreißen. Sie leben in Vistren, waren Mitbegründer der Stadt und haben einen Sitz im Rat. Das hat dir Sam aber bereits erklärt. Als Vistren noch sehr jung und noch ein kleines Dorf war, bekamen sie mich und meine Geschwister. Ich wurde gut erzogen, neigte aber immer zur Rebellion. Ganz im Gegensatz zu manchen meiner Geschwister«, sagte er und grinste.

»Also heißt das im Umkehrschluss auch, dass ich deine Charakterschwächen nicht auf deine schwere Kindheit zurückführen kann. Aber wenn Vampire ewig leben und nicht altern, wieso bist du dann kein Kleinkind?«, fragte ich.

»Geborene Vampire können sich ihr Alter unter bestimmten Umständen aussuchen. Soll heißen: Wir können altern, aber wir bestimmen selbst wie schnell. Meine Kindheit hat ungefähr zweihundert Jahre gedauert. Als Taylor geboren wurde, habe ich beschlossen doch eher ein großer Cousin zu sein. Seitdem bin ich allerdings zumindest optisch nicht mehr gealtert. Ein anderes Beispiel wäre meine Schwester, die sich seit fünfhundert Jahren als Kind von meiner Mutter verhätscheln lässt. Nur weil ich gut erzogen wurde, heißt das nicht, dass ich keine schwere Kindheit hatte. Ich hoffe einfach mal für dich, du musst niemals an einem der sorinschen Familienfeste teilnehmen und meine Geschwister kennenlernen.« Er grinste erneut. Einerseits flatterte mein Herz beim Gedanken daran, mehr Zeit mit Ray zu verbringen, andererseits war ein Vampir-Familienfest alles andere als verlockend.

»Wie viele Geschwister hast du denn? Erzähl mir von ihnen«, verlangte ich.

»Ich habe sieben Geschwister, drei Schwestern und vier Brüder. Und du?«

Die Gegenfrage traf mich etwas unerwartet. »Ich bin Einzelkind«, gestand ich zögerlich.

Ich wollte eigentlich nicht so viel von mir reden, sondern viel lieber noch mehr über Ray erfahren, aber vermutlich ging es ihm andersherum genauso. Sieben Geschwister, halleluja, das waren wirklich eine Menge. In der Küche klapperten Teller und ich zuckte zusammen. Noch immer brachten mich unvermittelte Geräusche aus der Ruhe und ließen das Blut in meinen Ohren rauschen.

»Nun, du wolltest etwas zu meinen Brüdern und Schwestern wissen. Die Älteste von uns ist Hekate, sie wurde, kurz nachdem mein Vater zum Vampir wurde, geboren, dadurch ist sie sehr, sehr schwach. Selbst du könntest einen Ringkampf mit ihr gewinnen. Deshalb hat sie Vistren noch nie verlassen. Eines Tages werde ich ihr aber die Welt zeigen. Sie ist immerhin die einzige Schwester, mit der ich mich gut verstehe«, erklärte er und ein liebevoller Ausdruck zierte sein Gesicht.

Ich kratzte mich nachdenklich am Kinn, wieso nur war Hekate so schwach? Und warum war sie die einzige Schwester, mit der er sich gut verstand? So sehr mich ihr Schicksal berührte, wurde mir flau im Magen von Ray zu hören, dass er seine anderen Geschwister offenbar weit weniger mochte. Ich selbst hatte mir immer einen Bruder oder eine Schwester gewünscht.

»Ich bin der Zweitälteste«, fuhr er ungerührt fort. »Dann wurde Markus geboren, er wäre eigentlich der perfekte Anwärter auf den Kronprinzentitel, denn es gibt keinen Vampir, der regelkonformer ist als er. Kennst du diese alten Großmütter, die immer aus dem Fenster schauen und alle Falschparker aufschreiben? Ja? So ungefähr.« Er schmunzelte, als ich angesichts dieser Beschreibung lachen musste. Langsam begann ich mich wieder zu entspannen.

»Der nächste Bruder wäre dann Solaire, er ist ein echter Wissenschaftler und war maßgeblich an der Entwicklung des synthetischen Blutes beteiligt. Er versucht eine nachhaltige Stärkung für Hekate zu finden, um ihr ein normales vampirisches Leben zu ermöglichen. Außerdem steckt seine Nase für gewöhnlich in noch hundert weiteren Studien und Experimenten.«

Das Bild eines weißhaarigen, zerstreuten Wissenschaftlers tauchte in meinem Kopf auf.

»Das ist ziemlich weit weg von der Wahrheit«, kommentierte Ray meine Gedanken, woraufhin ich ihn anfunkelte. *Raus aus meinem Kopf!*, fluchte ich geistig und schaltete mein Mental-Radio auf geschmacklose Schlager. Er wühlte ungerührt in einer seiner Taschen und fischte ein vergilbtes Farbfoto aus seinem Portemonnaie.

»Da, das ist das neueste Bild, was ich von ihnen hab. Viele gibt es nicht, da wir uns nicht allzu oft zusammenraufen«, sagte er und reichte es mir.

Es war ein klassisches Familienfoto. Im Hintergrund war ein Paar zu sehen. Er hatte rabenschwarze Haare, sie zierte eine rotblonde Mähne, die ihr in akkuraten Locken bis auf den Rücken fiel. Ihre Augen funkelten hellblau, seine waren von einem warmen Braun. Dann fiel mein Blick auf die Reihe *Kinder* im Vordergrund. Ganz rechts, neben Ray, stand ein dünnes blondes Mädchen, etwa in meinem Alter. Sie hatte Rays Augen und wirkte fast ätherisch, wie sie da mit einer Katze auf dem Arm in die Kamera lächelte.

»Das ist Hekate.« Er ließ seinen Finger weiterwandern und hielt bei einem ernst dreinblickenden braunhaarigen Mann Mitte zwanzig. »Das ist Markus.« Ich blinzelte überrascht. Unter einem pingeligen, gesetzestreuen Fast-Thronanwärter hatte ich mir etwas anderes vorgestellt. »Und das hier ist Solaire.« Er deutete auf einen rothaarigen Mann mit stechend grünen Augen, der etwas jünger wirkte und eine Brille trug. Moment mal, rote Haare und grüne

Augen? Ich war vielleicht keine Genetikerin, aber irgendwas passte hier ganz und gar nicht.

»Vampire sind über mehrere Jahrhunderte hinweg nicht unbedingt die Treuesten. Du hast schon richtig erkannt, dass Solaire und ich vermutlich nur Halbbrüder sind. Ach, und die Brille trägt er nur, weil er behauptet damit klüger auszusehen.« Rays Schultern zuckten, als er auflachte, ehe er sich die Nasenwurzel massierte.

»Kurz danach wurde zuerst Lucy, die Schwester, die bisher noch nicht erwachsen werden will, und meine Zwillingsbrüder Chester und Charon geboren. Wenn du Taylor schon manipulativ findest, würde ich dir raten einen weiten Bogen um die beiden zu machen.«

Ray deutete auf zwei weißhaarige Kerle in meinem Alter, deren stechend rote Augen mir einen Schauer über den Rücken jagten. Sie waren ausgesprochen schön, aber ihre kalten Mienen standen in einem starken Kontrast zu ihren anmutigen Zügen. Sie sahen komplett identisch aus, auch wenn man ganz genau hinsah, schienen sie sich komplett zu gleichen. Allerdings wirkten sie alles andere als sympathisch. Als Ray Zwillinge erwähnte, hatte ich eigentlich an zwei vampirische Versionen von Fred und George gedacht, weniger an *The Shining*.

Dann fiel mein Blick auf das Kind, welches vor ihnen stand. Es hatte dieselben roten Augen, aber braune Puppenlocken, die ihr Gesicht umrahmten. Auch ihr Anblick strahlte ganz klar Gefahr aus. Sie hätte das Potenzial, in einem Horrorfilm mitzuspielen. Tranken Vampirbabys eigentlich Blut statt Milch? Galt *Der Exorzist* in Vistren als Kinderfilm? Wann hielten Vampirkinder Mittagsschlaf? Falls Ray meine Gedanken in diesem Moment mitbekommen hatte, ging er nicht darauf ein.

»Nun, als Letzte fehlt noch meine jüngste Schwester: Denata. Sie ist vielleicht in mancher Hinsicht sehr viel erwachsener als Lucy, jedoch ist sie Morganas beste Freundin, wodurch ich deren Hass über die Auflösung unserer Verlobung immer brühwarm bei jedem

Familiendinner serviert bekomme.« Er zeigte auf die letzte Person auf dem Foto, eine schätzungsweise Sechzehnjährige mit langen, glatten bordeauxroten Haaren und auffallend hohen Wangenknochen.

Ich reichte Ray sein Foto, als er fordernd die Hand danach ausstreckte. Bevor mich der Gedanke, wie ein Familienfest bei den Sorins wohl aussehen mochte, insbesondere was das Buffet betraf, weiter verstören konnte, kam mir eine andere Frage in den Sinn, die ich mir schon lange stellte.

»Erzähl mir von Vistren«, verlangte ich.

»Vistren hat etwa 67.000 Einwohner, wobei drei Viertel davon Vampire sind. Meine Eltern und elf andere Vampire haben Vistren aufgebaut, um einen Rückzugsort für Vampire zu erschaffen. Wir hatten über jahrhundertelang Abmachungen mit den umliegenden Dörfern: Blut gegen Schutz«, ratterte Ray einen Haufen Informationen wie auswendig gelernt herunter.

»Ihr habt Schutzblut erpresst? Seid ihr die Mafia?«, fragte ich und zog ausnahmsweise mal die Augenbraue hoch.

»Es war ein Angebot, was sie nicht ablehnen konnten«, schmunzelte er, bevor er fortfuhr: »Dieser Handel bestand so lange, bis Bluttransfusionen so weit kommerzialisiert waren, dass wir eine Privatfirma aufbauen konnten, die Blutbeutel direkt an Vistren abführte. Tja und dann hat Solaire irgendwann das geklonte Blut erfunden, damit waren all unsere Probleme gelöst. Nun waren wir nicht mehr auf Menschen angewiesen. In den einzelnen Stadien ist Vistren immer weiter angewachsen, viele Vampire hatten keine Lust mehr darauf, sich zu verstecken, zu jagen oder alle paar Jahre umzuziehen, um ihre ewige Jugend keinem neugierigen Menschen erklären zu müssen.«

Er runzelte die Stirn. »Was kann ich dir noch über Vistren erzählen ... Die Regierungsform ist eine Aristokratie, die zwölf Gründervampire herrschen über verschiedene Bereiche der Stadt. Versorgung, Verteidigung, Öffentlichkeitsarbeit … bla, bla, bla.« Er beendete den Vortrag abrupt. »Ich glaube nicht, dass das besonders interessant für dich ist, außerdem weißt du bereits einiges davon«, sagte er und sah mich fragend an.

»Ich bin beeindruckt. Wenn man mich etwas zu meinem Heimatdorf fragen würde, dann wüsste ich beinahe nichts, was ich erzählen könnte«, erwiderte ich.

»Na ja, ich bin auch jahrelang unterrichtet worden, als Prinz sollte man etwas über sein Hoheitsgebiet wissen«, erklärte er und seine Stimme klang bitter.

»Wenn du ein Prinz bist, müsstest du dann nicht in Vistren sein und irgendwelche vampirischen Regierungssachen machen? Über andere Vampire richten und so etwas?« Ich hatte zwar Sorge, mich mit dem Thema auf dünnes Eis zu begeben, wollte aber dennoch mehr darüber erfahren.

»Meine Eltern haben mir eine Gnadenfrist gegeben. Ich darf mir so lange die Hörner abstoßen, bis ich bereit bin zurückzukehren oder mir eine Frau gesucht habe, mit der ich sesshaft werden will. Nachdem ich die Verlobung mit Morgana aufgehoben hatte, waren sie wohl ganz froh darüber, dass ich die Stadt erst mal verließ. So langsam werden sie jedoch ungeduldig, aber bei Vampiren gibt es ja glücklicherweise kein Rentenalter oder Ähnliches. Auch wenn sie meinen aktuellen Karrierestand nicht besonders ansprechend finden.«

Er lächelte, wirkte aber immer noch etwas melancholisch. War er deshalb so abwertend, was Beziehungen anging? Fürchtete er sich davor, nach Vistren zurückkehren zu müssen? War das die große Gefahr, die er erwähnt hatte? Nervös trocknete ich meine Hände an einer Serviette.

»Meine Eltern sind genauso von meinem Kunststudium begeistert«, erwiderte ich und versuchte ihn etwas aufzuheitern, ich mochte es viel lieber, wenn er lächelte.

Er tat mir den Gefallen, dann sagte er: »Ich wusste nicht, dass du so kreativ bist. Was ist dein Fachgebiet?«

»Malerei und Kunstgeschichte.«

»Vielleicht sollte ich dich damit beauftragen, eine Aktzeichnung von mir anzufertigen.«

Ich verschluckte mich an meinem Getränk.

Er grinste frech. »Ich finde das jedes Mal herrlich, wie du reagierst.«

Ich hustete noch, weshalb ich nicht antworten konnte.

Einer der Kellner war mit unseren Sandwiches erschienen und ich musste Ray recht geben, sie waren fantastisch. Während wir mit Essen beschäftigt waren, dachte ich darüber nach, was ich ihn noch fragen könnte. Ich überlegte, ob ich etwas mehr über sein Vampirsein rausfinden wollte oder was er in seiner Freizeit so trieb. Wenn er nicht gerade Mädchenherzen brach. Hatte er möglicherweise auch etwas studiert?

»Übers Vampirsein?«, fragte er und sah mich belustigt an.

»Raus aus meinem Kopf!«, versuchte ich zu sagen, aber mein Mund war immer noch voller Sandwich, sodass nur ein undeutlicher Wortbrei herauskam.

Er ignorierte meinen Ausbruch. »Wir können uns in Spiegeln sehen, Silber kann uns halten, Sonnenlicht verbrennt uns. Pfähle und Kopf abschlagen tötet … Aber das weißt du alles schon.« Er dachte kurz nach. »Wir sterben nicht, jedenfalls nicht an Altersschwäche. Wir erkennen einen anderen Vampir sofort – ich habe gehört, manche Menschen haben da Probleme?«

Ich zuckte mit den Schultern. Ich hatte damit bisher noch keine Probleme gehabt, außer vielleicht bei Pete. »Wo ist eigentlich der Unterschied zwischen geborenen und gebissenen Vampiren?«, fragte ich, da mein Mund endlich leer war.

»Geborene Vampire sind deutlich stärker als gebissene, wir können sehr viel länger ohne Blut auskommen und sind ranghöher. Ein weiterer großer Unterschied ist, dass gebissene Vampire ihrem Schöpfer untertan sein müssen. Wenn er ruft, müssen sie folgen und sie müssen auch die ersten paar Jahre in seiner Nähe bleiben, da sie ausschließlich das Blut ihres Erschaffers trinken können. Das ist der Grund, warum Hekate so schwach ist. Sie wurde innerhalb dieser ersten paar Jahre gezeugt. Ich bin meinen Eltern dagegen nichts schuldig, zumindest nicht in dem Verhältnis ...«

Aber wie konnten Vampire überhaupt Kinder kriegen? Ray und Taylor hatten mir zwar gesagt, dass ich mir um Verhütung keine Sorgen machen brauchte. War das etwa nur eine Lüge gewesen? Wuchs etwa jetzt doch ein kleiner Blutsauger in meinem Bauch heran? So wie bei *Alien*? Panik kroch in mir hoch und ich beäugte misstrauisch meinen Bauch und piekte ihn mit meinem Zeigefinger. Wann würde ich noch mal meine Tage bekommen? Hätte ich mir diese Frage in der Anwesenheit von vier blutrünstigen Vampiren vielleicht früher stellen sollen? Was, wenn sie ...

Ray fing an zu lachen. »Nur Vampire können mit Vampiren Kinder zeugen, und auch das nur immer zu ganz bestimmten Zyklen. Aber wie das mit dem Babymachen technisch geht, das kann ich dir noch mal in aller Ruhe zeigen. Gerne auch mehrmals.«

Er grinste diabolisch und ich trat ihm unterm Tisch gegen das Schienbein. Er zuckte nicht mal mit der Wimper.

»Was ich in meiner Freizeit mache, hast du mich noch gefragt. Hm, mal sehen, ich spiele sehr gerne Gitarre und mache gerne Sport.«

»Vampire machen Sport?«, fragte ich noch mal nach, nicht dass ich mich verhört hatte. »Werden Vampire etwa auch fett? Wenn ihr jemanden mit einem hohen Blutzuckerspiegel trinkt?«

Ray begann wieder zu lachen. »Nein zum Fettwerden, aber ja, ich klettere gerne, surfe, Extremsportarten sind auch mein Ding. Da ist der Nervenkitzel einfach größer. Ach ja, und Bettsport natürlich nicht zu vergessen«, fügte er noch grinsend hinzu und ich verdrehte die Augen.

»Nun zu deiner letzten Frage: ob ich studiert habe. Nein, leider nicht, aber ich wurde über die Jahrhunderte hinweg in vielen verschiedenen Künsten unterrichtet. Vor allem in der Musik. Und was machst du, wenn du nicht gerade mit einer vierköpfigen Vampirband rumhängst?«, fragte er abrupt.

Ich rutschte unruhig auf meinem Stuhl hin und her, ich hatte eigentlich keine Hobbys außer das Malen. »Ich lese gerne. Ich, ähm ... ich mag Flohmärkte und so was und ich ... male eben«, antwortete ich unbehaglich. »Manchmal gehe ich auch ins Museum«, beeilte ich mich hinzuzufügen, doch auch das ließ mich möglicherweise nicht cooler wirken.

Alice hatte recht, ich hatte nicht mal ein interessantes Hobby. Alice ... Ich hatte mich außerdem noch gar nicht richtig dafür bedankt, dass Ray sie und ihre Familie eingeflogen hatte.

»Danke, dass du Alice und ihre Familie hierhergeholt hast«, sagte ich und wünschte, ich könnte ihm meine Dankbarkeit zeigen.

»Sie machen hier ihren Jahresurlaub. Wenn wir nach Las Vegas kommen, wird sie auch wieder da sein«, sagte er. Als er mein verblüfftes Gesicht sah und meine Gedanken dazu las, fügte er noch hinzu: »Was? Ich kann auch mal was Gutes tun. Sie hatte es verdient, schließlich ist sie deine beste Freundin und muss dich schon jahrelang vor dir selbst beschützen.« Er zwinkerte und ich schnaubte in gespielter Entrüstung.

Es kam mir so seltsam vor, Ray gegenüberzusitzen und sich gegenseitig Fragen zu stellen. Wenn ich mal die Gelegenheit bekam, schien mir einfach nicht viel einzufallen.

»Was hast du gedacht, als du mich das erste Mal gesehen hast?«, fragte ich schließlich geradeheraus.

Er überlegte kurz. »Ich könnte dir jetzt eine superromantische Geschichte erzählen, dass es Liebe auf den ersten Blick war, um dich einzulullen, aber das wäre gelogen. Ich habe dich nicht mal richtig wahrgenommen. Erst als das mit der Cola passiert ist, dachte ich, du bist vielleicht nicht ganz so dämlich wie viele andere da draußen. Außerdem war ich ziemlich ausgebrannt zu der Zeit. Pete hatte diese Idee mit dem PR-Gag, der von ihm sogenannten *Cinderella-Story*. Mir war langweilig, deswegen habe ich dir das Angebot gemacht, mich zu begleiten«, schloss er dann und sah mich mit unergründlicher Miene an.

»Vielleicht hat mein Unterbewusstsein aber auch mehr damit zu tun gehabt, als ich zu diesem Zeitpunkt wusste«, fügte er noch flüsternd hinzu.

Ich blickte ihn fragend an.

»Na ja, vielleicht hatte mein Unterbewusstsein beschlossen, dass ich eine Sünde zu viel begangen habe und jetzt schon mal den Teufel kennenlernen darf, bevor ich in die Hölle komme«, neckte er mich.

Haha, wenn hier einer einem Wesen aus der Hölle ähnlich war, dann war das wohl eher er, obwohl Hufe und Hörner fehlten.

»Hat sich denn deine Meinung über mich geändert?«, hakte ich mit einem Todesblick nach.

»Auf jeden Fall! Du hast dich schließlich als so spaßig rausgestellt, wie ich es mir erhofft hatte. Man könnte sagen, nicht nur ich habe deins, sondern du hast auch mein Leben auf den Kopf gestellt. Die ganze Lage hat sich ziemlich geändert. Am Anfang wollte ich dich einfach nur ein wenig ärgern, nicht mal ins Bett bekommen, aber dann …« Er brach ab.

Ich sah ihn erwartungsvoll an.

»Ich werde es dir nach den *Atlantis Awards* mal genauer erklären«, sagte er ausweichend.

Ich verschränkte frustriert die Arme vor der Brust. Er wollte keine Beziehung, aber sich wirklich erklären wollte er auch nicht. Diese Chemiesache zwischen uns schien ihm ganz schön zu schaffen zu machen.

»Also werden sich unsere Wege nicht unbedingt direkt nach den

Atlantis Awards trennen?«, fragte ich und hasste mich dafür, dass meine Stimme so hoffnungsvoll klang. Er hatte schon mehrere Andeutungen in die Richtung gemacht, aber richtig ausgesprochen hatte ich die Frage noch nicht.

Ray griff nach meiner Hand. »Ich hoffe nicht. Wir werden sehen, was passiert«, sagte er kryptisch und mein Herz machte einen Hüpfer.

»Ich glaube, du weißt selbst nicht genau, was du willst«, vermutete ich und zog meine Hand weg.

»Möglicherweise«, sagte er kaum hörbar. »Deswegen will ich ja etwas Unverfängliches, um es herauszufinden. Lass uns das einfach vergessen und nicht weiter drüber reden, sondern es … auf uns zukommen lassen.«

Meine Miene verdüsterte sich. Er würde ein Rätsel für mich bleiben, ein fabelhaftes Enigma. Ich kämpfte mit meinen eigenen Gefühlen und sobald wir einen Schritt nach vorne machten, kam es mir vor, als tanzten wir zwei wieder zurück. Der Typ für Unverfängliches war ich leider wirklich nicht, dennoch hatte ich mich, mit dem Zeitpunkt, an dem ich mit ihm geschlafen hatte, entschieden das Risiko eines gebrochenen Herzens einzugehen. Ray war es mir wert, es zumindest zu versuchen.

Unser *Date* verlief überraschenderweise noch relativ entspannt. Ray löcherte mich mit Fragen und ich stellte ebenso viele zurück, sodass ich am Ende tatsächlich das Gefühl hatte, ihn besser zu kennen. Das Pastrami-Sandwich war mit Abstand das Beste, was ich jemals gegessen hatte, und eine Stunde vor Sonnenaufgang kamen wir wieder im Hotel an.

»Willst du noch auf einen Kaffee mit hochkommen?«, fragte mich Ray grinsend, als wir vor dem Fahrstuhl zum Penthouse warteten.

Ich knuffte ihn in die Seite. »Kaffee ja, aber keinen Sex. Aber mit hochkommen tu ich trotzdem, wir schlafen im selben Zimmer!«

Er schüttelte seufzend den Kopf. »Ich habe doch nur nach einem

Kaffee gefragt! Wer hat denn von Sex geredet? Aber ein Gutenachtkuss ist okay?«, fragte er mit gespielter Unschuld und küsste mich, als ich nickte. All die Angst der Stunden zuvor war vergessen. Wenn Ray eine Sache beherrschte, dann war es, mich in Sicherheit zu wiegen.

Der Fahrstuhl war angekommen und Ray bugsierte mich irgendwie durch die beiden Schiebetüren, ohne den Kuss zu unterbrechen. Angesichts unserer Leidenschaft wurde es im Aufzug deutlich mehr als nur ein paar Grad wärmer. Jedoch wurde unsere wilde Knutscherei abrupt durch das Piepsen von Rays Handy unterbrochen.

»Wer ruft denn jetzt an?«, fragte ich und meine Stimme klang deutlich genervter als beabsichtigt.

»Es ist der Wecker, die Sonne geht gleich auf, du wirst deinen Kaffee allein trinken und dich mit den Schweinereien bis morgen gedulden müssen, nachdem du ja eigentlich gar nichts mehr von mir wolltest«, erwiderte Ray und fing an zu lachen, als meine Gesichtszüge entgleisten, während wir in unser Zimmer zurückkehrten. Nachdem er mein Feuer so entfacht hatte, sollte ich jetzt einfach warten?

»Keine Sorge, morgen fliegen wir zurück und du hast noch mal die Chance, in den *Mile High Club* einzutreten«, fügte er hinzu. Das Wort *fliegen* sorgte aber eher dafür, dass mein Herz in die Hose sank.

Ich ging ins Bett und drehte mich brummelnd von ihm weg. Bis ich einschlief, brauchte ich eine kleine Ewigkeit. Ich konnte das Gewirr in meinem Kopf einfach nicht ordnen. Nur eines wusste ich sicher: Mit Ray ging es nicht, aber ohne Ray ging es auch nicht.

Kapitel 10

Home Sweet Home

»Wir übernachten heute mal nicht in einem Hotel.« Ray hielt mir die Tür einer Limousine auf, nachdem wir sehr früh am Abend in Los Angeles gelandet waren. »Ein Problem damit?«

»Nein, nein«, beeilte ich mich zu sagen. Ich war gespannt darauf zu sehen, wie Ray lebte. Ich hoffte nur, dass er ein Gästezimmer hatte. Die körperliche Nähe der letzten Zeit hatte nicht gerade geholfen die Wogen in mir zu glätten.

»Hat dich das wirklich so gestört?«, fragte Ray reumütig.

»Fick dich doch! Raus aus meinem Kopf«, zischte ich zurück und verzog das Gesicht, als ich *Modern Talking Greatest Hits* anstimmte.

Er hielt sich panisch die Hände an die Ohren. »Gott, Holly! Das wird immer schlimmer! Mach das aus!«

»Dann halt dich eben aus meinem Kopf raus!«, fauchte ich und ließ *Cherry Cherry Lady* langsam verstummen.

Die restlichen Bandmitglieder sowie Adam und Sam waren bereits gestern angekommen und bereiteten sich auf die Talkshow vor, die heute Abend anstand.

Schweigend fuhren wir die dunklen Straßen entlang, bis Rays Telefon klingelte. »Es ist Pete«, stöhnte er und schaltete seinen PR-Manager auf Lautsprecher. Ray informierte ihn ausgiebig über den kleinen Zwischenfall mit dem unbekannten Vampir in New York. Ich sah betreten zu Boden, als Ray relativ viele Einzelheiten schilderte. Aber all dies konnte nützlich sein, um mehr über die unbekannte Angreiferin und die Hintergründe der Tat zu erfahren.

»Hm«, machte Pete, »das hört sich in der Tat danach an, als ob mehr dahintersteckt. Ich werde meine Kontakte spielen lassen und versuche sowohl rauszufinden, wer die Vampirin war, die Holly attackiert hat, als auch, wer euch beim Date bedroht hat. Wer sie geschaffen hat und mit wem sie sonst zu tun hatten. Es könnte etwas dauern. Du darfst sie keine Sekunde mehr alleine lassen! Wenn ihr etwas passiert, solange sie unter unserer Obhut steht, oder noch schlimmer, ein Vampir sie tötet, wäre das fatal und würde unseren ganzen PR-Ansatz von einer friedlichen Koexistenz völlig kaputt machen. Ich will, dass du sie hütest wie deinen Augapfel!«

Typisch Pete, es war das Wichtigste für ihn, dass das Marketing der Band nach Plan lief. Ich als Person, und damit lebendes Wesen, war ihm weitestgehend egal. Ihn interessierten nur Untote, vor allem nur *seine* Untoten.

Ray legte mir die Hand auf den Rücken, nachdem er aufgelegt hatte. »Nimm es nicht so schwer, das ist echt typisch Pete.«

»Pete ist mir in etwa so egal wie ich ihm«, erwiderte ich knapp und biss mir auf die Lippe.

Den Rest der Fahrt verbrachten wir wieder schweigend. Ich sah nach draußen und genoss die Landschaft, die am Fenster vorbeibrauste. Dem Klima entsprechend fanden sich Palmen neben bunten Häusern und Gebäuden, die schon fast als Schlösser durchgingen.

Als wir endlich vor einer riesigen Villa in einer wunderschönen Nachbarschaft hielten, blieb mir der Mund offen stehen. Die verputzte Außenmauer war einladend cremefarben und mit bodentiefen Fenstern versehen, die phototrop beschichtet waren. Beete mit kunstvoll geschnittenen Buchsbäumen verliefen neben der Auffahrt und ein mächtiger Springbrunnen bildete den Mittelpunkt eines kleinen Kreisels.

»Wer wohnt hier?«, fragte ich unsicher, als Ray mir die Tür aufhielt.

»Na, ich natürlich, dachtest du wirklich, ich würde den ganzen Tag auf einer Insel rumhocken? Ich habe in diversen Teilen der Welt

Apartments und Häuser. Wenn dir noch irgendwo eine Gegend gefällt, dann sag mir Bescheid.« Er grinste.

Ich überging die letzte Bemerkung. »Ein Turm für eine Prinzessin, die du wie deinen Augapfel hüten sollst?«, spöttelte ich.

»Trifft sich wohl gut, dass mein Hauptwohnsitz ein Schloss ist«, nuschelte er, während er die gläserne Eingangstür aufschloss.

»Egal wie gut ein Hotel ist, es ist doch etwas anderes als die eigenen vier Wände. Hier können wir immerhin alles nach Lust und Laune zerstören, ohne dafür verurteilt zu werden«, sagte er und betonte den Lustpart etwas deutlicher.

Ich verbrachte die nächsten Minuten damit, das Haus zu erkunden, während Ray sich auf die vanillegelbe Ledercouch im Wohnzimmer vor dem Kamin fallen ließ. Die Villa war modern eingerichtet und ich brauchte etwas Zeit, um in alle Winkel und Räume zu sehen. Ein Badezimmer mit einer HighTech-Badewanne und verchromten Armaturen. Bodentiefe Fenster überall, mit großartiger Aussicht auf den mosaikartig gefliesten Außenpool. Ein Schlafzimmer mit einem kreisförmigen Bett und begehbarem Kleiderschrank, der nur überraschend wenig enthielt, abgesehen von einer Handvoll nietenbesetzter Lederjacken. Besonders beeindruckt war ich allerdings vom Musikzimmer, welches ein voll eingerichtetes Tonstudio und zahlreiche Instrumente enthielt. Ein großer perlmuttweißer Flügel war in der Mitte des Wohnzimmers aufgebaut und beherrschte den Raum.

»Es ist wundervoll hier«, schloss ich und ließ mich neben Ray auf die Couch fallen. »Aber irgendwie sieht es nicht so aus, als würdest du oft hier wohnen, es gibt zumindest keine persönlichen Gegenstände von dir.« Ich blickte ihn fragend an.

»Nur mein Schloss ist von mir persönlich eingerichtet worden und nur dort wirst du meinen Kram finden. Um die anderen Häuser, so wie dieses hier, haben sich größtenteils Architekten und Inneneinrichter gekümmert. Nur der Flügel wurde eigens von mir hergeschafft. Du kannst also aufhören nach schmutzigen Geheimnissen zu suchen«, erwiderte er schulterzuckend.

»Alles klar, dann suche ich auch nicht nach deinen Leichen im Keller und wenn du nichts dagegen hast, nehme ich das Gästezimmer auf der rechten Seite des Flurs«, entgegnete ich mit fragendem Unterton.

»Nun, da Pete gesagt hat, dass ich dich beschützen soll, als ginge es um mein Leben, wirst du wohl oder übel wieder einmal in meinem Bett schlafen müssen. Der Rest des Hauses ist tagsüber dann nämlich alarmgesichert.«

»Warum zur Hölle hast du ein rundes Bett und wie soll ich denn bitte darin schlafen?«

»Gleich fragst du mich auch noch, wozu die Spiegel an der Decke sind. Man legt sich rein und schläft eben. Du kannst dich nur nicht mit der Decke in eine Ecke verkrümeln.« Rays Miene schien irritiert, aber auch belustigt.

»Stimmt, jetzt, wo du es so sagst, hat es auch seine Vorteile. Das ganze Teil besteht quasi nur aus Bettkanten, von denen ich dich stoßen könnte«, erwiderte ich sarkastisch.

Er tauschte sein schelmisches Grinsen gegen eine gespielt leidende Miene. »Wenn du das wirklich willst. Was ich für Opfer für dich bringen muss.« Ray griff sich mit gespielter Entrüstung ans Herz.

Ich musste lachen und stieß ihn leicht in die Brust. »Bleib lieber beim Singen, als Schauspieler bist du furchtbar.«

Er zog mich zu sich heran und mein Puls beschleunigte sich. »Ach ja? Vielleicht liegt's an der Rolle? Ich glaube, als Bösewicht würde ich mich großartig machen. Ist sowieso unfair, immer bekommen die Guten das schöne Mädchen. Ich kann mir vorstellen, dass das schnell langweilig wird.«

»Vermutlich«, keuchte ich undeutlich und vermied den Blick auf seine vollen, hinreißenden Lippen, die mir schon wieder so verführerisch nahekamen.

»Leider müssen wir aber schon wieder los, wir treffen uns mit den anderen im Hotel. Du musst dich noch fertig machen und dann geht's ab zum großen Talkshow-Auftritt.«

***

Im Hotel der Jungs hatten wir gerade mal genug Zeit, uns frisch zu machen, bevor es weiterging. Ich dachte zurück an Miss Natrisha, sie hatte sich wenigstens mit mir unterhalten, während sie meine Haare in eine kunstvolle Hochsteckfrisur verwandelt und mir so ein wenig die Angst vor dem bevorstehenden Abend genommen hatte. Jetzt musste ich da alleine durch.

Ich war ausgesprochen nervös, der rote Teppich, die Talkshow an sich, es gab so viele Fettnäpfchen, die nur darauf warteten, dass ich ungeschickt in sie hineinstolperte.

James und Damian traten ganz in Rockstarmontur gekleidet in den kleinen Raum, in dem ich vorzeigbar gemacht wurde, und Damian pfiff anerkennend durch die Zähne. James dagegen kam und schnupperte an mir wie ein Wolf, der seine Beute witterte. Nervös versuchte ich mich von ihm wegzulehnen.

»Du riechst ... nach Ray«, sagte er und rümpfte die Nase.

Damian zog eine Augenbraue hoch und schnupperte ebenfalls an mir. »James hat recht, du riechst nach Sex und Blutlink«, meinte er und hatte eine besorgte Miene aufgesetzt.

Nervös sprühte ich mir mit schweißnassen Fingern eine ganze Wagenladung Parfüm auf das Dekolleté und vermied es, einem der beiden in die Augen zu sehen. Für einen Moment fühlte es sich so an, als hätte ich in Eiswasser gebadet, zumindest stellten sich meine Nackenhaare auf. Na toll, offensichtlich halfen weder Duschen noch literweise Parfüm gegen das vampirische Äquivalent eines Tattoos, auf dem stand: *Ja, wir haben gevögelt!*, und anscheinend war das Ganze auch genauso permanent, wenn auch für menschliche Augen wenigstens unsichtbar.

Damian legte mir eine Hand auf die Schulter. »Ich freu mich, dass es endlich zwischen euch gefunkt hat. Auf der anderen Seite ist es aber auch irgendwie schade. Vielleicht wenn die Umstände anders gewesen wären …«

Überrascht sah ich ihn an. »Ach, das ist nur eine lockere Sache, nichts Festes«, entgegnete ich und meine Stimme klang bitter.

»Sind das jetzt deine Worte oder Rays?«, fragte Damian.

Ich schwieg, da ich die Antwort auch nicht so genau kannte.

»Komm, Holly, wir müssen los.« Er lächelte und tat so, als wäre nichts gewesen.

Vor der Tür wartete ein ungeduldig wirkender Ray, er sah ständig auf seine Armbanduhr und bot mir den Arm an. »Wir müssen uns beeilen«, sagte er und ich hakte mich nervös unter.

Wir machten uns auf den Weg zur Limousine, die mich direkt in die Hölle befördern sollte, während Damian uns leise folgte. Sam war bereits beim Studio, aber in der Limousine wartete Taylor bereits auf uns. Als er meine kreideweiße Miene bemerkte, wirkte er überrascht, sagte jedoch nichts.

»Holly?«, fragte mich Ray und sah mir vertraulich in die Augen. »Kriegst du das heute hin mit den Fragen? Du erinnerst dich an unsere Abmachung? Also musst du auch entsprechend antworten.«

Ich nickte, doch meine Eingeweide schienen sich mal wieder in Schlangen verwandelt zu haben. Mein Herz schlug mir bis zum Hals und ich spürte, wie mir das Blut in den Beinen versackte. Die Talkshow würde meine größte Feuerprobe werden.

Dummerweise war ich extrem schlecht im Lügen und die Antworten, die ich Reportern gab, waren oftmals alles andere als geistreich. Pete hatte mir zwar eine Art *Leitfaden* in die Hand gedrückt, wie ich mich optimalerweise verhalten und was ich tun oder lassen sollte, aber ich hatte ihn nicht mal zur Hälfte durchgelesen. Wie auch, bei über 180 Seiten?

Ray seufzte und griff in die Tasche seines Sakkos. Er förderte ein kleines Fläschchen mit dunkelroter Flüssigkeit zutage und streckte es mir entgegen. Kalter Schweiß brach mir aus.

»Trink das«, flüsterte er und hielt mir nachdrücklich die Hand entgegen.

»Ray, es ist dir vielleicht entgangen, aber ich bin keine Vampirin, ich trinke kein Blut«, entgegnete ich und machte keine Anstalten, das Fläschchen zu nehmen.

»Es ist mein Blut, so kann ich dir in Gedanken vorgeben, was du sagen sollst«, erwiderte er und ich starrte ihn entsetzt an.

»Ich bin doch nicht deine Marionette!«, fauchte ich und verschränkte die Arme.

»Du glaubst wirklich, du bekommst das alleine hin?«, spottete er.

»Ja!«, sagte ich vehementer, als ich es beabsichtigt hatte.

»Gut, dann wollen wir mal.«

Ich schluckte, als ich sein Haifischlächeln sah.

Wir hatten unser Ziel erreicht und die Tür wurde aufgerissen. Draußen warteten die Fotografen und ich begann wieder zu zittern. Nein! Ich würde das schaffen und mir würde nichts geschehen. Die anderen würden mich vor Anschlägen beschützen und mit diesen vermaledeiten Reportern würde ich auch klarkommen. Tief atmete ich noch einmal ein und aus und stellte mich meinen Ängsten.

Damian und James stiegen zuerst aus, sie lächelten, winkten und verteilten Luftküsse an ihre Fans. Taylor und Ray folgten als Nächstes, sodass ich alleine in der Limousine blieb. Am liebsten wäre ich nie ausgestiegen. Kaum zu glauben, dass es mein Lebenstraum war, zu den *Atlantis Awards* zu reisen, obwohl ich so viel Scheu vor den Medien hatte.

Offenbar hatte ich etwas zu lange gezögert, denn eine vertraute Hand streckte sich mir entgegen – Rays. Unsicher ergriff ich sie und er half mir aus der Limousine, doch als ich Anstalten machte, wieder loszulassen, hielt er meine Hand fest. Er sah mich warnend an, anscheinend war auch das Teil unserer Abmachung.

Ich klammerte mich an Ray und versuchte tunlichst nicht zu stolpern, trotzdem zu lächeln und nicht so auszusehen, als hätte ich einen Stock im Hintern. Ich war mir ziemlich sicher, dass mein Versuch kläglich scheiterte, aber ich fand, ich hatte etwas Sympathie für die Mühe verdient.

Anscheinend sahen das die Groupies hinter der Absperrung nicht ganz so wie ich. In der Menge gab es diesmal wieder ein paar unangenehme Charaktere, die »Lass die Finger von ihm, du Schlampe!« und Ähnliches brüllten. Ich war dankbarer denn je, dass ein hoher Zaun zwischen uns und den Fans stand. Der einzige Lichtblick: Bisher wollte mich noch niemand umbringen, obwohl mich manche tot sehen wollten.

»Hunde, die bellen, beißen nicht«, raunte Sam mir zu, der sich hinter uns herumdrückte, und ich hoffte, dass er recht behielt.

Ray schien relativ gelassen zu sein, doch ich sah, wie er mit seinen Augen die Menge scannte, um mich im Notfall sofort in Deckung zu bringen.

Am Ende des roten Teppichs war eine Fotowand aufgebaut, an der noch schnell ein paar Bilder gemacht werden sollten. Die anderen warteten bereits auf uns und als wir dort ankamen, zischte Taylor mir grinsend zu: »Holly, du läufst wie ein Storch, wenn du Angst hast. Liegt das jetzt an den vergangenen Ereignissen oder an den Reportern?«

Ich blickte finster zurück, bevor ich spürte, wie Ray mich an sich zog. Er schlang die Arme um mich und hob mich in einen Hochzeitsgriff. Mit beiden Beinen in der Luft war ich ihm hilflos ausgeliefert, selbst wenn ich gewollt hätte, hätte ich nicht wegrennen können. Er ließ sein Gesicht kurz vor meinem verweilen, wie um nach Zustimmung zu suchen, weshalb ich nickte, ehe er seine Lippen auf meine drückte. Ich beruhigte mich schlagartig. Immer wenn Ray mich küsste, vergaß ich alles um mich herum.

Er löste seinen Mund von meinem und flüsterte: »Da haben sich unsere Proben wohl gelohnt.«

Ich lächelte seufzend.

Die Reporter drängelten und brüllten uns ihre Fragen entgegen, doch wir flüchteten in das Studio und konnten so der allgemeinen Kakophonie entfliehen.

Kapitel 11

Fotos aus der Hölle

Das Studio war bedeutend kleiner als das, in dem ich Ray kennengelernt hatte. Es gab zwar ebenfalls ein Publikum, aber auf der restlichen Bühne stand nur ein einziges cremefarbenes Sofa.

Die Moderatorin begrüßte uns herzlich, während wir von ein paar Tontechnikern verkabelt wurden. »Hallo, ich bin Elena«, sagte sie und reichte mir die warme Hand. Sie war offensichtlich ein Mensch.

»Jungs, es ist immer wieder schön, euch hier zu haben, aber ich möchte den Fokus der Sendung heute definitiv auf unsere süße kleine Holly legen.«

Ich schluckte, also würde ich nicht einfach nur zustimmend nicken oder den Kopf schütteln können, sondern musste vermutlich durch ein ganzes Minenfeld an Fragen staksen.

»Ich will alles wissen! Richtiger girltalk!«, bestätigte sie meine Befürchtungen. »So, macht es euch schon mal bequem, in einer halben Stunde lassen wir die Zuschauer wieder rein und drehen euren Teil ab«, erklärte sie und wuselte davon.

Ray setzte sich neben mich und legte den Arm so um meine Schultern, dass er dabei unauffällig einen roten Tropfen Flüssigkeit in das vor mir stehende Wasserglas versenken konnte. Ich verschränkte die Arme vor der Brust. Ich würde das nicht trinken. Er lehnte sich zu mir und flüsterte: »Falls du es dir anders überlegst.«

Ganz sicher nicht!

Die dreißig Minuten, die uns verblieben, kamen mir vor wie dreißig Sekunden und schon bald saß das fröhlich schnatternde Publikum wieder auf seinen Plätzen und beäugte uns neugierig. Einige kreischten sogar und hielten ein selbst gemaltes Banner hoch. *Let me be your Bloody Mary* stand darauf, zusammen mit dem Bild eines grinsenden Mädchens, dem ein Strohhalm im Hals steckte. Auf einem anderen prangten die Worte: *Bloody Marry Me!* Ich wandte den Blick ab. Wow, das war ganz schön geschmacklos.

Das Publikum verstummte, als Elena die Moderation begann. »... besonders freue ich mich unseren mysteriösen fünften Gast zu begrüßen: Holly Bane. Sie hat noch kein intensives Interview gegeben, also werden wir die Ersten sein, die die Gelegenheit haben, ihr auf den Zahn zu fühlen.«

Sie grinste mich an, die Menge johlte und ich zuckte unweigerlich zusammen. Egal wie sehr ich mich mühte mich auf das aktuelle Geschehen zu fokussieren, erinnerte mich die Szene an Rays und mein Kennenlernen. Die Jungs, ein Sofa, ich und eine selbstsichere Moderatorin – fehlte nur noch die uralte Cola und das Déjà-vu wäre perfekt.

»Holly, erzähl uns doch mal etwas – gern auch ein paar schmutzige Details – über deine Reise mit unserer Lieblingsband.«

Ich riss mich zusammen. Komm schon, Holly, das war nun wirklich eine einfache Frage, wenn man den Part mit den schmutzigen Details wegließ. Was war noch gleich die Frage gewesen?

»Ja, das war bisher ganz schön aufregend! Ich glaube, so viel habe ich in meinem ganzen Leben noch nicht erlebt. Paris, Orlando, New York und jetzt sind wir hier«, sagte ich vage und versuchte zu lächeln.

»Details, Holly, wir wollen Details! Was ist denn damit?« Elena ließ auf dem Bildschirm vor uns ein Bild aufflackern, das ich gerne vergessen hätte. Es zeigte den lächelnden Ray, nur Minuten nachdem er mich quasi gekidnappt hatte. Mein Hintern hing unvorteilhaft neben seinem lächelnden Gesicht.

»Ja ...«, sagte ich unsicher und blickte zu Ray, doch er kam mir nicht zur Hilfe. »Das war wohl unser Kennenlernen. Er hat mich über die Schulter geworfen, weil ich ihm nicht schnell genug glaufen bin«, rechtfertigte und ärgerte ich mich, weil ich Elena keine bessere Antwort geben konnte.

»Kann es ihm auch in anderen Bereichen nicht schnell genug gehen?«, fragte sie kokett und ich witterte, dass es eigentlich keine richtige Antwort darauf gab, da man die Frage in so viele verschiedene Richtungen auslegen konnte.

Ich blickte zu Ray, der mich anlächelte und unauffällig mit seinem Kopf zum Tisch nickte. Mein Blick ruhte auf dem blutversetzten Wasser. Dann sah ich wieder zu Elena

»Das kommt immer darauf an«, antwortete ich ausweichend.

»Na ja, ihr habt euch ja bereits sehr leidenschaftlich geküsst …«

Es wurden Bilder unserer zwei öffentlichen Küsse eingeblendet und die Menge johlte mal wieder auf. Es bedurfte nicht mal eines dieser *Jetztklatschen*-Schilder.

»Wie kam es dazu? Wie seid ihr euch nähergekommen?«

Ich blickte zu Boden. Mist. Wir hatten uns nie auf eine Story geeinigt, wie das passiert war. Hin und her überlegend fing ich Rays Blick auf. Er schien mir mit den Augen zu bedeuten: *Du weißt, nur einen Schluck und ich helfe dir aus der Patsche, aber nicht vorher.* Na warte. Ich würde das auch alleine schaffen! Wenn es keine offizielle Version gab, würde ich mir eben eine ausdenken.

»Ach, das war eigentlich ganz witzig«, begann ich und sah, wie mich Ray argwöhnisch fixierte.

»Ich meine, er versucht immer einen auf großen sexy Vampirrockstar zu machen, aber wer hätte gedacht, dass er insgeheim eine Schwäche für Boygroup-Songs hat? Als er unter der Dusche laut seine Gesangskünste zum Besten gegeben hat, habe ich eine ganz neue Seite an ihm entdeckt.«

Der Blick des besagten großen sexy Vampirrockstars neben mir hatte sich verdüstert und ich kicherte in mich herein.

»Ich wollte zuerst gar nichts von ihm und er musste mich quasi überreden«, schloss ich meine Erklärung ab.

»Wer hätte das gedacht! Da lernen unsere Zuschauer ja ein paar ganz neue Seiten an unserem Lieblingsvampir kennen! Aber was mich viel mehr interessiert: Wie hat er dich überredet? Hat das etwa hiermit zu tun?«, fragte Elena und auf dem Bildschirm erschien ein Bild von mir und Ray in Handschellen.

Mir schoss die Röte ins Gesicht. Die Bildunterschrift verriet, dass das Jason Walkers Werk war. In dem Moment entgleiste mein Lächeln. Sollte ich die Wahrheit erzählen? War das überhaupt glaubhaft?

»Die gehören eigentlich Taylor ...«, setzte ich an und hätte mich ohrfeigen können. Elenas Augenbrauen schnellten natürlich sofort nach oben. »Äh ...«, stammelte ich. Ich war mit meinem Latein am Ende. Warum war das so schwer? »Er hat gedacht, es sei witzig, uns aneinander zu ketten«, sagte ich tonlos, wusste aber, wie dünn das klang.

Elena lachte gekünstelt. »Ich wünschte, ich könnte erleben, was du gerade erlebst, Holly, und ich glaube, jedes Mädchen hier im Studio würde ebenfalls gerne tauschen.«

Zustimmendes Geseufze aus dem Publikum. Ich seufzte ebenfalls, aber eher, weil ich auch diese Frage erfolgreich umschifft hatte, ohne mir von Ray *soufflieren* lassen zu müssen.

»Hand aufs Herz, Holly, magst du die Musik von *Bloody Mary* denn überhaupt? Was ist dein absoluter Lieblingssong?«, fragte Elena und ich entspannte mich etwas, das war eine leichte Frage.

»Nun ja, zuerst war ich noch skeptisch, aber mittlerweile mag ich *Bloody Marys* Musik wirklich gern«, sagte ich artig und lächelte wieder.

»Und dein Lieblingslied? Ist es von *Bloody Mary*?«

»Nein ...« Ich überlegte fieberhaft hin und her, momentan hatte ich einfach kein spezielles Lieblingslied, also nannte ich das erste, was mir spontan in den Kopf kam. »Ich mag das Lied aus der Quizsendung mit James Mitch, ich weiß leider nicht genau, wie es richtig heißt oder wer es singt«, platzte es aus mir heraus und ich verfluchte mich schon im selben Moment.

Ray zog mit einer Mischung aus Frage und Belustigung eine Augenbraue nach oben und ich vermied es, ihn anzusehen.

»Ich weiß, es ist eher aus dem poppigeren Rockgenre«, meinte ich entschuldigend und zuckte unsicher mit den Schultern.

Elena klopfte mir aufmunternd auf den Oberschenkel. Die hellen Scheinwerfer blendeten mich, doch ich widerstand dem Drang, meine Augen mit der Hand abzuschirmen. Unterdessen sammelten sich Schweißperlen auf meiner Stirn, während ich mit den Füßen scharrte. »Stimmt, das würde ich definitiv eher als girly einstufen«, kicherte Elena.

Im Studio wurde kurzerhand das angesprochene Lied angespielt und ich entspannte mich angesichts dieser wohlbekannten Töne etwas. Ich wippte mit meinem Fuß unauffällig im Takt und sang in meinem Kopf eine Sekunde lang mit, um meine Nerven zu beruhigen.

Passend zu dem Thema setzte Elena erneut an: »Was würdest du einem Mädchen sagen, das sich einen Rockstar angeln will?«

Ich blickte sie verwirrt an. Wieso sollte ich in der Lage sein, dazu einen guten Ratschlag zu erteilen? Ich war schließlich nur durch puren Zufall hier reingeraten. Außerdem, wenn jemand irgendwelche Köder schluckte, dann sicher nicht Ray. »Na ja, Ray und die anderen sind ja schließlich auch nur …«

An dieser Stelle hätte ich fast *Menschen* gesagt. »Also, sie sind eigentlich ganz normal.«

Ich bemerkte, wie sich Ray neben mir das Lachen verkniff und als ein leises Hüsteln tarnte.

Allerdings kam Elena nun zu der Frage, welche ihr anscheinend schon die ganze Zeit unter den Nägeln brannte: »Wie ist Ray denn so im Bett?«

Blut schoss mir schneller in die Wangen als Kugeln aus einem

Schnellfeuergewehr. Ich blickte nervös zu dem Wasserglas vor mir, schluckte und streckte die Hand danach aus, ehe ich abermals innehielt. Es gab jetzt zwei Möglichkeiten, entweder ich war ehrlich oder ich versuchte zu lügen. Da ich eine furchtbar schlechte Lügnerin war, entschied ich mich für die Wahrheit.

»Gut. Er schnarcht immerhin nicht oder wirft sich im Schlaf herum«, sagte ich schlicht und hoffte, Elena würde das Thema fallen lassen. Immerhin waren Kinder anwesend. Doch ich irrte mich. Die Menge johlte und natürlich wollte Elena mehr erfahren.

»Du weichst mir ja aus! Ich deute das mal positiv. Ray ist ja nicht gerade für monogame Beziehungen bekannt. Nichts für ungut, alter Knabe«, lachte sie und schlug ihm scherzhaft auf den Oberschenkel. »Du bist also quasi ein neues Sexpüppchen für ihn, aber du hast es schon weiter geschafft als viele andere, schließlich ist er immer noch mit dir zusammen! Glaubst du, dass du besonders gut im Bett bist und es deshalb so gut funktioniert? Ich bin sicher, uns alle interessiert, ob Ray seinem Ruf als Liebhaber gerecht wird. Meinst du, du könntest ...«

Noch bevor sie den Satz beendet hatte, griff ich das Wasserglas. Doch dann hörte ich Rays Stimme, während er mir den Arm um die Schultern legte und mich näher an sich heranzog. Ich hielt mitten in der Bewegung inne, obwohl ich gerade zum Trinken ansetzen wollte.

»Das ist alles ja noch ganz frisch bei uns, Elena. Holly ist ein klein wenig schüchtern, ich dagegen bin für alle Fragen offen. Trotzdem verbitte ich mir, dass du sie Sexpüppchen nennst. Eine Dame schweigt und genießt«, übernahm er und seine Stimme waberte verführerisch durch den Raum, als ich das Wasserglas wieder vor mir auf den Tisch stellte, ohne einen Schluck davon genommen zu haben.

Ich ärgerte mich, dass ich nicht selbst darauf gekommen war. Ich war nicht verpflichtet jede Frage zu beantworten, die Elena mir stellte. Immerhin war ich kein Rockstar, sondern nur in eine Situation gestolpert, die eindeutig zu groß für mich war. Aber warum hatte er mir geholfen? Ohne dass ich sein Blut getrunken hatte?

Außerdem: Elena sollte mich nicht Sexpüppchen nennen? Er hatte zumindest nicht klargestellt, was ich stattdessen für ihn war. Ich war eine Abmachung, die zwar weitläufiger war, als zuerst gedacht, aber ich war nicht seine Freundin. Zumindest nicht seine echte.

Ich ließ den Kopf hängen, bis Ray mich unauffällig etwas anstupste und sich zu mir herüberbeugte, nachdem Elena ihr Verhör Taylor widmete und mehr Informationen über die Handschellen wollte. »Woher die trübseligen Gedanken? Du bist nicht nur ein Sexpüppchen für mich, weißt du das denn immer noch nicht? Auch wenn dir nicht danach ist, bitte lächle, sonst fressen dich diese Aasgeier gleich bei lebendigem Leib. Und ich fresse sie, wenn sie noch einmal so eine abfällige Bemerkung in deine Richtung macht.« Die letzten Worte knurrte er kaum hörbar hinter einem künstlichen Lächeln, als Elena sich ihm wieder zuwandte. Ihre Wangen waren gerötet, da Taylor im Gespräch nicht unbedingt an Details gespart hatte, wofür seine Handschellen normalerweise verwendet wurden.

Ich nickte ergeben und lächelte ebenfalls mein schönstes gestelltes Lächeln, während mir innerlich immer noch zum Heulen war. Wenn ich nicht Rays Sexpüppchen war, was war ich dann?

Elena hielt sich mit der Hand das Ohr und ich vermutete, die Regie gab ihr gerade eine neue Anweisung.

»Ich höre gerade, unser Außenreporter Jason Walkers ist im Studio und hat ein paar sehr interessante Bilder für uns mitgebracht! Wollt ihr sie sehen?«

In diesem Moment verflüchtigte sich das Blut in meinem Gesicht ins Nirwana und ich machte Ray neben mir ernstzunehmende Konkurrenz. Ich hatte keine Ahnung, um welche Fotos es ging, aber wenn sie von Jason Walkers stammten, konnten sie nicht schmeichelhaft sein.

Die Menge verlangte vehement nach den Bildern und brüllte: »Ja, ja, ja!«

Aber alles, was ich denken konnte, war: *Nein, nein, nein*. Während ich Blut und Wasser schwitzte.

Ray versuchte mich zu ermutigen, doch ich spürte, wie auch er etwas nervös wurde, als er unauffällig meine Hand drückte.

Unter tosendem Applaus betrat Walkers die Bühne und setzte sich auf das Sofa, möglichst weit weg von den Vampiren, wie mir auffiel. Na, die paar Zentimeter auf der vollen Couch boten auch keinen Schutz, falls die Jungs auf den Gedanken kämen, ins Lager der Aasgeier überzuwechseln. Er winkte jedoch und strahlte gekünstelt ins Publikum.

»Elena, ich habe so einige pikante Details für dich. Was werden unsere Gäste wohl dazu sagen? Immerhin, wir haben es mit ein paar kleinen Sensationen zu tun.«

In meinem Kopf schrillten Alarmsirenen. *Bitte lass es kein Nacktfoto von mir sein!* Ray hatte doch behauptet, die Fenster des New Yorker Hotels wären verspiegelt gewesen!

Ich hatte Mühe, meinen Atem zu kontrollieren, um mich vom Hyperventilieren abzuhalten, und wischte mir die verschwitzten Finger an der Hose ab. Jason gab ein Zeichen an die Regie und ein Bild wurde auf sämtliche Bildschirme um uns herum projiziert.

Das Positive war: Es war kein Nacktbild von mir.

Das Negative: Ich erkannte das blonde, verwuschelte Haar, das farbenfrohe Fenster, die Baugerüste und die vollen, perfekten Lippen, die fest auf meine gepresst waren.

Taylors und mein Kuss.

Mein Herz sank mir in die Hose. Unter anderen Umständen hätte ich das Bild vielleicht heiß gefunden, wenn die Qualität etwas besser gewesen wäre und jemand anderes darauf zu sehen gewesen wäre. Ich dachte zurück an die Situation, das Restaurant, Taylor und mein Kuss im Fahrstuhl. Ray, der mir sagte, dass Taylor die

Frau verloren hatte, die er liebte, und deshalb zum Frauenheld mutiert war. Taylor und ich, wie wir uns im Regen stritten.

Ray?, fragte ich in Gedanken und griff nach seiner Hand.

»Ach das!«, rief er eine Sekunde später aus. Unterstützend schlug er Taylor, der daraufhin lachte, gegen den Arm.

»Ja, ich muss gestehen, wir waren, bevor ich tiefere Gefühle für Holly hegte, doch ein wenig ungestüm und das war nicht in Ordnung von uns. Aber da ist einfach der Jagdinstinkt mit uns durchgegangen«, säuselte Ray und seine Fassade wirkte makellos und sexy.

Das Publikum hatte derweil kollektiv die Luft angehalten. Im Studio herrschte Totenstille. Dennoch schien sich die Situation langsam, aber sicher zu entspannen. Ich bemerkte, dass jedoch nicht alle überzeugt waren, was durch aufkommendes Gemurmel bemerkbar wurde. Das Bild schwebte immerhin noch im Großformat im Hintergrund und es wirkte keineswegs wie ein langweiliger Kuss. Meine Hände waren fest in Taylors Haaren vergraben und unsere Augen waren geschlossen.

»Disneyland ist eben ein magischer Ort! Aber ich kann ebenfalls versichern, ich habe Holly nicht mehr geküsst, seit sie mit Ray zusammen ist«, log Taylor und fuhr sich ungerührt durch die blonde Mähne. Dabei schien er sich köstlich zu amüsieren.

»Also, Taylor, du musst zugeben, auf dem Bild sieht das schon ziemlich leidenschaftlich aus«, hakte Elena nach, die Jasons Foto unbedingt nach einer Sensation aussehen lassen wollte.

»Ja, ich würde auch nie behaupten, dass da keine Leidenschaft war! Ganz oder gar nicht, halbe Sachen mache ich nicht, oder, Holly?«, meinte Taylor und fixierte mich mit einem forschenden Blick.

Ich wollte im Boden versinken. Oder auf der Stelle vom Blitz getroffen werden. Am besten beides gleichzeitig. Alle starrten mich an, ab dieser Nacht würde ich vermutlich als die größte Schlampe der Nation gelten. Jeder, der mich ansah, würde daran denken müssen, wie ich innerhalb von ein paar Tagen nicht nur mit einem, sondern gleich mit zwei weltberühmten Typen rumgemacht hatte. Wo waren die Attentäter, wenn man sie mal brauchte?

Natürlich war zwischen mir und Taylor nicht mehr passiert als die zwei Küsse, aber das würde ich so oft beteuern können, wie ich wollte, es würde immer jemanden geben, der mir das nicht abnahm.

Ray knurrte derweil in Taylors Richtung. Elena klatschte begeistert in die Hände. Da hatte sie ihre Sensation. »Es scheint so, als würde dennoch ein bisschen Rivalität bestehen!«, rief sie aus.

»Elena, Ray ist wie ein Bruder für mich, natürlich gibt es da ein gewisses Konkurrenzdenken. Außerdem ist Holly auch eine ganz besondere Frau«, erklärte Taylor, doch Ray wirkte nur noch aggressiver und ich hätte schwören können, dass er seinem *Bruder* gerne eine reingehauen hätte.

»Nun, nicht alle sehen Gefühle als eine Art Wettbewerb, Taylor«, erwiderte er kühl und die beiden tauschten geladene Blicke. Die Temperatur im Studio war innerhalb von Sekunden um einige Grad gefallen. Eine Gänsehaut kroch mir den Nacken empor. Das Publikum war am Ausrasten.

Als wäre die Stimmung nicht angespannt genug, musste sich der ursprüngliche Bösewicht natürlich auch noch zu Wort melden. »Ich wüsste so gerne, was Holly dazu zu sagen hat«, meinte Jason begeistert und in seinen Augen lag ein gefährliches Glitzern. Er wollte die Bombe platzen lassen. Das konnte er haben.

Mir reichte es! Die Jungfrau in Nöten mutierte in dieser Sekunde zu Jeanne d'Arc. Mit all meinem Mut erhob ich mich vom Sofa. Noch immer waren sämtliche Augenpaare im Raum auf mich gerichtet.

Ray dagegen schenkte mir einen Blick, der eindeutig sagte: *Was auch immer du vorhast, tu es nicht!*

Ich atmete einmal tief ein und aus und setzte dann ein Lächeln auf. Lügen war keine Option. Ehrlichkeit war in dieser Situation meine einzige Chance. Ich stand sprichwörtlich mit dem Rücken zur Wand. Meine Aussage würde die Aussagen von Ray und Taylor nicht einreißen, aber sie würde ihnen die Glaubwürdigkeit verleihen, die wir nun alle brauchten.

»Erstmal ein Kompliment an dich, Jason, das ist ein ziemlich gutes Foto und ich frage mich, wie du das geschossen hast. Nun zu dem Motiv an sich: Ja, ich habe Taylor geküsst. Aber das habe ich nur gemacht, um ihm eine Information über Ray zu entlocken. Der Deal war: ein Kuss gegen eine Information. Er kann trotzdem recht gut küssen, weshalb ich etwas abgelenkt wurde.«

Nein, Moment, das machte alles nur noch schlimmer.

»Aber eine Sache steht für mich fest: Seit Anfang der Reise und seit ich Ray näher kennengelernt habe, schlägt mein Herz nur für ihn.« Meine Stimme zitterte und ich zwang mich mit geballten Fäusten Ruhe zu bewahren.

»Weder Taylor, Damian noch James oder irgendein anderer Mann kommen an das heran, was ich für Ray fühle. Ich bin nicht perfekt, meine Gefühle bringen mich manchmal durcheinander und oft wünsche ich mir, ich würde ihn immer noch genauso sehr hassen wie bei unserem Kennenlernen, aber ich kann nun mal nicht ändern, wie ich empfinde, und deswegen kann ich mit Fug und Recht sagen: Ich liebe ihn.«

Der Atem schien mir im Halse stecken zu bleiben, bevor es mir gelang, tief durchzuatmen. »Seine dummen Witze, seine taktlosen Kommentare, sein viel zu ausgeprägter Beschützerinstinkt und sein fragwürdiger Charme, all das, was ihn ausmacht. Es ist mir egal, dass er kein Mensch ist. Ich hatte sogar Angst vor Vampiren. Doch wenn man erstmal hinter die Fassade sieht, dann stellt man fest, Vampire sind nicht nur gefährliche Blutsauger.«

Ich kniff für einen Moment die Augen zusammen, um mich zu ermahnen nicht erneut vom Thema abzukommen. »Ray hat mir nicht nur das Leben gerettet, sondern mich auch zu einem besseren Menschen gemacht. Ich weiß nicht, wie ich es beweisen soll, und ich weiß, ich kann nicht jeden davon überzeugen. Aber ich glaube, am Ende ist nur wichtig, dass er weiß, was er mir bedeutet.«

Mir rann eine einzelne Träne über die Wange. Das war wohl das Mutigste, was ich jemals in meinem Leben getan hatte, und ich sah manches Augenpaar, das mich zuerst kritisch gemustert hatte, nun etwas feucht werden. Dann brach tosender Applaus aus und selbst Elena stimmte in das Gejohle und Klatschen mit ein.

Kapitel 12

Er, sie, es?

»Wir müssen jetzt los«, flüsterte Ray mir zu.

Das waren also seine ersten Worte, nachdem ich ihm meine Liebe gestanden hatte. Zum zweiten Mal. Lustigerweise waren das dieselben Worte, die er gesagt hatte, nachdem wir uns das erste Mal begegnet waren und dieser ganze Schlamassel anfing.

Wie in Trance lief ich hinter Ray her, der mich in die Limousine bugsierte, in der Adam schon wartete.

Sam joggte auf uns zu und klopfte gegen das Fenster, als wir schon losfahren wollten. »Ray …«, begann er, doch Ray schüttelte den Kopf

»Du hast den Rest der Nacht frei, ich rufe dich an, wenn ich dich wieder brauche, bring die anderen nach Hause«, sagte er kühl, kurbelte das Fenster hoch und wir brausten in die warme kalifornische Nacht davon.

»Wir sollten wohl über das eben reden«, nuschelte ich.

Ray erwiderte nichts, obwohl er mich sicherlich dank seines Vampirgehörs verstanden hatte, und ich sah nervös aus dem Fenster. Die Lichter des Studios wurden von denen der geschäftigen Stadt abgelöst. Einige seltsam gekleidete Gestalten stachen mir ins Auge. Ein junges Mädchen wandte den Kopf so, dass ich ihr Gesicht sehen konnte. Sie war bleich geschminkt, mit Augenrändern und zwei dünnen Blutrinnsalen, die ihr über das Kinn liefen. Sie trug einen schwarzen Umhang aus Satinstoff mit einem hochgestellten Kragen.

Ray, der meinem Blick gefolgt war, verdrehte die Augen. »Man sollte meinen, Vampirkostüme kämen an Halloween langsam aus der Mode, aber sie sind beliebter denn je.«

Der Themenwechsel machte mir bewusst, welcher Tag heute war: Halloween. Mein Lieblingstag, jedes Jahr.

Üblicherweise verkleidete ich mich mit Alice und wir suchten uns irgendeine Halloweenparty, die wir sprengen konnten. Letztes Jahr waren wir als Meerjungfrauen unterwegs gewesen. Alice hatte das zum Anlass genommen, ein noch knapperes Kostüm als sonst zu wählen. Immerhin hatte sie sich zwei Muscheln auf die Brüste geklebt. Ich musste bei der Erinnerung grinsen.

»Das hätte ich zu gern gesehen«, schmunzelte Ray und ich fuhr ihn wie üblich an: »Das waren Bilder in meinem Kopf, die nicht für dich bestimmt waren!« Ich verschränkte die Arme vor der Brust. Ich vermisste Alice.

»Du wirst sie bald wiedersehen, in Vegas stößt sie ja wieder zu uns.« Rays Stimme hatte einen beruhigenden Ton angenommen.

»Raus aus meinem Kopf!«, zischte ich nur. Wir würden mein erneutes Liebesgeständnis also offensichtlich totschweigen. Auch gut, vielleicht könnte ich dann so tun, als wäre das alles nicht geschehen. Meine Liebe wurde offensichtlich immer noch nicht erwidert. Mühsam schluckte ich meine Traurigkeit hinunter und setzte ein miserables Lächeln auf.

Als wir an den nächsten als Vampire verkleideten Kindern vorbeifuhren, lachte ich bitter auf.

»Das ist nicht lustig. Was soll das Blutbeschmierte um den Mund? Als ob wir essen würden wie die größten Schweine«, entrüstete sich Ray, doch vor meinem inneren Auge flackerten Szenen von den Spenderinnen im Einkaufscenter auf. Ich rutschte unruhig auf den schwarzen Lederpolstern herum.

»Holly, das …«, setzte Ray an, brach aber ab, als ich abwehrend die Hand hob. Ich würde akzeptieren müssen, dass das seine Art zu essen war. So wie manche Menschen eben Ananas auf ihre Pizza legten und das für ganz normal hielten. Den Rest der Fahrt verbrachten wir schweigend.

Als wir wieder in Rays Villa ankamen, blickte ich über die funkelnde Skyline von Los Angeles. Es war gerade mal Mitternacht.

Ray, der offensichtlich wieder meine Gedanken gelesen hatte, trat zu mir ans Fenster und legte mir eine Hand auf die Schulter. »Die Nacht ist noch jung, möchtest du noch etwas unternehmen?«, fragte er und ich hob spöttisch die Augenbrauen.

»Du meinst, außer gegenseitiges Anschweigen?«, spöttelte ich.

Er zog die Hand von meiner Schulter. »Was erwartest du von mir?«, fragte er neugierig und ich drehte mich zu ihm um.

Ja, was erwartete ich eigentlich von ihm?

Ich konnte ganz klar sagen, wie sehr ich mir wünschte, dass er vor mir auf die Knie sank und mir ebenso seine Liebe gestehen würde, aber das war eben nur ein Wunsch. Ich konnte seine Gefühle nicht beeinflussen. Trotzdem musste ich eine Entscheidung fällen, wie es ab jetzt weitergehen sollte. Technisch gesehen musste ich noch bis zu den *Atlantis Awards* seine Freundin spielen – was hinter verschlossenen Türen passierte, war jedoch eine andere Frage. Würde ich die Küsse, den Sex, die Neckereien missen wollen?

Im Prinzip war es ja meine eigene Schuld, dass ich mehr wollte und mich in ihn verguckt hatte. Trotzdem bereute ich es nicht. Vor allem da er von Tag zu Tag weniger unnahbar wirkte. Ich konnte sehen, dass er meinen Gedanken gefolgt war.

»Holly, ich ...«, er brach ab.

Ich lächelte tapfer. »Es ist Halloween, wir könnten uns verkleiden und um die Häuser ziehen. Wenn du glaubst, dass es sicher genug ist«, schlug ich vor, doch Ray schüttelte nur den Kopf.

»Wir haben keine Kostüme hier, es sei denn, du möchtest als Botticellis *Die Geburt der Venus* oder *Lady Godiva* gehen«, schlug er vor. »Wobei, ich nehme alles zurück, das klingt verlockend. Wann gehen wir los?«, fragte Ray nun mit einem verschmitzten Lächeln.

»Ach, und als was verkleidest du dich?«, fragte ich zurück und hob die Augenbrauen.

»Nun, als der große Rockstar Ray Sorin natürlich!«

»Immer wieder faszinierend zu sehen, wie man so selbstverliebt sein kann. So abgehoben, wie diese Aussage gerade war, würdest du einen hervorragenden Astronauten abgeben.«

Er nahm mich bei der Hand und zog mich hinter sich her in die angrenzende Garage. »Gut, wenn du nicht ausgehen willst«, sagte er, doch ich blieb abrupt stehen.

»Ich werde nur nicht splitterfasernackt durch L. A. pilgern!«, rief ich und meine Stimme klang ungewöhnlich schrill.

Rays Mundwinkel zuckten. »Das war auch nur ein Scherz, du kannst dich auch gerne als eins meiner Groupies verkleiden. Wichtig ist nur, dass du mich ausreichend anhimmelst«, meinte er scherzhaft und zog mich weiter.

»Was hältst du davon, wenn wir, statt um die Häuser zu ziehen, ein bisschen fahren?«, meinte er dann und ich sah ihn unschlüssig an. »Da wir das gerade spontan beschlossen haben und du in meiner unmittelbaren Nähe bleibst, solltest du sicher sein. Außerdem, wenn ich mich recht erinnere, sollte hier noch eine meiner Maschinen stehen«, murmelte er und riss eine Plane von einem unförmig aussehenden Haufen. Zum Vorschein kam ein glänzendes, nachtschwarzes Motorrad.

»Wow, sie ist wunderschön!« sagte ich und strich andächtig mit einem Finger über das schwarze Metall.

»Sie? Das ist definitiv ein Er!«, erwiderte Ray kopfschüttelnd und ich lachte auf.

»Schon mal seinen Schaltknüppel in der Hand gehabt, oder was?«

»Motorräder haben keinen Schaltknüppel!«, schnaubte Ray mit gespielter Entrüstung. »Zuerst dachte ich auch, er wäre eine Sie, aber dann habe ich mal den Motor gestartet.« Ray ließ den Motor aufheulen.

»Natürlich, alles, was laut brüllt, muss in deinen Augen ein Kerl sein, kennst du ja von dir auch nicht anders«, stichelte ich weiter.

»Schau dir doch mal diese Kurven an, das kann unmöglich ein Kerl sein, bei solcher Schönheit und Eleganz.«

»Das sind Muskeln, das sieht man doch und du hast doch gehört: Einmal starten und schon kommt Leidenschaft auf Knopfdruck, das ist man auch eher von Kerlen gewöhnt. Willst du jetzt noch weiterdiskutieren oder wollen wir los?«

»Na ja, wenn's wirklich ein Er ist, dann sind wir ja bald wieder da, weil wir mit der Tankfüllung nur fünf Kilometer weit kommen«, gab ich als letztes Argument zu bedenken, woraufhin Ray mit den Augen rollte.

»Als ob ich dir jemals einen Grund zu dieser Annahme gegeben hätte! Du hast doch vor mir schlappgemacht. Außer beim Diskutieren, da willst du immer das letzte Wort haben.«

Ich wollte mich schon auf den hinteren Teil des Sitzes schwingen, doch Ray hielt mich auf.

»Na, na, na, nicht ohne Schutz, Prinzessin«, sagte er und setzte mir einen Helm auf den Kopf.

»Warum muss ich einen tragen und du fährst ohne?«, fragte ich genervt.

»Weil sich mein Schädel wieder zusammenfügt, wenn ich ihn auf dem Asphalt reibe, dass deiner das tut, wäre mir neu«, erklärte er grinsend und schob das Motorrad aus der Garage.

Draußen auf der Einfahrt schwang ich mich hinter ihm auf die Maschine.

»Festhalten«, befahl er und ich schmiegte mich unbeholfen an seinen muskulösen Körper. Mein Hals zog sich nervös zu, ehe er startete. Dann entfuhr mir jedoch ein Schrei der Freude, als der Wind mit meinen Kleidern spielte und wir über die Straße rauschten. Ich fühlte mich so frei, klammerte mich fest an Rays Rücken und genoss die Nähe zu ihm. Mein Herz pochte aufgeregt, als er sich in die Kurve legte, und ich jubelte begeistert auf. Vorbeifahrende Autofahrer mussten mich wohl für eine Irre halten, doch

Ray schien es nicht zu stören, solange ich dabei nicht vom Motorrad fiel.

Er hielt nach einer Weile an einer Bucht am Straßenrand an und half mir abzusteigen. »So, soll ja keiner behaupten, ich hätte dir nicht zumindest eine Sehenswürdigkeit von L. A. gezeigt.« Er wies mit einem leichten Kopfnicken auf die wunderschöne Aussicht, die sich vor uns erstreckte. Dann zeigte er mit dem Finger in die Ferne. »Da hinten ist der berühmte Hollywood-Schriftzug.«

Ich kniff die Augen zusammen. »Können wir näher ran? Bitte! Du hast vielleicht Vampiraugen, aber ich kann ihn kaum erkennen!«

»Meistens sind dort viele Leute, ich wollte eigentlich ein bisschen Privatsphäre. Außerdem weiß ich nicht, wie sicher das wäre. Vor allem wollte ich dir das hier zeigen.«

Er legte sich auf den warmen Asphalt und zeigte nach oben. Ich ließ meinen Blick in den Himmel wandern und sah eine beeindruckende Anzahl an Sternen.

»Die Lichtverschmutzung ist hier oben nicht so stark«, erklärte Ray, während ich mich neben ihn legte. »Aber du als Mensch siehst leider trotzdem nicht allzu viel. Warte«, flüsterte er und biss sich in den Finger. Er bot mir den Tropfen Blut, der sich darauf bildete, an und ich warf ihm einen missbilligenden Blick zu.

»Nur ein Tropfen, die Nacht ist in ein paar Stunden vorbei.«

Ich wischte mir die schwitzenden Finger an der Hose ab, doch bevor ich sein Blut trinken würde, hatte ich noch eine Frage. »Warum hast du mich dein Blut im Studio nicht trinken lassen, ich war kurz davor und hatte das Glas schon in der Hand.«

»Du warst beeindruckend und obwohl du so viel Angst hattest, hast du all diese fiesen Fragen beantwortet. Du wolltest mein Blut eigentlich nicht, es war, als hätte ich dich indirekt gezwungen oder manipuliert. Das wurde mir in dem Moment klar. Ich wollte einfach mal kein Arsch sein und mich hinter dummen Aktionen verstecken.« Seine Stimme war zunehmend leiser geworden. »Immer wenn ich denke, ich muss die Kontrolle behalten, tue ich dir damit weh oder mache dich unglücklich. Ich sage dir in einem Atemzug, dass du etwas einfach auf dich zukommen lassen sollst und halte mich dann selbst nicht dran.«

Ich griff zärtlich nach seinen Fingern und leckte über den einzelnen Blutstropfen, woraufhin Ray wohlig die Augen schloss. Plötzlich sah ich mindestens zehnmal so viele Sterne wie zuvor.

»Siehst du, es kann auch Vorteile haben, wenn du mein Blut intus hast, ich kann dir einen Blick durch meine Augen gewähren«, sagte er und drehte seinen Kopf zu mir.

Ich rang mit mir – und verlor. »Weißt du, Ray, was ich in Elenas Sendung gesagt habe, meinte ich auch so. Ich weiß, ich kann nicht erwarten, dass du dasselbe für mich empfindest. Ich weiß auch, dass dieses Abenteuer sehr bald vorbei sein wird. Nur um das klar zu stellen«, flüsterte ich in die Nacht und lauschte dem Zirpen der Grillen, weil von Ray keine Antwort kam.

»Ich weiß«, erwiderte er erst nach einigen Minuten nur und etwas in seiner Stimme klang überraschend bitter. »Was wünschst du dir vom Leben?«

Verwundert drehte ich mich zu ihm, ließ meine Hände über den rauen, warmen Asphalt wandern und sah wieder zu den Sternen auf. Ja ... was wünschte ich mir eigentlich vom Leben? Vieles ...

»Nun, ich würde gerne eine erfolgreiche Künstlerin werden. Oder vielleicht in einem Museum arbeiten. Die Mona Lisa sehen. Mir keine Sorgen mehr machen müssen, wie meine Zukunft aussieht«, antwortete ich schließlich wahrheitsgemäß.

»Das ist nichts, was ich dir geben könnte. Mal abgesehen von der Mona Lisa, die hätten wir in Paris doch noch kurz besuchen können. Aber Sicherheit und Geborgenheit sind nicht gerade zwei meiner Stärken, eher die Gegenteile davon.« Er wirkte, als würde er seine Worte bereuen.

»Was ist mir dir? Was wünschst du dir?«

»Ich werde, denke ich, noch eine Weile Rockstar bleiben.«

»Vermisst du Vistren nicht?«

»Als meine Eltern versuchten mich mit Morgana zu verloben, ist es mir zu viel geworden und ich bin gerne gegangen. Aber ich glaube, das war schon längst überfällig, es war schon lange nicht mehr mein Zuhause.«

Ich setzte mich auf und fühlte mich ihm näher als je zuvor. »Ich bin auch erwachsen und habe mir früher immer von meinen Eltern in mein Leben reinreden lassen. Bis ich ausgezogen bin. Seit ich mein Kunststudium angetreten habe, reden wir kaum noch. Selbst jetzt nach den Anschlägen haben sie sich nicht gemeldet. Manchmal frage ich mich, ob ich ihnen mittlerweile völlig egal bin«, schloss ich bitter und sah Ray an. Ich war mir nicht sicher, aber war das Mitleid, was in seinen Augen aufblitzte?

»Ich weiß, du brauchst mein Mitleid nicht«, sagte er und hob abwehrend die Hände. »Aber selbst wenn deine Eltern sich nicht so sehr für dich interessieren, wie sie sollten, schließlich scheinst du ohne elterlichen Rat geradewegs in die Arme eines blutrünstigen Rockstars zu stolpern, du kommst sehr gut alleine zurecht. Du bist stärker, als du denkst. Aus dir wird auf jeden Fall eine erfolgreiche Künstlerin.«

Das war ein ziemliches Kompliment, was ich niemals von ihm erwartet hätte. Dennoch hätte ich gern etwas anderes gehört.

»Stimmt und wenn alles scheitert, habe ich mit Alice einen Pakt geschlossen, dass wir, wenn wir vierzig sind und immer noch nicht den richtigen Prinzen gefunden haben, einfach zusammenziehen und hundert Katzen adoptieren«, entgegnete ich mit einer Spur Bitterkeit und versuchte die Risse in meinem Herzen zu ignorieren.

Kapitel 13

Vegas, Baby!

Ich erwachte am nächsten Abend mit dem Gefühl zu ertrinken.

»Aufwachen, Schlafmütze!«, hörte ich Ray, der mir aus einer Flasche etwas Wasser auf die Stirn tropfte.

Genervt drehte ich mich weg und vergrub meinen Kopf unter dem Kissen.

»Waterboarding ist gegen die Menschenrechte!«, beschwerte ich mich. Daraufhin spürte ich, wie mich zwei kräftige Hände an den Knöcheln packten und mit Schwung aus dem Bett zogen. Ich schrie auf und erwartete auf dem Boden aufzuprallen. Ray hatte mich jedoch aufgefangen und ließ seine Fangzähne über die empfindliche Haut meines Dekolletés wandern.

»Wenn du deine Zähne behalten willst, dann nimm die da weg oder du kannst sie gleich vom Boden aufsammeln«, fauchte ich und wand mich ungeschickt aus seinem Griff.

Er lachte nur, ließ aber von mir ab.

»Unser Flieger startet in Kürze. Pete will noch mit dir über deinen genialen PR-Streich reden«, sagte er und ließ seinen Blick belustigt über all die verstreuten Kleidungsstücke wandern.

Ray wirkte fröhlicher und zufriedener denn je. Die Einzige, die auf ihrem mentalen Zahnfleisch ging, war ich. Aber ich hatte beschlossen mir nichts anmerken zu lassen. Ich wollte das alles am liebsten verdrängen.

Immerhin hatte ich Ray ja nur vor Millionen Fernsehzuschauern meine Liebe gestanden, ohne eine Erwiderung zu bekommen. Das war das Mutigste, was ich in meinem ganzen Leben vollbracht hatte, kein Grund, das an die große Glocke zu hängen! Also sagte ich nur:

»Es ist ein Privatjet, der wird ja wohl fünf Minuten warten!« und fischte mit einer Hand meine Klamotten zusammen, während ich mit der anderen meine widerspenstige Mähne zu zähmen versuchte.

»Pete und der Jet vielleicht, aber ich warte nur sehr ungern«, erwiderte Ray, ließ sich lässig aufs Bett fallen und wie ein Geier den Blick über meine Verzweiflung wandern.

Nachdem ich all meine Sachen mehr oder minder ordentlich in den Koffer geknallt hatte, rannte ich geradezu ins Badezimmer und verfluchte Ray lautstark, während ich mich innerhalb von wenigen Minuten duschte und anzog. Als ich, mit der Zahnbürste noch im Mund, meinen Schlafanzug in einen kleinen Spalt des Koffers presste, ließ Ray einen BH an seinem Finger auf und ab hüpfen. »Den hast du vergessen.«

Ich lief rot an und schnappte nach dem besagten Kleidungsstück.

»Ich frage mich immer noch, warum du rot anläufst, wenn ich deine Unterwäsche in die Finger bekomme, schließlich hatte ich schon das Vergnügen, dich nackt zu sehen.«

»Da war die Situation anders! Die Hitze des Moments! Deine verdammten magischen Vampirküsse!«, verteidigte ich mich.

»Wir beide wissen, dass es nicht daran lag. Holly, Holly, Holly, du musst wirklich an deinen Lügen arbeiten, oder an deiner Ehrlichkeit, wie man es nimmt.« Ray grinste mich spöttisch an.

Ich murmelte einige unschöne Worte in seine Richtung, quetschte BH und Zahnbürste in meine Handtasche und rannte mit Ray in Richtung des Konferenzraumes, in dem Pete auf uns wartete, wobei Ray gnädigerweise meinen Koffer schleppte.

»Holly! Das war großartig! Du hast dich zwar kein bisschen an den Leitfaden gehalten«, meinte er tadelnd, »aber was du gemacht hast, war ja noch viel besser. Es fühlte sich so echt an, als ob es aus deinem tiefsten Herzen kam.«

»Es hat sich nicht nur so angefühlt, es war echt«, mischte sich eine Stimme hinter mir ein und ich fuhr herum. Im Türrahmen gelehnt stand Taylor.

»Taylor …«, begann ich, doch er hob eine Hand, um mich zu unterbrechen. »Schon okay, Holly, ich hatte niemals vor irgendwas Ernsthaftes mit dir anzufangen«, erklärte er und ich sah in seinen bernsteinfarbenen Augen, dass er die Wahrheit sagte.

Seit gestern sah ich allerdings auch etwas anderes in seinen Augen aufblitzen: Schmerz. Selbst wenn ich es nicht gewesen war, die ihm das Herz gebrochen hatte. Irgendetwas von dem, was ich gestern gesagt hatte, hatte etwas in ihm aufgewühlt.

»Ich hoffe nur, Ray gesteht sich langsam mal ein, was er an dir hat, und macht keine Dummheiten. Ansonsten bin ich jederzeit für Rachesex zu haben«, fügte er hinzu und fuhr sich lässig durch die goldblonden Haare. »Pete, Damian will unbedingt schon los, hast du etwas über den Attentäter rausfinden können?«, fragte er an Pete gewandt, während ich perplex dastand.

»Die Suche läuft noch. Aber vor ein paar Stunden habe ich einen Anruf erhalten, sie haben eine Spur, wer die Vampirin gewesen sein könnte. Ich werde mich melden, wenn ich etwas Neues weiß. Schade, dass ich nicht noch etwas länger mit Holly quatschen konnte. Wir holen das dann in Vegas nach«, meinte Pete bedauernd und verabschiedete sich überschwänglich von mir.

Wir erreichten das Rollfeld nach dem geplanten Start. Taylor hatte uns in der Sicherheitskontrolle aufgehalten, da sein neues Intimpiercing den Metalldetektor verrücktspielen ließ und die Beamtin, die ihn abtastete, extra lange brauchte. Wieder eine Information, die ich lieber nicht gehabt hätte. Ich ließ mich schwer atmend auf einen der Ledersessel sinken und Taylor bot mir ein Glas mit einer vertrauten goldbraunen Flüssigkeit an, welches ich dankend ablehnte. Nach dem, was beim letzten Mal passiert war, hatte ich dem Whiskey vorerst abgeschworen. Er setzte sich mir gegenüber und lächelte mich an.

»Warst du schon mal in Vegas?«, fragte er neugierig.

»Noch nie, aber ich wollte schon immer dorthin«, erwiderte ich und die Vorfreude vertrieb langsam und stetig meine schlechte Laune. Als das Flugzeug sich jedoch zu bewegen begann, verdrängte die Flugangst leider jegliche positiven Gefühle. Meine Fingerspitzen wurden kalt, obwohl ich zu schwitzen begann.

»Es ist wahnsinnig schön da, das pure Leben, schöne Mädchen, Glitter und Glamour«, schwärmte Taylor und der Inhalt seines Glases schwappte bedrohlich hin und her. Ich verkrampfte mich, als das Flugzeug zum Start beschleunigte.

Taylor beäugte mich besorgt. »Immer noch nicht besser mit der Angst? Dabei dachte ich, Ray hätte dir das mittlerweile abtrainiert?«, fragte er und erhob sich, während sich das Flugzeug immer noch im Steigflug befand, um sein nun leeres Glas wieder zu befüllen.

Ray nutzte die Gelegenheit und ließ sich auf Taylors Platz fallen. »Schau mich an«, verlangte er und ich tat es. Seine klaren blauen Augen sahen mich mit sanfter Sorge an. »Es wird ein kurzer Flug. Wenn du willst, können wir aber trotzdem verfahren wie beim letzten Überseeflug«, sagte er mit einer Unschuldsmiene und lehnte sich zurück.

»Ich könnte mich auch einfach wieder betrinken«, erwiderte ich steif und verschränkte die Arme.

»Viel Spaß dabei, aber vergiss bitte nicht, Taylor nutzt solche Situationen gerne aus und ich werde nicht zu deiner Rettung kommen«, sagte Ray und ein Grinsen umspielte seine engelsgleichen Lippen.

Ich ließ meinen Blick zu Taylor wandern, der mit offenem Hemd tanzend an der Bar stand und mir einen einladenden Blick zuwarf. Er war also wieder ganz der Alte.

»Ich will nicht schon wieder dein Blut in mir haben«, nuschelte ich nur und zitterte, da wir gerade eine kleinere Turbulenz durchflogen. Meine Fingerknöchel waren weiß und meine Nägel hatte ich tief in die Polster gegraben.

In Wahrheit wollte ich nicht wieder den einfachen Weg gehen, wollte nicht wieder schwach sein. Ich wollte vor allem unabhängig sein. Außerdem hatte ich das Gefühl, dass mit jedem Mal, mit dem ich Rays Blut trank, meine Gefühle für ihn nur noch stärker wurden.

»Gut, aber du könntest es definitiv angenehmer haben«, gab Ray zu bedenken und ich schluckte. Angenehmer klang wirklich verlockend, denn nichts widerstrebte mir mehr, als in einem winzigen Flugzeug, irgendwo auf dem Weg nach Vegas, mit einem Haufen Toten zu stecken. Mir wurde übel.

»Es ist nichts, wofür man sich schämen müsste«, sagte Ray und hüllte mich wie eine gefährliche, heimtückische Spinne in sein verführerisches Netz ein.

»Ich biete dir hier ein Stückchen Komfort und du vergleichst mich mit einer Spinne?«, fragte er und zog eine Augenbraue hoch.

»Siehst du, das kommt davon, wenn du in meinem Kopf rumstocherst! Raus da! Was ist eigentlich mit Sam? Warum ist er nicht hier? Ein nicht toter Gesprächspartner wäre eine willkommene Abwechslung beim Fliegen! Er würde außerdem nicht die ganze Zeit versuchen mir sein Blut einzuflößen«, fauchte ich zurück und nahm wieder meine defensive Haltung ein.

»Er ist bereits nach Vegas vorgeflogen, um sein Gehalt beim Blackjack zu verlieren. Pass auf, wir können das machen wie bei Elena, ich stelle dieses Glas ...«, er nahm ein leeres Glas, füllte es mit Wasser und versetzte es mit ein paar Tropfen seines Blutes, »... einfach hier hin. Wenn du denkst, es geht nicht mehr, trink es, deine Entscheidung.«

Ich sah den zärtlichen Ausdruck in seinem Gesicht, ärgerte mich aber jetzt schon, denn ich wusste, ich würde vermutlich irgendwann nachgeben und den Inhalt in einem Zug hinunterschütten. Leider hasste ich mich jetzt schon dafür.

Als die Ansage »Meine Herren und die Dame, bitte schnallen Sie sich an, wir passieren eine Gewitterfront und es könnte zu einigen Turbulenzen kommen« ertönte, war es dann so weit. Ab auf die Insel, hieß es mal wieder. Immerhin – dort strahlte ein wolkenloser blauer Himmel.

***

Nach unserer Ankunft in Nevada zog ich immer noch verschlafen meinen Koffer hinter mir her. Ich hatte wunderbar geträumt und den Flug erfolgreich verschlafen. Ich gähnte und rieb mir noch mal die Augen. Ray sollte sein Blut wirklich als Schlafmittel verkaufen: *Träumen Sie sich einfach weg, zwei Tropfen genügen.* Gab's da nicht was von Ratiopharm?

Ich kicherte immer noch verschlafen und Ray, der meinen Gedanken gefolgt war, hielt mir eine Flasche Wasser hin.

»Trink das, du bist ja immer noch ganz benebelt«, sagte er kopfschüttelnd. »Würdest du wirklich wollen, dass ich andauernd Leuten mein Blut gebe?«, fragte er leise und sah mich ungläubig an.

»Ist doch deine Sache, wem du dein Blut gibst. Außerdem, so oft, wie du versuchst mir das unterzujubeln, habe ich das Gefühl, du würdest gern ein paar Liter direkt ins Grundwasser schütten, wenn du die Gelegenheit dazu hättest«, entgegnete ich und zuckte mit den Schultern.

Doch er schüttelte den Kopf. »Ich glaube, du hast da was falsch verstanden. Wenn ein Vampir einem Menschen sein Blut gibt, dann ist das schon etwas Intimeres.« Sein Blick wurde weich. »So intim wie ein Kuss.«

»Also hast du mich regelmäßig vor aller Augen abgeknutscht?«, fragte ich ihn und meine Gesichtszüge entgleisten.

»Wäre ja nicht das erste Mal. Außerdem hat es dir bisher immer gefallen«, meinte er und wir schlossen wieder zu den anderen auf.

Wieder eine Information, die ich für meinen Geschmack viel zu spät bekommen hatte.

Als wir aus dem klimatisierten Flughafengebäude traten, traf mich die Wärme wie eine Wand. Nevada war auch um diese Jahreszeit noch angenehm mild. Der Mond schien und die Nacht war erleuchtet von jeder Menge Reklameschildern. Eine Limousine wartete und Adam öffnete uns lächelnd die Tür. Ich war so froh, dass er so gut wie immer mit der Band unterwegs war, dadurch hatte ich jemanden, der ebenfalls Hunger auf feste Nahrung bekam. Dadurch verhinderte er das Auslassen mehrerer Mahlzeiten im allgemeinen Chaos. Zudem war Adam der Einzige auf der ganzen Reise, bei dem ich mich verstanden und rundum sicher fühlte. Abgesehen von Sam. Und vielleicht Ray, meldete sich ein kleines Stimmchen in meinem Hinterkopf.

Ich fiel ihm um den Hals und er umarmte mich ebenfalls freudig.

»Na, immerhin eine, die sich freut mich zu sehen«, lachte er und schickte gespielt vorwurfsvolle Blicke in Richtung der anderen, die das Auto beluden.

Die Fahrt zum Hotel dauerte eine gefühlte Ewigkeit, aber unerträglich wurde sie vor allem dadurch, dass keiner etwas sagte. Schweigend saß jeder für sich da und spielte an seinem Handy. Ich ließ meinen Blick aus dem Fenster schweifen, bis die Szenerie draußen durch die Geschwindigkeit und Dunkelheit, trotz der vielen Lichter, zu verschwimmen schien. Dann hielten wir vor einem prachtvollen Hotel.

In der Eingangshalle hingen atemberaubend riesige Kronleuchter und alles war mit edlem Nussholz verkleidet. Auch unsere Zimmer konnte man nicht anders als pompös bezeichnen. Die Fontänen, die den Springbrunnen der Einfahrt aufmotzten, spritzten bis hoch zu unseren Fenstern – obwohl wir relativ weit oben wohnten. Ray und ich teilten uns eine Suite und hatten sogar zur Abwechslung mal Betten in getrennten Räumen. Die Suite war mit Abstand das bisher schönste Zimmer unserer Reise. Abgesehen vielleicht von Rays Wohnung.

Ich konnte meine Begeisterung nicht länger unterdrücken. Freudig hüpfte ich in den weitläufigen Räumen umher und bestaunte die beeindruckende Skyline von Vegas, welche sich hinter den bodentiefen Fenstern erstreckte. Das Badezimmer besaß eine Regendusche mit einem halben Dutzend Brausen. Der absolute Oberhammer war jedoch der Fernseher oberhalb der Badewanne!

»Gewöhn dich nicht zu sehr dran, so viel Zeit werden wir hier nicht verbringen«, meinte Ray, der lässig im Türrahmen lehnte und mit wohlwollender Miene meinen Freudenausbruch beobachtete. Er wandte sich ab, um mit Sam zu telefonieren. »Ja ... Gegen Abend, sei pünktlich ... Bis dann«, hörte ich ihn sagen, ehe er sich wieder zu mir drehte. »Willst du den Rest der Nacht im Hotelzimmer verbringen?«

Meine Augen wurden groß.

»Du musst nicht zu den Interviews mitkommen, ist vielleicht auch ein bisschen viel. Aber morgen habe ich dann doch etwas für uns beide geplant, was erfordert, dass wir das Zimmer auch mal verlassen«, fügte er warnend hinzu.

»Ja!«, beeilte ich mich zu sagen und ließ mich mit Schwung auf mein Bett fallen, nur um mich eine Sekunde später schon wieder aufzusetzen, um die Spielekonsole, die ich unterhalb des Fernsehers entdeckt hatte, zu inspizieren.

Ray verließ kopfschüttelnd das Zimmer und ich wusste gar nicht, was ich zuerst machen sollte. Nachdem ich ein paar Minuten lang an einem Rennspiel gesessen hatte und anschließend den Zimmerservice nutzte, um mir eine üppige Mahlzeit zu genehmigen, beschloss ich ein Bad in der fantastischen Badewanne zu nehmen.

Endlich mal eine Badewanne, in der man wirklich ganz versinken konnte. Nicht so wie die bei mir zu Hause, in der immer irgendein Körperteil aus dem heißen Wasser guckte und erfror. Ich konnte mich nur schwerlich für einen der zahlreichen Badezusätze entscheiden, welche vom Hotel zur Verfügung gestellt wurden. Letztendlich fiel meine Wahl auf eine herrlich glitzernde rosa Badekugel, welche kleine Seifenblasen produzierte und das Wasser rosarot einfärbte.

Als ich so im warmen Wasser lag, dachte ich an die vergangene Reise zurück. Bis meine Gedanken bei einem Ereignis hängen blieben. Die gemeinsame Nacht mit Ray. Ich spürte, wie mein Herz schneller zu pochen begann. Das Wasser fühlte sich plötzlich ein paar Grad wärmer an und ich lief rot an. Gut, dass mich keiner sehen konnte.

Während sich die Erinnerung wie ein Film vor meinen geschlossenen Augen abspielte, bewegten sich meine Hände ganz automatisch zu den Stellen, wo seine gewesen waren, und ich seufzte wohlig auf, bis ich ein leises Geräusch wahrnahm. Ich öffnete die Augen und sog erschrocken Luft ein, als ich Ray sah, der wieder im Türrahmen lehnte und das dickste, selbstgefälligste Grinsen der Welt zur Schau trug.

»Wie lange stehst du schon da?!«, krächzte ich und versuchte noch tiefer in der Badewanne zu versinken und den verbliebenen Schaum über die besonders heiklen Stellen zu schieben.

»Lange genug«, entgegnete Ray frech und duckte sich, als ich ein Fläschchen mit Badesalz nach ihm warf. »Raus hier! Du elender Spanner!«

Er verließ lachend das Zimmer, ich stieg aus der Badewanne und schlang ein Handtuch fest um meinen Körper, während ich ihm wutentbrannt nachstapfte. Na warte, das Ganze würde noch ein Nachspiel haben!

Als ich in sein Zimmer platzte, hatte Ray sich gerade seines Hemdes entledigt.

»Jetzt sind wir wohl quitt, was das Spannen angeht«, sagte er knapp, nachdem er sich zu mir umgedreht hatte.

»Das glaubst du ja wohl selbst nicht«, schnaubte ich und verschränkte die Arme. »Ich habe immer noch dein Blut in mir, du wusstest ganz genau, dass ich im Bad war!«, fauchte ich weiter. »Und du hast literweise Blut von mir getrunken, ich hasse das. Es fühlt sich so an, als ob ich nie wieder Privatsphäre haben werde.«

»Du wirst dich irgendwann dran gewöhnen«, sagte er knapp.

Ich ließ mich aufs Bett plumpsen. Irgendwann dran gewöhnen? Was sollte das denn heißen? Wollte er etwa ...

»Außerdem habe ich nicht literweise Blut von dir getrunken, es waren höchstens ein paar Milliliter und der Effekt wird in zwei Wochen verschwinden. Es sei denn, du bestehst auf eine Verlängerung, ich meine, wenn du mich nicht gebeten hättest, dann hätte ich dich gar nicht mehr gebissen, abgesehen vom Blutlink«, erklärte er unschuldig, konnte sich aber kaum das Lachen verkneifen.

»Du bist ein riesengroßer Lügner! Gib wenigstens zu, dass du die erstbeste Chance, die sich ergeben hat, ergriffen hast!« erwiderte ich, woraufhin er mir tief in die Augen sah und fragte: »Was, wenn es so gewesen ist? Ändern kannst du es jetzt eh nicht mehr.«

»Ja, leider. Jetzt ist das Kind schon in den Brunnen gefallen«, seufzte ich. Das war es tatsächlich, gleich in mehrfacher Hinsicht.

Ray ließ sich neben mir auf die Matratze fallen. Plötzlich fühlte ich ein unangenehmes Kribbeln im Bauch. Seine oberkörperfreie Nähe und meine fehlenden Klamotten, das Handtuch zählte nicht, machten mich zusätzlich nervös. Ich durfte nicht vergessen, unsere *Beziehung*, oder was auch immer, war mit einer Zeitschaltuhr versehen und vorerst lief sie nur bis zu den *Atlantis Awards*. Vielleicht war jetzt der Moment, das Thema noch einmal vorsichtig anzuschneiden?

»Ray?«, begann ich, brach dann aber ab und wendete den Blick zu meinen Füßen. »Was ist das zwischen uns?«, beendete ich die Frage schließlich doch.

Sekunden verstrichen ohne eine Antwort, ich bereute es schon, das Thema überhaupt noch einmal angesprochen zu haben, als Ray leise sagte: »Ich weiß es nicht genau. Je mehr ich versuche Abstand zu dir zu gewinnen, desto mehr scheine ich dich zu mögen.« Ich hörte, wie ein Lächeln seine Lippen umspielte.

»Warum versuchst du denn Abstand von mir zu gewinnen? Ich habe mir das also nicht nur eingebildet?«, fragte ich verblüfft und sah ihn wieder an.

Er schwieg und musterte mich genau, dann gab er mir einen zarten Kuss und ließ seine Hand über meine noch immer nasse Haut wandern, was mir eine wohlige Gänsehaut über den Rücken jagte.

»Es gibt einige Dinge über Vampire, die du noch nicht weißt, und es ist auch noch nicht die Zeit, sie dir zu erklären«, sagte er schließlich und ich spürte, dass er auch keine Diskussion zulassen würde.

Kapitel 14

Tanz mit dem Teufel

Verschlafen trat ich in die Lobby. »Nächstes Mal weck mich doch einfach früher!«, murrte ich und ergriff den mir dargebotenen Arm, denn hier wimmelte es nur so von Fotografen, die sich erhofften einen Schnappschuss von uns zu erhaschen.

Ray scannte die Menge aufmerksam ab und versuchte einen möglichen Attentäter schon frühzeitig zu erkennen, aber es passierte zum Glück nichts.

Nachdem wir auch dieses kleinere Hindernis gemeistert hatten und ich ausnahmsweise nur ein bisschen statt völlig verkrampft an den Reporterhorden vorbeigeschritten war, waren wir nun auf dem Weg zu einem kleinen Szeneclub, der momentan wohl der Inbegriff von in war. *Bloody Mary* sollte dort ein Konzert geben, von dem nur einige wenige glückliche Auserwählte wussten.

»Du wirst immer besser im Umgang mit den Reportern«, sagte Ray und ich seufzte. Schlimmer als das Interview mit Elena konnte es ja auch nicht mehr werden.

Noch während wir in der Limousine saßen, checkte ich endlich mal meine Mails. Meine Semestergebühr war wieder fällig. Ich fluchte leise. Dadurch, dass ich in den letzten Wochen natürlich nicht bei der Arbeit gewesen war, war ich zugegebenermaßen ziemlich blank. Mein Erspartes und mein Stipendium würden nur einen Teil der Kosten decken. Ich würde einen Bildungskredit aufnehmen müssen, verdammte private Uni. Ich fing Rays Blick auf, der mein Fluchen zweifelsohne mitbekommen hatte und eh meine Gedanken las. Ich könnte natürlich auch …

»Ray, das Geld unserer Abmachung, könntest du mir einen Teil jetzt schon überweisen? Immerhin ist die Hälfte der Zeit auch schon rum«, fragte ich unbehaglich und mied den Blick jedes anwesenden Blutsaugers. Ray entwand mir, ohne eine Antwort zu geben, das Handy und überflog die Rechnung.

»Ich werde den Betrag heute noch an die Universität überweisen«, sagte er knapp, während er mir das Handy reichte.

»Nein!«, protestierte ich und er wirkte überrascht. »Ich will keine Almosen von dir, all diese Ausgaben, die du hast, seit ich mit euch reise, sind mir schon unangenehm genug, aber die sind quasi außerhalb meines normalen Lebens entstanden und nach den *Atlantis Awards* werde ich wieder dahin zurückkehren und nichts wird so sein, wie es jetzt ist, dann muss ich wieder alleine klarkommen und mein Leben irgendwie leben, mit den finanziellen Mitteln und der Macht, die ich ganz alleine habe. Deine 500.000 sind eine finanzielle Rücklage, von der ich nie zu träumen gewagt hatte, und ich werde sie auf jeden Fall sparsam einsetzen, aber irgendwann wird auch dieses Geld alle sein und ich werde irgendwie klarkommen müssen und …«, sagte ich in einem Atemzug und versuchte nicht so elend zu klingen, wie ich mich fühlte.

Die Tatsache, dass ich immer mit finanziellen Schwierigkeiten zu kämpfen hatte, war bei Weitem nicht so schlimm wie die, dass dieses wundervolle Abenteuer in so kurzer Zeit vorbei sein würde und ich wie ein Mauerblümchen wirkte, welches sich in den Frauenschwarm verguckt hatte.

Rays Blick war hart, aber er nickte tonlos.

Der Rest der Band schwieg auch und ich wünschte, mir wäre etwas eingefallen, was die Stimmung aufgeheitert hätte, doch mein Kopf war leer von dem Kummer, den eine einzige Mail ausgelöst hatte. Nur eines musste ich noch loswerden: »Ach ja und, Taylor, wenn ich deine Zähne oder deine Hände in der Nähe von Alice sehe, dann wirst du beides schneller los, als du Cinderella sagen kannst.«

Er grinste. »Du bist wirklich eine schlechte Freundin, wenn du ihr solche Wonnen verwehren willst.« Er strich sich keck mit den Fingern durch die Haare. Wir hatten beschlossen einfach zu tun, als wäre nichts gewesen, und ich würde mich daran halten, so gut es eben ging. Deshalb bedachte ich ihn nun mit einem bösen Blick, aber spürte zugleich, dass Ray mich noch immer nachdenklich ansah. Sollte er doch vor sich hinbrüten, wenn er unbedingt wollte.

Wir erreichten den Club ohne weitere Zwischenfälle und wurden backstage geführt.

»Mic-Check etc. ist alles schon passiert, eure Kostüme liegen dann in der Garderobe«, sagte ein gelangweilt aussehender Angestellter im schwarzen Poloshirt und Jeans.

Moment mal, Kostüme?

»Wir sind hier in Vegas, Baby. Da sind Kostüme wirklich nicht ungewöhnlich«, erklärte Ray, der sich von hinten an mich geschmiegt hatte. In meinen Gedanken tauchte ein Bild von einem halbnackten Ray mit einem glitzernden Sakko auf, welches über und über mit Swarovskisteinen besetzt war.

»Hm, guter Einfall, das könnten wir für unsere nächste Tour anfertigen lassen. Oder hättest du damit lieber eine Privatvorstellung?«, flüsterte er mir ins Ohr und ich rammte meinen Kopf gegen seinen.

»Raus aus meinem Kopf«, zischte ich, während ich mir den schmerzenden Schädel rieb. Das war eine dumme Idee gewesen. Ich hätte wissen müssen, dass Ray nicht nur im metaphorischen Sinne ein Dickschädel war.

Er schob mich schonungslos in seine Garderobe, in der die Montur des Abends wartete. Warum lagen da zwei Kostüme?

»Ich dachte, ich sag es dir besser nicht, weil du dich schon genug geärgert hast, aber wir werden heute als Teil der Bühnenshow tanzen«, erklärte Ray und fing an sich aus seinen Klamotten zu pellen.

Ich erbleichte.

»Was ist los? Warum starrst du mich so panisch an? Du hast mich doch schon nackt gesehen. Soll ich dir 'n Bündel Dollarscheine reichen, damit du sie mir in den Tanga stecken kannst? Oder doch lieber den Notarzt rufen?«, fragte er, nachdem ich mich immer noch nicht rührte.

»Ich kann nicht tanzen«, quiekte ich, ging nicht auf den Tanga-Kommentar ein und setzte mich auf das kleine schwarze Sofa.

»Holly, ich habe es bisher vermieden, aber eine Frage hätte ich dann doch. Du hörst nicht viel Musik, bist nicht gerade ein Hardcore-Fan von irgendeinem Schauspieler und kannst weder singen noch tanzen. Warum willst du überhaupt zu den *Atlantis Awards?* Es passt nicht zu dir«, fragte Ray leise und kam auf mich zu. Er musste spüren, dass die Aussicht auf einen gemeinsamen Tanz mich doch eher verstörte, weshalb ich nicht mal in der Lage war, das letzte bisschen Schlagfertigkeit in mir zu sammeln.

»Ich weiß es selbst nicht. Ich weiß nur, ich muss dahin. Koste es, was es wolle«, murmelte ich und sah ihn hilflos an. Er schenkte mir einen gehetzten, unsicheren Blick. Na, das war ja sehr beruhigend.

»Du musst damit rechnen, dass du bei den *Atlantis Awards* mit uns auf die Bühne musst. Wir haben unseren Auftritt mit dir geplant und alle erwarten dich dort zu sehen. Vor allem nach deinem herzzerreißenden Liebesgeständnis«, sagte er warnend.

Es klopfte an der Tür und Pete trat, ohne eine Antwort abzuwarten, ein. Rays halbnackten Körper schien er kaum wahrzunehmen und mich ignorierte er völlig. Er hielt einen Stapel Papiere in der Hand, den er unsanft auf einen kleinen Tisch fallen ließ. »Nadine Petrowa, so hieß die Vampirin, die euch in New York attackiert hat. Sie war eine Auftragsmörderin, die für allerhand schmutzige Jobs engagiert wurde. Jackson Krive, der Attentäter von Paris, ebenfalls ein krimineller Vampir für alle Gelegenheiten, war ihr Kind. Die beiden haben also einiges gemeinsam, auch auf dem Kerbholz und vor allem vermutlich ihren Auftraggeber. Den konnte ich allerdings bislang nicht ausfindig machen. Nadine können wir ja nicht mehr befragen und als sich Taylor um Krive gekümmert hat, ist dieser beim Verhör umgekommen ...«

»Was wir Holly eigentlich nicht sagen wollten, wie so einiges andere!«, unterbrach Ray ihn scharf.

»Oh – Holly!« entfuhr es Pete erstaunt. Ich sprang bei der Erwähnung meines Namens panisch auf. »Verzeihung, ich hatte dich gar nicht bemerkt. Gut, Ray, wir klären das dann die Tage, bitte hab weiterhin ein Auge auf sie«, sagte er, ehe er zerstreut die Garderobe wieder verließ.

Ray schüttelte den Kopf und räumte die Papiere zusammen, die Pete hinterlassen hatte. »Du solltest das eigentlich alles gar nicht mitbekommen«, fluchte er und hielt mich besorgt eine Armeslänge von sich weg, um mich gründlich zu mustern. »Ich werde dich schon beschützen, keine Sorge, konzentrier du dich erst mal aufs Tanzen.«

Ich sah ihn skeptisch an. »Er ist umgekommen ...«, flüsterte ich, doch Ray schnitt mir das Wort ab: »Einfach tanzen, okay?«

Ray half mir in das enge, aber hinreißende Kostüm, ehe er selbst seinen freigelegten Körper bedeckte. Mir fiel auf, dass er sich jede Menge Zeit ließ, als er meine Blicke auf sich spürte. Es war aber auch ein hartes Stück Arbeit, ihn nicht anzustarren, wie er da im maßgeschneiderten 20er Jahre inspirierten Anzug stand. Betreten sah ich weg und an mir herunter. Das cremefarbene Kleid fiel mir bis knapp über die Knie. Gleichfarbige Strasssteine funkelten und blitzten zusammen mit dem Collier in meinem tiefen Ausschnitt um die Wette. Blutrote Spitze verdeckte den Saum und bildete einen fabelhaften Akzent, welcher sich in meinem federbesetzten Stirnband fortsetzte. Wir hätten Fitzgeralds *The Great Gatsby* entstiegen sein können, stellte ich freudig fest. Dann ertönte ein ungeduldiges Klopfen an der Tür. »Alles wartet nur auf euch«, hörte ich James' schneidende Stimme durch die geschlossene Tür.

Ray schob mich auf den Flur und raunte mir im Laufen zu: »Keine Sorge, ich werde dich führen und dir mal zeigen, wie schön Tanzen sein kann.«

Schon standen wir vor einem schweren Samtvorhang hinter der Bühne. Mir wurde abwechselnd heiß und kalt und meine Gesichtsfarbe wechselte ununterbrochen zwischen Rot und Grün hin und her, ähnlich einer defekten Ampel.

»Alles ist gut, Holly«, redete Ray beruhigend auf mich ein und ergriff meine Hände. »Gleich geht es los. Wir sind die Eröffnungsnummer.«

Dann stimmte James auf seinem Schlagzeug den Takt an und Taylor und Damian stiegen mit Gitarre und Bass ein.

Vor der Bühne kreischte die Menge und ich schluckte, als Ray mit dem Gesang begann und sich der Vorhang langsam, aber stetig hob. Sogleich begann Ray mich enger an sich zu ziehen und mich im Rhythmus der Musik zu wiegen. Kurze Zeit später wirbelten wir nur so über das Parkett und ich musste feststellen, Ray war ein fantastischer Tänzer. Er führte so gut, dass ich gar nicht wusste, wie mir geschah.

Ganz automatisch bewegten sich meine Füße und ich fühlte mich leicht und grazil wie eine Elfe. Meine Aufregung verpuffte, weil ich nur noch Augen für Ray hatte, der mir in seinen Gesangspausen ein verführerisches und gleichzeitig gefährliches Lächeln schenkte.

Eher als ich gedacht hatte, war das Lied vorbei und ich konnte die Bühne verlassen. Ich setzte mich hinter den Vorhang, verdeckt für das Publikum, konnte dennoch der Performance auf der Bühne folgen.

»Wir haben noch einen besonderen Gast. Ich freue mich Helena Schneider, meine Duettpartnerin am heutigen Abend, begrüßen zu dürfen!«, kündigte Ray an.

Ich sah verwirrt auf. Der Name kam mir bekannt vor ... Natürlich!

Helena Schneider war die Gewinnerin von *Mein großer Traum* gewesen! Ich blickte Ray an, der die freudestrahlende Helena gerade auf die Bühne hob und mit ihr einen der größten Hits von *Bloody Mary* anstimmte. Helena konnte zwar nicht mit Rays Engelsstimme mithalten, aber alles in allem sang auch sie ziemlich gut.

Ich war tief bewegt und verwirrt zugleich. Ray hatte sie zweifellos aus Europa eingeflogen, um ihren Lebenstraum wahr werden zu lassen, nachdem sie ihren Gewinn nie erhalten hatte. Aber mich hatte er sich wochenlang ans Bein gebunden, weil er mich nirgendwo abholen oder auch einfliegen lassen konnte? Weil ihm langweilig gewesen war? Oder war der PR-Gag schon weiter geplant gewesen, als ich gedacht hatte?

Ich schüttelte den Kopf. Warum ich so viel Zeit mit ihm verbringen konnte, war mir egal. Ich sollte endlich mal zugeben, wie dankbar ich war, dass Helena damals so übel gewesen war und Ray irgendwas in mir gesehen hatte, was ihn dazu bewogen hatte, mich mitzunehmen.

Dieser Gedanke und die Ballade, die die beiden nun anstimmten, sorgten dafür, dass mir Tränen in die Augen schossen. Die letzten Wochen waren das Beste, was mir in meinem ganzen Leben passiert war, trotz der Anschläge, dem Gefühlschaos und allem, was dazu gehörte, und ich würde sie für kein Geld der Welt tauschen wollen.

Ich hatte keine Ahnung, warum ich zu den *Atlantis Awards* wollte und ob sie es überhaupt schaffen würden, diese undurchsichtigen Erwartungen zu erfüllen, aber mir wurde plötzlich klar, es war mir komplett egal. Der Weg dahin, die Zeit mit Ray und den anderen, das war die Erfüllung eines Lebenstraumes gewesen, von dem ich nicht mal gewusst hatte, dass ich ihn habe

Ich wurde jäh aus meinen Gedanken gerissen, als mir jemand um den Hals fiel. »Holly!«, hörte ich Alice' aufgeregte Stimme in mein Ohr kreischen.

»Alice!«, erwiderte ich und schloss meine beste Freundin wieder fest in die Arme. »Lass uns backstage gehen, ich habe dir so viel zu erzählen«, sagte ich und zog sie mit mir nach hinten, in Rays Garderobe.

Sie riss die Augen auf und ich wusste, ihr war klar, dass meine Tränen nicht aus der Wiedersehensfreude mit ihr geflossen waren.

Ich erzählte ihr alles und es war mir völlig egal, wie viel Ray durch den Blutlink davon mitbekam. Er war schließlich ohnehin noch auf der Bühne beschäftigt. Ich erzählte ihr von unserem Date, der Talkshow und allem, was mir sonst noch so einfiel. Alles sprudelte nur so aus mir heraus.

Alice hörte aufmerksam und mit wachen Augen zu. »Also, ich hatte schon so etwas geahnt und ich dachte auch, dass es schlimm werden könnte. Das wars, es ist um dich geschehen«, sagte sie mit ernster Miene. »Jede Minute, die du mit ihm verbringst, verliebst du dich mehr in ihn.«

Erneut liefen mir Tränen über die Wange. »Ja, das habe ich dir doch schon gesagt! Aber er ist ein totales Arschloch manchmal, so habe ich mir meinen Prinzen in weißer Rüstung nicht vorgestellt! Nein, natürlich bekomme ich das Modell *Schwarzer Ritter*. Außerdem war das in der Talkshow das Schlimmste, was mir je passiert ist, es war so peinlich. Das mit Taylor ...«

Sie streichelte mir beschwichtigend über den Kopf, ehe sie sagte: »Das war so mutig von dir, Holly, und Taylor hat doch gesagt, es wäre okay. Ich habe ihn vorhin grad mit einer anderen Tussi gesehen. Ray mag dir vielleicht manchmal wie ein Arschloch vorkommen, aber im Großen und Ganzen kann er nicht so ein schlechter Kerl sein. Er hat meine ganze Familie nach Amerika eingeladen, er hat Helena hergeholt, um ihren Lebenstraum zu erfüllen, und er war doch eigentlich immer für dich da, wenn es dir schlecht ging. Du musst ihn ja nicht gleich heiraten, aber ich würde sagen, dass er schon ein wahnsinnig toller Freund wäre. Außerdem hat er dir schon zweimal das Leben gerettet.« Ihre Ehrlichkeit war Segen und Keule gleichzeitig.

»Schon vergessen? Mein Leben wäre ohne ihn nie in Gefahr geraten! Er ist ein Vampir und ich bin ein Mensch, er ist ein Rockstar und ich bin eine ziemlich hoffnungslose Studentin, er ist steinreich und ich kann mich gerade mal so über Wasser halten, er sieht umwerfend aus und ich bin einfach nur ich. Selbst wenn das alles nicht so wäre – er will mich gar nicht«, schloss ich jammernd.

»Holly, das Thema hatten wir schon mal. Eigentlich erinnere ich mich sogar an fast denselben Wortlaut in New York. Ich kann nicht, das passt nicht, wir sind so verschieden, bla, bla, bla, bla ... Erstens bist du auch ziemlich hübsch! Du darfst dich nur nicht mit Vampiren, sondern nur mit Menschen vergleichen, wobei am besten vergleichst du dich gar nicht.« Sie rümpfte die Nase. Alice hasste Neid, Eifersucht und Vergleiche. »Zweitens«, setzte sie wieder an und traf damit einen Hoffnungsschimmer bei mir. »Gegensätze ziehen sich an? Nein, Spaß beiseite. Er hat dich belogen, er hätte dich genauso wie Helena heute oder mich und meine Familie einfliegen lassen und so deinen Lebenstraum genauso gut erfüllen können, ohne eine Minute mehr als nötig mit dir zu verbringen, aber er hat beschlossen dich für die ganze Zeit an seiner Seite zu haben. Das muss doch irgendwas bedeuten! Selbst wenn er vielleicht nie gesagt hat, dass er etwas für dich empfindet, seine Taten sprechen Bände.«

Ich wollte gerade protestieren und sie an die PR-Aktion erinnern, weshalb er die Abmachung mit mir geschlossen hatte, doch Alice hielt mir den Mund zu.

»Geh doch mal alles im Kopf durch, Holly. Selbst für eine PR-Aktion war es sehr spontan. Er hätte das vorher in Ruhe planen und eine unbekannte Schauspielerin engagieren können. Außerdem sind Sachen zwischen euch passiert, die mit der Abmachung nix zu tun hatten. Er tut einiges, um dir zu gefallen. Er hat ja sogar mich hergeholt und das hat er sicher nicht gemacht, weil ihm langweilig war. Er gibt dir sein Blut, damit du keine Angst beim Fliegen hast, und noch so viel mehr! Herrje! Wie viel muss denn noch passieren, damit du merkst, dass er genauso für dich empfindet wie du für ihn? Nur weil er deine heiligen drei Worte nicht gesagt hat, bist du so unsicher?« Sie verdrehte genervt die Augen. Ray betrat leise den Raum und stellte sich schützend hinter mich. »Wir wollten eigentlich ein bisschen feiern gehen«, sagte er leise.

Ich spürte seinen kritischen Blick in meinem Nacken und erstarrte zur Salzsäule, er hatte alles mit angehört. Ich würde mich niemals daran gewöhnen.

»Soll ich lieber mit dir ins Hotel fahren?«, fragte er dann und strich mir über den Rücken

»Nein. Nein, schon gut«, beeilte ich mich zu sagen, ehe ich Alice' Hand nahm und lächelte. »Ich könnte ein paar Drinks vertragen.«

***

Wir machten uns auf den Weg in den nächsten Club. Dort angekommen wurden wir bereits mit Shots für alle begrüßt. Das fing ja gut an.

Nach der dritten oder vierten Runde waren Alice und ich bereits tiefenentspannt, wohingegen die Vampire noch immer stocknüchtern wirkten.

»Warum sind wir schon angesäuselt, während ihr noch komplett nüchtern seid?«, fragte ich Ray leise, der daraufhin schmunzelte.

»Vampire können sich nicht betrinken, wir trinken Alkohol nur wegen des Geschmacks und um uns ein wenig zu entspannen.«

Tja, also war das ein ganz klarer Beweis dafür, dass er unsere erste gemeinsame Nacht nicht auf den Alkohol schieben konnte.

»Das kannst du aber auch nicht«, flüsterte er mir zu und ich flötete nur: »Raus aus meinem Ko-opf ...« Der Alkohol sorgte bereits dafür, dass es mir fast egal war. Mit steigender Promillezahl löste sich mein Gefühlschaos langsam, aber sicher in Luft auf.

»Gibt es denn irgendwelche Drogen, die bei Vampiren wirken?«, fragte Alice neugierig.

»Ja, es gibt spezielle Drogen, wir nehmen sie aber nur über den Körper eines Spenders auf, wenn wir sein Blut trinken. Mit Kunstblut wirken sie nicht«, entgegnete Taylor und sah mich forschend an. Er wollte wohl meine Reaktion diesbezüglich testen.

»Das ist widerlich!«, posaunte ich auch gleich aus und hob mein Shotglas, nachdem ich es in einem Zug geleert hatte. »Vergiss es, das mach ich für keinen von euch!«, setzte ich nach und zeigte mit einem Finger drohend in die Runde.

»Du hast in den letzten Tagen viele Dinge gemacht, von denen du gesagt oder gedacht hast, dass du sie niemals machen würdest«, erwiderte James und sah mich spöttisch an.

»Ja, aber auch ich kenne Grenzen und ich merke gerade ... sie sind erreicht!«, entgegnete ich hicksend und hielt mich an der Bar fest, da mein Gleichgewicht mich kurz im Stich ließ.

»Ich scheine ja gerade rechtzeitig zu kommen.« Sam half mir mich wieder gerade hinzustellen.

»Schön, dass du es auch noch rechtzeitig geschafft hast«, fauchte Ray.

»Entschuldigung, ich wurde aufgehalten«, erwiderte Sam und nahm Ray beiseite, wohl um ihm den Grund für seine Verspätung zu erklären.

Der Abend wurde nur noch feuchtfröhlicher, als Taylor, angelehnt an meine Aussage, meinte, wir könnten eine Runde Flaschendrehen spielen. Ein Spiel, das ich als Jugendsünde bereits aus meinem Leben gestrichen hatte, aber in meinem angetrunkenen Zustand bereitwillig wiederaufleben ließ.

Alice war da allerdings kritischer. »Wir sind viel zu alt für Flaschendrehen!«

»Lass das mal die Älteren am Tisch entscheiden, wer hier zu alt für irgendetwas ist. Es mag auf den ersten Blick kindisch wirken, aber auf den zweiten Blick seid ihr betrunken und einfacher kriegen wir euch nicht dazu, nackig auf den Tischen zu tanzen«, verriet Taylor. »Wir spielen mit Wahrheit oder Pflicht, der Drehende entscheidet die Frage oder Aufgabe«, erklärte er und knallte eine leere Flasche auf den Tisch.

Gerade als Ray nach ihr griff, hielt Taylor ihn auf. »Nicht so schnell, da fehlt noch etwas.« Er grinste diabolisch. »Woher sollen wir denn wissen, ob jemand wirklich die Wahrheit sagt?«, fragte er und griff nach einem leeren Schnapsglas. Er biss sich in den Finger und ließ einen einzelnen Tropfen Blut am Rand des Glases hinablaufen.

Mir fiel es wie Schuppen von den Augen und eine Gänsehaut lief mir den Rücken entlang.

»Wer wird das Blut trinken?«, fragte James begierig, tat es Taylor nach und ließ sein Blut ebenfalls in das Glas laufen.

»Das werden wir ebenfalls durch den Zufall entscheiden lassen. Holly wird die Flasche drehen«, bestimmte Taylor. Benebelt sah ich, wie zunächst alle Vampire einen Tropfen ihres Blutes in das Glas gaben. Doch als ich nach der Flasche greifen wollte, um sie zu drehen, hielt Taylor mich auf.

»Die Regel gilt für alle«, säuselte er, griff nach meiner Hand und wollte sie schon zum Mund führen, ehe Ray ihn aufhielt.

»Ich übernehme das«, erklärte er und biss mir in den Finger. Alice ließ sich von Damian beißen und tat es mir nach, als ich mein Blut in das Glas tropfen ließ.

»Dann lassen wir jetzt das Glück entscheiden!«, rief Taylor aus und ich packte die Flasche und drehte sie beherzt. *Bitte zeig nicht auf Taylor, bitte zeig nicht auf Taylor!*, flüsterte meine innere Stimme, die ebenfalls schon ganz schön betrunken klang.

Ich kniff die Augen zu und mein Herz blieb vermutlich zeitgleich mit der Flasche stehen. Als enttäuschtes Jammern an meine Ohren drang, wagte ich es, einen Blick auf den Tisch zu werfen. Die Flasche zeigte auf Damian. Taylor kippte etwas Grünes auf das Blut im Schnapsglas und drückte es Damian in die Hand, der es in einem Zug leerte. Anschließend stellte Taylor ebenfalls jeweils ein kleines Glas voll unheilvoller grüner Flüssigkeit vor mir und Alice ab. »Absinth«, erklärte er.

Alice hatte das Glas bereits mit den Worten »Nicht lang schnacken, Kopf in Nacken!« heruntergestürzt und ich tat es ihr mit einem mulmigen Gefühl nach.

»Normalerweise trinkt man das ja mit Wasser und Zucker«, grinste Taylor schulterzuckend, diese Erklärung kam etwas zu spät. Ich entwickelte einen stark ausgeprägten Schluckauf, der mir nicht gerade half das Gleichgewicht zu halten.

Ray beäugte mich mit äußerster Sorge. »Holly, ich denke, du hast genug und wir sollten zum Hotel zurückkehren«, begann er, doch ich unterbrach ihn.

»Nein! Du bist ein Feigling, wenn du das Spiel jetzt verlässt! Außerdem habe ich noch nicht die komplette Las Vegas-Erfahrung gehabt! Ich will alles sehen! Du kannst ja gehen, wenn du willst! Ich will noch zu den Magiern und vielleicht können die auch gleich meine Gefühle für dich verschwinden lassen!«

Ich schaute ihn trotzig an, doch er seufzte nur, gab mir einen Kuss auf die Wange und legte den Arm um mich, als ich schwankte. Damian, James und Taylor sahen mich besorgt an. Ray hingegen sah so aus, als hätte ich ihm eine Ohrfeige verpasst.

»Spielt Sam gar nicht mit?«, fragte Alice und stieß ihn an.

»Ich werde mein Blut ganz sicher nicht einem dieser übergroßen Moskitos geben!«, protestierte Sam, doch Alice feuerte ihn an: »Sam! Sam! Sam! Jetzt komm schon, sei kein Weichei!« Sam seufzte, zog jedoch seine Hand weg, als Damian danach griff.

»Das mache ich selber!«, fauchte er, biss sich in den Finger und ließ einen Tropfen in das zuvor geleerte Glas plumpsen.

»Gut, dann kann es ja losgehen. Da es meine Idee war, drehe ich zuerst«, erklärte Taylor, nachdem Damian den letzten Nachzüglertropfen heruntergeschluckt hatte, und drehte die Flasche.

Der Hals zeigte auf Alice, die begeistert aufkreischte und in die Hände klatschte.

»Wahrheit oder Pflicht?«, fragte Taylor.

»Pflicht!«, lallte Alice und grinste zurück.

»Gut, fangen wir mit einer einfachen Aufgabe an: Küss mich!«, lachte Taylor.

Ich wollte Alice schon aufhalten, doch sie sprang begeistert in seine Arme und ihre Lippen fanden seine. Ich muss wohl ziemlich entsetzt ausgesehen haben, denn Taylor löste sich von Alice und sah mich entschuldigend an.

»Hey, ich hätte auch eine vulgärere Aufgabe stellen können!«

Mein Blick wurde finster wie die Nacht draußen.

Alice klammerte sich derweil an sein Shirt, ehe sie die Flasche drehte und sie auf Ray zeigte. »Wahrheit oder Pflicht?«, fragte sie Ray kichernd.

»Wahrheit«, sagte er.

»Sag Holly, was du für sie empfindest!«, verlangte Alice, doch Ray schüttelte den Kopf. »Das ist 'ne Pflichtaufgabe«, meinte er entschieden.

»Chance verpasst«, rief er, als er Alice' empörtes Gesicht sah und die Flasche drehte.

Sie zeigte auf mich. »Wahrheit oder Pflicht?«, flüsterte er.

»Pflicht«, nuschelte ich undeutlich, aber er hatte meine Antwort gehört.

»Dann darfst du jetzt eine Runde Karaoke singen!«, bestimmte Ray und drückte mir ein Mikrofon in die Hand.

Peinlich berührt schaute ich auf diesen »Staffelstab aus der Hölle«, wie ich ihn gerne nannte, und versuchte einen Song zu finden, den ich in meinem Zustand noch fehlerfrei mitsingen konnte.

Ich wählte YMCA, doch auch hier hatte ich akute Probleme, mit der Geschwindigkeit mitzuhalten. Als das Lied beendet war, beschloss ich, dass es besser war, auch noch die letzte Gehirnzelle zu ertränken, und legte noch einmal mit einem bunten Cocktail nach.

Danach waren meine Erinnerungen nur noch bruchstückhaft, aber ich war mir ziemlich sicher, wir waren noch in einem Stripclub, denn ich erinnerte mich an die PoleDance-Nummer, die Taylor uns zu Ehren vorführte, und an Alice, die gar nicht schnell genug Unmengen an Scheinen in seinen Slip stecken konnte, während sie begeistert kreischte. *Magic Mike* konnte einpacken, denn Taylor hatte wirklich einen Hüftschwung drauf, bei dem man schwach werden konnte.

Ich glaube, der Striptease war seine Pflichtaufgabe gewesen, nachdem Alice die Flasche gedreht hatte. Dann waren da noch jede Menge bunter Lichter und irgendwo kam ein Papagei vor, aber wie das Ganze in einem zeitlichen Zusammenhang stand, konnte ich nicht mehr genau sagen.

Oder doch! Damian hatte Ray eine Aufgabe gestellt. Moment mal, war es vielleicht gar kein Papagei, sondern eher eine Taube gewesen? Und warum erinnerte ich mich an einen Kuschelwalzer zu *Love Me Tender*? Eine markante Haartolle und ein glitzernder Anzug streiften ebenfalls in meinen Gedanken herum.

Kapitel 15

O Gott, nein

Wow, das waren ein paar amtliche Kopfschmerzen. Als ich erwachte, lag mein Kopf zwar auf einem Kissen gebettet, aber er fühlte sich eher so an, als hätte ich ihn mehrmals auf Beton geschlagen, bevor ich mich zur Ruhe gelegt hatte.

Ich stöhnte auf und blickte auf die Uhr, die Sonne war kurz davor unterzugehen und noch lag Ray wie ein durchschnittlicher Toter neben mir. Warum war mir eigentlich so warm? Ich schlug die Decke zurück, nur um mit einer weiteren weißen Decke konfrontiert zu werden. Die zweite Decke ließ sich jedoch nicht zurückschlagen. Noch immer leicht benebelt beäugte ich die weiße Masse also genauer.

Es war ein Kleid.

Ein weißes Kleid.

Panik flammte in mir auf und ich griff mir an den Kopf.

War das ein Schleier?

Ein lauter Schrei entfuhr mir, das konnte doch nicht wahr sein!

Ich schlug Rays Decke zurück und sah eine Smokinghose samt völlig verknittertem, offenem Hemd und loser Fliege.

Das durfte echt nicht wahr sein!

Ich vermied den Blick auf meinen Ringfinger, aber ich spürte, dass dort etwas war, das sich gestern dort noch nicht befunden hatte. Etwas, das ich auch erst in ein paar Jahren dort erwartet hatte.

Dann konnte ich nicht anders, ich hob meine Hand vor die Augen. Dort blitzte ein wunderschöner silberfarbener Ring mit einem klaren Stein, den man nicht anders als protzig bezeichnen konnte. Er saß in einer Fassung, welche wie die Blüte einer Blume geformt war und mit zwei kleineren Blüten gesäumt war, welche jeweils einen Opal enthielten.

Doch egal wie schön, und vermutlich auch wertvoll, dieser Ring auch sein mochte, ich kochte über vor Wut. Ein weiterer Blick auf den Wecker sagte mir, dass Ray in ein paar Minuten wieder leben würde, allerdings nur um, wenn es nach mir ginge, direkt wieder zu sterben.

Zehn Minuten später wich Ray bereits dem fünften Objekt aus, welches ich nach ihm warf.

»Ganz ruhig, Holly, du kannst dich ja wieder von mir scheiden lassen!«, sagte Ray beschwichtigend.

»Ich wollte dich nicht mal heiraten und schon gar nicht mit Anfang zwanzig gleich wieder geschieden sein!«, brüllte ich, während die Schreibtischlampe durchs Zimmer flog und nicht mal in seiner Nähe landete.

»Also, gestern klang das noch ganz anders und wenn du mit Anfang zwanzig nicht geschieden sein willst, bleiben wir dann verheiratet?«, fragte er und ich sah, wie er sichtlich damit rang, die richtigen Worte zu finden, um mich nicht noch mehr in Rage zu bringen.

Ein Vampir in einem Minenfeld, jedem sollte klar sein, dass es in dieser Situation keine richtigen Worte gab.

»Wieso hast du mich überhaupt geheiratet? Du kannst es schließlich nicht auf den Alkohol schieben, so wie ich! Wie konntest du mir das nur antun!?«, brüllte ich über das Klirren der Vase hinweg, die nur noch einen Meter vor Ray zu Boden ging. Ich warf mich ein.

Ray versuchte sich mir mit erhobenen Händen zu nähern. Ich wich einige Schritte zurück, griff nach einer kitschigen Porzellanfigur auf einem Sideboard – meinem nächsten Wurfgeschoss –, zielte und stolperte über eine große, haarige Masse am Boden. Hart knallte ich auf den Boden und rieb mir das schmerzende Steißbein, ehe ich einen genaueren Blick auf das warf, was mich zu Fall gebracht hatte.

Scheiße. Da lag ein Wolf. Ein echter, lebender, riesiger, knurrender Wolf!

Während ich entsetzt wegkrabbelte, kniff ich mir in die Wange, um sicherzustellen, dass ich nicht mehr träumte. Nein, ich war zweifelsfrei wach, verkatert, aber nüchtern. Ich schnappte nach Luft und schrie panisch auf.

»Holly!«, setzte Ray an, unterbrach sich lachend, als ich versuchte den Wolf mit der Statue auf Distanz zu halten.

Der Wolf wandte sich jedoch nur desinteressiert von mir ab und trottete hinter das Bett, wo ich ihn nicht mehr sehen konnte. Dann blinzelte ich. Dort, wo der Wolf hingetrottet war, hörte ich ein Ächzen einer bekannten Stimme.

»Sam?«, rief ich panisch. »Beweg dich nicht! Hier ist ein Wolf im Zimmer! Ray! Tu endlich was!«, fuhr ich ihn an. Doch stattdessen plumpste er außer sich vor Lachen aufs Bett.

»Holly, hör gefälligst auf so zu brüllen!«, fauchte ein splitterfasernackter Sam hinter dem Bett stehend.

»Warum hast du nix an?«, fragte ich völlig verwirrt und ließ die Statue sinken.

»Holly, Sam ist ein Werwolf. Was meinst du wohl, weshalb ich ihm vertraue mich tagsüber zu beschützen und warum er schon mal in Vistren war?«, brachte Ray zwischen einzelnen Lachintervallen hervor.

»Warum wusste ich das nicht?«, fragte ich entgeistert und ließ die Statue fallen. Sie blieb sogar heil.

»Ich dachte, das wäre klar! Alleine die blöden Hundewitze in meiner Gegenwart von ihm!«, rief Sam und rieb sich immer noch den Schädel, während er mit der anderen Hand nach einem Kissen tastete, um seine Blöße zu bedecken.

Ray beruhigte sich schlagartig. »Zieh dir was an, du stehst immerhin nackt vor meiner Frau!«, donnerte er.

Hinter mir hörte ich ebenfalls ein ersticktes Lachen. Taylor stand im Türrahmen und betrachtete die Szene mit dem breitesten Grinsen, welches ich jemals bei ihm gesehen hatte.

»Ich störe euch wirklich nur ungern bei eurer Neuauflage von *Rotkäppchen und der Wolf*, aber bevor du ihn fragst, warum er so große Augen, Ohren und Kronjuwelen hat, muss ich kurz mal unterbrechen.« Ich warf die Ananas aus dem Obstkorb auf dem Tischchen neben mir nach ihm, nicht weil er mir etwas getan hatte, sondern einfach weil es Taylor war und ich beinahe sicher, dass auch er seinen Teil zu meiner Misere beigetragen hatte.

Kurz darauf warf ich den Rest des Obstkorbes der Ananas hinterher, sodass Taylor hinter der Tür in Deckung ging und von dort aus vergnügt rief: »Du willst doch wohl nicht deinen Trauzeugen umbringen? Kommt erstmal frühstücken, da klären wir die Geschichte auf, und wenn dir dann danach ist, lieber Witwe zu sein, kann ich dir auch einen schönen spitzen Pflock besorgen.«

So saß ich Minuten später zwischen meinem frischgebackenen Ehemann und Alice, welche sich nervös die Hände rieb. Die Suite, die Damian und James sich teilten, wurde kurzerhand zum privaten Frühstückssaal umfunktioniert und wir saßen um einen runden Tisch herum, nachdem wir einen Servierwagen voller Köstlichkeiten beim Zimmerservice bestellt hatten.

»Rollmops oder Rührei?«, fragte mich Damian, doch James schaufelte mir bereits Ei auf den Teller und knurrte nur:

»Möpse hat sie doch genug.«

Was für eine Laus war dem denn über die Leber gelaufen? Ich fand, nur ich hatte die Berechtigung, heute Morgen wütend zu sein, und schnappte empört nach Luft.

»Aber, aber, Holly, ich denke, das ist vielleicht ein guter Zeitpunkt, um nochmal euer wundervolles Hochzeitsvideo anzusehen«, sagte Taylor feixend, huschte zu dem großen Fernseher der Suite und stöpselte sein Smartphone an.

Hochzeitsvideo? Wollte ich das wirklich sehen? Blieben manche Dinge nicht lieber vergessen?

Mir wurde übel, als der Flachbildschirm kurz aufflackerte und mein Gesicht erschien. Im Hintergrund sah man ein paar Fontänen in die Höhe schießen. War das die Einfahrt unseres Hotels? Ich war sturzbetrunken, meine Augen waren gerötet und ganz allgemein wirkte ich, als würde kein Blut, sondern purer Alkohol in meinen Adern fließen.

»Da ich eh keinen besseren finde als Ray und sowieso nicht mehr von ihm loskomme, habe ich beschlossen ihn zu heiraten«, erklärte ich der Kamera gerade und mir gefror das Blut in den Adern. Ich war also selbst die Wurzel alles Bösen und dabei auch noch saupeinlich.

»Ich werde die Trauzeugin!«, quietschte die Alice im Video vergnügt, während ich ihrem aktuellen Gegenstück böse in die Augen sah.

»Schau nicht so, ich war genauso betrunken wie du!«, sagte sie daraufhin und lief rot an.

»Vielleicht heirate ich Alice auch noch, weil sie so toll ist! Es ist genug Holly für alle da!«, erklärte ich dem Ray im Video gerade, der mich ziemlich zweifelnd ansah.

»Holly, bist du dir sicher, dass das eine gute Idee ist? Ich mein, du bist noch recht jung, sturzbetrunken und eigentlich nicht in der Verfassung, solche Entscheidungen zu treffen«, fragte er mein gestriges Ich zweifelnd. Mein jetziges Ich bemerkte allerdings überrascht, dass er um sein eigenes Mitspracherecht, was die Hochzeit anging, nicht besorgt gewesen war.

»Doch, doch! Wir sind in Vegas! Wir waren schon im Casino, Taylor hat für uns getanzt und jetzt wird geheiratet! Damian hat die Flasche gedreht und sie hat auf dich gezeigt, Ray! Du hast Pflicht gewählt und Damian hat gesagt, du musst mich heiraten! Sonst habe ich nicht die echte Vegas-Erfahrung! Außerdem bin ich stocknüchtern und ey, du musst das eigentlich nur aussitzen, weil ich ja eh vor dir abnippel!«, lallte die Video-Holly vergnügt.

Ich wandte den Blick vom Fernseher zu Damian, der plötzlich sehr interessiert die Serviette musterte.

»Wer zur Hölle hat dieses Video gedreht?«, fragte ich tonlos und Sam hob die Hand: »Schuldig im Sinne der Anklage!«

Ich blickte wieder zum Fernseher.

»Nun, zuerst brauchen wir wohl einen Verlobungsring!«, meinte Taylor im Video fröhlich und stieß Ray in die Rippen.

»Ich habe noch den, den Morgana bekommen sollte«, sagte dieser und förderte den Ring zutage, den ich nun am Finger trug.

Mein Blick wanderte zu Ray. »Du hast mir den Verlobungsring von Morgana angesteckt?« Meine Stimme war mehr ein Kieksen. »Warum schleppst du den überhaupt mit dir herum?«

»Damit sie ihn sich nicht irgendwann unter den Nagel reißt oder meine Eltern ihn ihr geben und sie behaupten kann, die Verlobung wäre rechtmäßig. Es gibt nur einen sicheren Ort für diese ringförmige Fessel: in meiner Nähe«, fauchte Ray.

»Es wird noch viel besser!«, flötete Taylor und deutete zurück zum Fernseher.

»Du musst ihr schon einen richtigen Antrag machen!«, schrie die Alice im Video gerade vergnügt und Ray blickte ziemlich unsicher drein. Dann kniete er sich vor mich hin. Das Bild wackelte stark, als Sam sich die Hand auf den Mund schlug. »O mein Gott! Er tut das wirklich!«, hörte man seine gedämpfte Stimme.

Es war wie ein Autounfall, man konnte einfach nicht wegsehen, egal wie schrecklich die Szene war.

»Holly, möchtest du meine Frau werden?«, fragte Ray und seine Augen funkelten im Licht der blinkenden Casinoschilder.

Mir drehte sich der Magen um. Doch das Video war noch keineswegs vorbei. Es gab einen Schnitt und die nächste Szene folgte in einer Kapelle. Ein Mann mit unverkennbarer Haartolle und glitzerndem weißem Anzug stand zwischen Ray und mir. Er bat Ray in einem rockigen Singsang darum, nun bitte sein Gelübde vorzutragen.

»Du hast mir Erinnerungen geschenkt, die einzigartig sind. Du hast mich aus der Hölle der Langeweile geholt und in den Himmel gebracht. Du rettest meine Seele, indem du deine mit mir teilst. Dein Herz lässt meines wieder schlagen. Ich will dir die Welt zeigen, solange du mich lässt, denn in dir habe ich meinen Sinn gefunden.«

Ich war sprachlos und blickte von der Mattscheibe zu Ray, der neben mir saß und sichtlich verlegen wirkte. Ich spürte, wie mir Tränen in die Augen stiegen. Er hatte zwar nicht die magischen drei kleinen Worte verwendet, dennoch war das ja einer Liebeserklärung nicht unähnlich gewesen.

Meine Rührseligkeit wurde abermals von Taylor unterbrochen, der kicherte. »Warte es ab, jetzt bist du dran!«

Die Holly im Video begann damit, ihr eigenes Gelübde vorzutragen: »Ich hasse dich, wenn du meine Gedanken liest, ich hasse deine blauen Augen, deine wilden Haare und dein Sixpack. Ich hasse es, wenn du mich bevormundest. Ich hasse, dass ich dich liebe. Aber wenn ich eine Sache mehr als alles anderes hasse, dann ist es, getrennt von dir zu sein!«

Kurz darauf konnte ich den Ton im Video nicht mehr hören, denn Taylors schallendes Gelächter übertönte alles. Aber ich sah, dass Elvis uns anscheinend nun zu Mann und Frau erklärt hatte.

Alice und Taylor waren Trauzeugen und James fing mit einem reichlich genervten Blick meinen Brautstrauß, während Taylor, der anscheinend die Kamera von Sam gekapert hatte, eine Nahaufnahme meiner Brüste machte. Anschließend wurden noch Tauben freigelassen und Blumen gestreut.

»Du wolltest eigentlich einen Kraken freilassen, wie in *Fluch der Karibik,* aber das konnten wir auf die Schnelle nicht bewerkstelligen«, meinte Taylor mit einem Lächeln, als ich noch tiefer auf meinem Stuhl zusammensank.

Auch unser Hochzeitstanz war auf dem Video zu sehen. Wir legten einen Foxtrott zu meinem Lieblingslied hin – dem Lied aus der Quizsendung –, bevor wir anschließend noch ein bisschen ruhiger hin- und herschwangen, während Elvis für uns sang.

Als das Band endete, war ich ganz still geworden. Ich erhob mich, um dem peinlichen Schweigen zu entgehen, stürmte aus dem Raum und zurück in unser Hotelzimmer. Ray folgte mir leise und setzte sich zu mir, als ich weinend aufs Bett fiel.

»Warum hast du zugelassen, dass ich dich heirate?«, schluchzte ich zwischen meinen Fingern hervor.

»Du warst ziemlich nachdrücklich, außerdem dachte ich, dass es ja auch nicht wirklich schaden könnte, es gibt Schlimmeres«, sagte er, eher er mir die Hände vom Gesicht zog. »Hör mal, Holly, wenn du dich jetzt von mir scheiden lässt, ohne Ehevertrag, dann hast du geldtechnisch für immer ausgesorgt, weil dir ein beträchtlicher Teil meines Vermögens zufallen wird.«

Kälte breitete sich in mir aus. »Du hast mich aber jetzt nicht nur geheiratet, um mich finanziell abzusichern, oder?« Meine Stimme war so eisig, dass man mich locker als Schockfroster hätte einsetzen können.

»Nein, nicht nur ...«, begann Ray.

Aber ich ließ ihn nicht zu Wort kommen, dass das einer der Gründe gewesen war, reichte mir schon, um sofort wieder auf hundertachtzig zu sein. »Für dich mag das ja alles nicht schlimm sein, aber ich hatte mein ganzes Leben noch vor mir und zwar erstmal ohne einen Ehemann! Du hast schon tausend Jahre hinter dir, ohne an eine Frau gebunden gewesen zu sein!«, brüllte ich. »Ach ja, und nur zu deiner Information, in meiner Welt heiratet man meistens, weil man sich liebt, und nicht wegen irgendwelcher finanziellen Vorteile!«

Ray hob die Hand, weil sein Telefon klingelte. Er sah auf das Display, erbleichte und ging dran. »Ja, was ist passiert?«, fragte er. »Nein, es war eine Hochzeit in Las Vegas, sie ist ein Mensch, das zählt nicht!«, rief er entrüstet in sein Telefon, während ich ihn entsetzt anstarrte. »Wir klären das später«, sagte er noch, ehe er auflegte und meinem Blick begegnete.

»Wer war das?«, fragte ich und erkannte meine eigene Stimme nicht wieder.

»Meine Eltern«, erwiderte Ray und wollte schon weiterreden, ehe ich ihn unterbrach: »Schön, dass das alles gar nicht zählt«, flüsterte ich und Ray streckte die Hand nach mir aus. Ich wich zurück. »Ich werde ganz sicher nicht das schmutzige kleine Geheimnis sein, das du vor deinen Eltern hast. Ich werde jetzt runtergehen und mir ein eigenes Zimmer buchen«, meinte ich eisig und Ray hielt mich nicht auf.

In der Lobby angekommen erntete ich jede Menge aufgeregte Blicke, Fingerzeige und Getuschel, denn ich trug immer noch das Brautkleid. Ich fluchte leise, ehe ich mich zum Tresen der Rezeption durchdrängelte.

»Ich hätte gerne ein eigenes Zimmer«, sagte ich knapp zu der überrascht blickenden Rezeptionistin.

»Mrs Sorin, es ist leider kein Zimmer mehr frei«, sagte sie, nachdem sie etwas im Computer gestöbert hatte, mit einem bedauernden Lächeln.

Hatte sie mich gerade Mrs Sorin genannt?! Ich kochte vor Wut. »Bitte nennen Sie mich Bane«, sagte ich mit dem bittersüßesten Lächeln, woraufhin mich die Rezeptionistin nur noch verwirrter anblickte. »Gestern haben Sie auf Mrs Sorin bestanden.«

Ohne sie noch eines weiteren Blickes zu würdigen oder in Scham zu versinken, wandte ich mich um. Ich stapfte zurück zu den Fahrstühlen und fuhr wieder hinauf zu den Penthouse-Suiten. Dort angekommen rannte ich in Ray und Damian.

»Sie haben keine Zimmer frei«, erklärte ich und würdigte Ray keines Blickes. »Dann gehe ich wohl erstmal zu Damian!«

»Das kannst du nicht!«, rief Ray aufgebracht. »Das kann ich sehr wohl! Damian war immer gut zu mir, hat sich immer vorbildlich benommen und mir gesagt, dass er mich ehrlich mag«, erklärte ich mit zitternder Stimme.

Ray kniff den Mund zusammen und Damian räusperte sich. »Holly, ich fühle mich geschmeichelt, aber wir beide wissen, dass ich dich nicht gegen Rays Willen bei mir übernachten lassen kann. Und wir wissen auch, dass nie eine solche Bindung zwischen uns beiden existieren könnte wie die zwischen –«

»Zwischen Ray und mir? Ray, der mit meinen Emotionen spielt und nie seine wahren Gefühle mir gegenüber offenbart hat?«, schnappte ich.

»Nur weil ich es nie so klar gesagt habe, heißt das nicht, dass ich nichts für dich empfinde!«, verteidigte er sich, doch ich schnaubte nur. Ray fuhr sich durch die Haare. »Holly, wirklich, du bist mir keineswegs egal, die Situation ist nur wahnsinnig kompliziert.«

Ich schüttelte den Kopf. »Es ist ganz einfach, ich liebe dich und das weißt du auch. Ich hatte panische Angst vor dir, habe das, was du bist, gehasst. Ich habe mir die größte Mühe gegeben, mich nicht von dir oder Taylor um den Finger wickeln zu lassen. Ich habe alles darangesetzt mich nicht in dich zu verlieben. Doch meine Gefühle zu dir waren irgendwann einfach zu stark, um sie zu ignorieren. Meine Gänsehaut, als du das erste Mal vor mir gesungen hast. Die Fotos, die dieser unsägliche Maurice von uns gemacht hat. Deine neckischen Flirtereien. Unser erster Kuss und unser erstes Mal haben mich vergessen lassen, dass du ein elender Blutsauger bist. Ich habe sogar Taylor geküsst, um mehr über dich rauszufinden. Ich habe meine Liebe zu dir öffentlich im verdammten Fernsehen gestanden! Ich habe dich sogar betrunken geheiratet! Und anscheinend kannst du das einfach nicht erwidern und das ist okay. Aber es zerreißt mich, es tut mir so weh, wie mir noch nie etwas auf der Welt wehgetan hat. Du kannst das vermutlich sogar spüren, durch diese beschissene Blutverbindung. Ich kann das nicht mehr, Ray«, schloss ich meinen Monolog und verließ mit hängendem Kopf den Raum.

Er hielt mich nicht auf.

***

Alice war mit dem größten Bedauern abgereist, da ihre Familie nach dem Urlaub zurückfliegen musste. »Ich bleibe«, hatte sie vehement erklärt, doch sich letztendlich von Sam überreden lassen das Flugzeug zu besteigen. »Denk an sein Gelübde bei der Hochzeit. Das war doch quasi genau das Liebesgeständnis, was du wolltest, verzeih ihm«, flehte sie mich vor dem Abflug nochmal an.

Doch ich wollte niemanden sehen, nicht das blöde Hochzeitsvideo, nicht mal sie. Letztendlich war ich doch zu Damian in seine Suite gezogen und James zu Ray. Zwei Tage später, die wir immer noch in Vegas verbrachten und in denen ich kein Wort mehr mit Ray gewechselt hatte, suchte mich Taylor auf.

Als er vor der Tür stand, wollte ich sie ihm direkt wieder vor der Nase zuknallen. Die letzten zwei Tage hatten meine Nerven auf eine Zerreißprobe gestellt. Sobald ich den Fernseher anschaltete, war die Hochzeit von mir und Ray »Breaking News« und selbst in der Zeitung, die jeden Morgen aufs Zimmer gebracht wurde, belegten wir die erste Seite.

Das Telefon klingelte ununterbrochen, sodass ich mich gezwungen sah das Kabel aus der Wand zu reißen. Also, um es kurz zu fassen, Taylors gehässiges Grinsen hatte mir gerade noch gefehlt. Doch als er zu sprechen begann, war er ernst.

»Holly, lass dir gesagt sein, ich verstehe, dass du wütend bist. Mich zu verheiraten wäre, glaube ich, das Schlimmste, was man mir antun könnte«, begann er, hob beschwichtigend die Hände und ich schnaubte. Stimmt, eine Ehefrau würde Taylors nicht abreißendem Frauenstrom ein jähes Ende bereiten. »Aber dennoch, das kann man ja beheben. Kein Weltuntergang. Lasst euch scheiden oder die Ehe annullieren. Nur Hauptsache, ihr redet wieder miteinander. Ray geht es so schlecht, wie ich ihn seit Jahrhunderten nicht mehr gesehen habe.«

Ray ging es schlecht? Weil ich nicht mit ihm sprach?

»Ach, hat er jetzt eingesehen, dass das nicht die beste Idee war, mir, sobald sich die Sekunde bot, einen Ring an den Finger zu stecken? Wenn es ihm so schlecht geht, warum ist er dann nicht hier und sagt mir das persönlich?« Ich klang bedeutend schnippischer als geplant und erschrak ein wenig vor mir selbst.

»Darf ich dich erinnern, dass die Idee auf deinem Mist gewachsen ist? Ray hat lediglich die Chance ergriffen, um dir etwas Gutes zu tun. Genau wie er dir immer sein Blut gibt, um Schmerzen zu lindern und dich zu beruhigen, weil Vampirblut heilend wirkt, sowohl physisch als auch psychisch. Er versucht dir ein guter Freund zu sein und ja, zugegebenerweise stellt er sich dabei manchmal etwas blöde an, aber er gibt sein Bestes. Du weißt selbst, er ist nicht unbedingt der Typ, der seine Schwächen zugibt, und du bist definitiv eine seiner Schwächen, Holly!«

Seine Worte ließen den Knoten in meiner Brust platzen, zum wiederholten Male in den letzten Tagen liefen mir wieder jede Menge Tränen über die Wangen. Er hatte ja recht, ich war zumindest nicht unschuldig an der Hochzeit. Es war leicht, immer die Schuld bei anderen zu suchen, aber es war ungeheuer schwer, sich Fehler einzugestehen, zumindest ging es mir so.

»Ray ist gerade beim Hintereingang des Hotels, er nimmt eine Blutlieferung entgegen, dort sollten keine Reporter sein, ihr könnt also ungestört reden, wenn ihr wollt«, schlug Taylor vor und ich sah ihn mit tränenverschleiertem Blick an.

Auf seinem Gesicht lag ein Ausdruck, den ich nicht deuten konn te, doch ich machte mir nichts weiter daraus und rannte zu den Aufzügen.

Sam hielt mich auf. »Wo willst du hin?«, fragte er misstrauisch.

»Lass sie durch, sie will zu Ray«, rief Taylor, der hinter mir aus der Tür getreten war. »Geh zurück in dein Hotelzimmer, du solltest derzeit nicht hier draußen sein, denk an den Mond. Ich werde schon auf sie aufpassen«, sagte er und warf Sam einen säuerlichen Blick zu.

Unten angekommen durchquerte ich die Lobby und ignorierte die Reporter, die versuchten sich um mich zu scharren, ehe ich hinter der Rezeption in den Gängen verschwand und mich bis zum Hintereingang durchschlug.

Ich riss die Tür auf und die frische Nachtluft füllte meine Lungen. Mein Herz raste und ich sah mich hektisch nach Ray um. Ich wollte das aus der Welt schaffen. Ich wollte, was auch immer zwischen uns war, nicht wegwerfen und ich würde irgendwie mit der Hochzeit klarkommen.

Die letzten zwei Tage hatten mir gezeigt, wie sehr ich Ray liebte und wie schwer es war, nicht mit ihm zu reden. Ich wollte ihm wieder in die Augen sehen und das ein für alle Mal klären.

Das Einzige, was sich jedoch in der Gasse hinter dem Hotel befand, war ein weißer Lieferwagen, den das Logo einer der Vampirblutfabriken zierte. Mit ein paar großen Schritten war ich bei dem Wagen und lugte hinein. Er schien verlassen. Plötzlich drückte sich mir eine Hand auf den Mund und ein nasses Tuch wurde mir über Mund und Nase gelegt. Verzweifelt hielt ich die Luft an und trat nach meinem Angreifer, versuchte meine Hände, die mir auf dem Rücken zusammengehalten wurden, zu befreien, doch wer auch immer es war, der sich da von hinten an mir zu schaffen machte – er oder sie war bedeutend stärker. Dann spürte ich einen scharfen Schmerz an meinem Handgelenk und wie mir Blut über die Finger ran.

Ein Schrei entfuhr mir, wurde jedoch so sehr von dem Tuch vor meinem Mund gedämpft, dass er beinahe lautlos war. Ich erblickte ein bernsteinfarbenes Augenpaar. Ein Augenpaar, was ich mittlerweile sehr gut kannte. Dann atmete ich ein und Schwärze umfing meine Gedanken.

Kapitel 16

Rache ist Blutverlust

Zu meiner Überraschung war ich nicht tot aufgewacht, auch nicht untot. Ich hing in einer Art Kettengeschirr und konnte mich keinen Zentimeter bewegen. Mein Kopf tat mehr weh als nach meiner verhängnisvollen Las Vegas-Nacht und das hieß schon einiges.

Die Wunde an meinem Handgelenk schien nicht mehr zu bluten, zumindest spürte ich nur noch ein dumpfes Pochen, aber kein Blut mehr, welches aus der Wunde quoll. Nachdem meine Erinnerungen an den Vorfall, der mir die ganze Misere eingebrockt hatte, wieder in den Kopf flossen, stöhnte ich auf.

Ich hatte mich tatsächlich in einer verlassenen Gasse einem weißen Lieferwagen genähert und war entführt worden. Das war fast zu viel Klischee, um wahr zu sein. Dabei hatte ich sicherlich mehr Krimiserien gesehen als ein Großteil meiner Altersgenossen und wusste, wie eine Entführung ablief. Außerdem war ich innerhalb der letzten Wochen bereits zweimal angegriffen worden, aber anscheinend ging es zumindest diesmal nicht um mein Leben.

Na, viel Spaß dem Entführer, der versuchte Lösegeld für mich zu erpressen. Oder war es vielleicht ein durchgedrehter Fan? Vielleicht sogar Morgana? Oder Jason Walkers? Ich hatte die beiden ganz schön verärgert und eine ganze Weile nicht mehr gesehen. Aber dann fiel mir wieder das bernsteinfarbene Augenpaar ein. Den Gedanken, wem sie gehörten, verdrängte ich gleich wieder. Ich musste mich geirrt haben. Das konnte nicht sein!

Nervös schaute ich mich in meinem Verlies um. Es war ein kleiner, fensterloser Raum mit nur einer Tür. Die Wände und der Boden waren wohl mal weiß gestrichen gewesen, doch hatten sie ihre besten Tage schon lange hinter sich und der Putz war schmutzig und bröckelte von den Stellen ab, wo er überhaupt noch vorhanden war.

Ich hing etwa zwanzig Zentimeter über dem Dielenboden und die Eisenketten schnitten mir schmerzhaft die Blutzufuhr ab. Meine Arme und Beine waren bereits kribbelig, aber das bedeutete, dass ich noch nicht so lange in dieser Position hängen konnte, denn sonst wären sie völlig eingeschlafen.

Auf der gegenüberliegenden Seite des Raumes erblickte ich ein Geschirr, was meinem nicht unähnlich war, jedoch keinen Gefangenen enthielt. Vielleicht ein Serienmörder? Ich hatte mal einen unsäglichen Film gesehen, wo ein unscheinbarer Mann eine Schlachterei für Menschenfleisch in seinem Keller betrieb.

Es lief mir eiskalt den Rücken herunter, vor allem weil ich in meinem tiefsten Inneren wusste, wer mich hier gefangen hielt, und dieses Wissen sich stetig an die Oberfläche kämpfte. Ich wollte es nicht wahrhaben.

Meine Kehle brannte und ich versuchte zu schreien, doch auch jetzt kam nur ein tonloses Röcheln aus meinem trockenen Mund.

Plötzlich wurde die Tür zum Raum aufgerissen und der Mann, von dem ich hoffte, er wäre es nicht gewesen, trug einen Bewusstlosen auf der Schulter hinein. Ray! Was war passiert?

Kurz machte sich Erleichterung in mir breit. Taylor und Ray waren gekommen, um mich zu retten, irgendetwas war mit Ray passiert und dann ... Nein. Völliger Blödsinn, Holly. Dort stand mein Entführer. Die wichtigste Frage war: Warum?

Langsam, ganz langsam drehte sich Taylor zu mir um. In seinem Gesicht lag Bedauern. »Es tut mir sehr leid, Holly. Das ist nichts Persönliches zwischen dir und mir. Du bist da einfach so hineingeraten, aber ich kann das nun mal nicht ändern. Ray wollte das vor all den Jahren schließlich auch nicht.« Er klang verbittert. Was war nur zwischen den beiden vorgefallen?

»Also, ich finde, das ist schon sehr persönlich«, begann ich zögerlich und versuchte mir die Angst, die in mir hochkroch, nicht anmerken zu lassen. »Das mit den Handschellen habe ich dir ja noch durchgehen lassen, aber das hier …«, ich wollte mit dem Kopf in Richtung Fesseln nicken, was mir misslang, »… das geht definitiv zu weit und ist mir ein bisschen zu viel *Shades of Grey*.«

Taylor schenkte mir ein mattes Lächeln, er wirkte nur noch wie ein Schatten seiner selbst. »Du stehst wahrlich nicht auf Fesselspiele, schade für Ray.«

Er wollte noch etwas sagen, als Ray leise stöhnte. Mein Herz hüpfte, er war nicht tot! Taylor schnürte ihn in das zweite seltsame Kettengeschirr.

Unvermittelt stand Taylor dicht vor mir. Ich schrie auf. »Ich werde dich wecken, wenn Ray aufwacht«, flüsterte er, nur noch Zentimeter von meinem Gesicht entfernt. Dann knallte er meinen Kopf hart gegen die Wand und meine Lichter gingen ein zweites Mal aus, bevor ich auch nur ein »Was zur Hölle, Taylor!« herausbringen konnte.

***

Ich wurde von ziemlich lautem Knurren und einer Hand geweckt, die mir zart über die Wange strich. Blinzelnd erkannte ich im Geschirr neben mir Ray, der ebenfalls wieder wach war. Ich atmete erleichtert durch und kämpfte gegen die Schmerzen in meinem Schädel an.

»Taylor, das ist doch Wahnsinn!«, brüllte Ray und randalierte in seinen Ketten, doch selbst er konnte sich, trotz Vampirpower, nur wenige Zentimeter Spielraum verschaffen.

»Nein, Ray«, erwiderte Taylor, der mein Gesicht streichelte. Ich wollte zurückzucken, doch das ging nicht. Widerwillig musste ich es geschehen lassen. »Das ist Rache und ich habe Hunderte von Jahren darauf gewartet«, sagte er langsam und ich versuchte in seine Finger zu beißen. »Lass mich raten, den Teil deiner Geschichte hast du ihr nicht erzählt? Vielleicht hätten wir uns beide ein Beispiel an der kleinen Holly nehmen und etwas ehrlicher sein sollen«, flüsterte Taylor, doch er begann zu erzählen, ohne eine Erwiderung von Ray abzuwarten.

»Er hat dir gar nichts gesagt, nicht, was du für ihn bist oder was er mir angetan hat«, fauchte er. »Gut, dann wollen wir dich mal einweihen, in Rays schmutziges kleines Geheimnis.« Er rieb sich die Hände.

Nichts, aber auch wirklich gar nichts erinnerte mich noch an den alten, immer zum Flirten aufgelegten Taylor. Der Taylor, der jetzt vor mir stand, war einer von den Vampiren, vor denen ich mich immer gefürchtet hatte. Doch gleichzeitig hatte ich Mitleid mit ihm. Er war wie das fleischgewordene Monster unter meinem Bett, das die Gestalt eines Freundes angenommen hatte. Meine Angst kehrte zurück, ich zitterte und Panik kroch mir die Glieder empor. Ich hätte Vampiren nie vertrauen dürfen, meldete sich eine leise Stimme in meinem Kopf zu Wort. Zu spät ...

»Ich denke, es ist allgemein bekannt, dass Vampire ja angeblich verdammt sind und ihre Seelen auf alle Ewigkeit einsam und unter Qualen in der Hölle schmoren müssen, während ihre untoten Körper durch die Welt wandern, bla, bla, bla – zumindest denkt so die Kirche. Tatsächlich führen Vampire meistens ein sehr einsames Leben, weil sie, selbst wenn sie sich mit anderen Vampiren oder mit Menschen anfreunden, niemandem haben, mit dem sie die Ewigkeit teilen können. Vampire gehen sich nach einiger Zeit gegenseitig ziemlich auf den Sack und Menschen haben die Lebensspanne von Eintagsfliegen. Selbst Liebesbeziehungen stehen unter keinem guten Stern, egal wie stark vielleicht eine erste Liebe sein mag, der Unsterblichkeit ist sie nie gewachsen. Wenn man es also so betrachtet, dann kann man die Unsterblichkeit schon als Hölle auf Erden bezeichnen. Sie hat schon viele Vampire in den Wahnsinn getrieben.« Taylor leierte seine Abhandlung mit einem gequälten Ausdruck herunter.

»Bis wir den Ausweg gefunden haben, es gibt doch jemanden, der dazu bestimmt ist, mit uns die Ewigkeit zu teilen, damit wir nicht allein sein müssen. Eine Art Seelenverwandten, jemand, der unsere eigene Seele vor der ewigen Verdammnis und dem Höllenfeuer retten kann, und in Rays Fall bist das du, Holly. Ja, ich habe vielleicht etwas untertrieben, als ich dir damals sagte, zwischen euch stimme die Chemie.«

Er machte eine Pause, wohl um seine Worte bei mir sacken zu lassen. Ich war dazu bestimmt, mit Ray die Ewigkeit zu verbringen? Nichts von dem, was Taylor vor sich hinlamentiert hatte, ergab einen Sinn. Er war komplett wahnsinnig geworden. Okay, ich liebte Ray. Aber Seelenverwandtschaft? Ausgeschlossen, dafür war das alles ein bisschen zu frisch. Außerdem liebte er mich ja nicht so wie ich ihn. Seelenverwandtschaft war doch keine Einbahnstraße.

»Es ist wahr, für jeden geborenen Vampir gibt es einen einzigen Menschen auf der Welt, der immer und immer wieder geboren wird, bis wir ihn gefunden haben. Wenn wir diesen dann endlich gefunden haben, spüren wir es, denn nach dem ersten Kuss fängt unser totes Herz bei jeder Berührung unserer Seelenverwandten wieder an zu schlagen. Genau wie Ray es bei dir gespürt hat. Zähl eins und eins zusammen, Holly. Erinnerst du dich nicht an euren ersten Kuss und die Panik, die das bei ihm ausgelöst hat?« Er klopfte sich mit der Hand rhythmisch auf die Brust, um einen Herzschlag zu simulieren.

»Er hatte gar nicht mehr geglaubt an diese alten Legenden, dabei hätte er es besser wissen müssen. Auch deine Sehnsucht nach den *Atlantis Awards*, obwohl du mit Medien und Reportern nichts anfangen kannst, hat damit zu tun. Die Tatsache, dass sein Bodyguard auf genau dieselbe Universität wie du geht. Du bist genauso auf der Suche wie Ray. Egal was ihr tut, das Schicksal lässt euch immer wieder aufeinander zulaufen. Das war ganz schön unfair von ihm, findest du nicht? Er wusste das alles, während du keinen blassen

Schimmer hattest. Eure Bestimmung driftet immer wieder aufeinander zu. So viele seltsame Zufälle, oder?«

Ich schnappte nach Luft und die Fesseln schnitten schmerzhaft in meine Haut, doch Taylor fuhr ungerührt fort: »Vermutlich hätte er dich bis zum Ende deiner Tage im Ungewissen gelassen, wenn er nicht die Eier gehabt hätte, sein eigenes Martyrium zu beenden und endlich einzusehen, dass er sich nicht von dir fernhalten kann und seine Tage als Single vorbei sind. Man kann es fast Midlife-Crisis nennen, wie putzig. Er ist so feige gewesen, er wollte keine Verantwortung übernehmen und versuchte deshalb zu leugnen, was du für ihn bist. Er wollte nicht verletzlich sein, aber du machst ihn in gewisser Weise sterblich und verwundbar, all das, an was er glaubte, zerbröselte, und das alles nur durch einen einzigen Kuss.«

Er fuhr zu Ray herum, der ihm einen stierenden Blick zuwarf, aber schwieg. »Ich weiß genau, wie sich das anfühlt, ich habe es schon selbst erlebt. Aber anstatt dem Himmel oder der Hölle oder sonst wem für dieses Geschenk, diese einmalige Chance zu danken, verhältst du dich wie ein bockiges Kleinkind! Ich musste sogar auf sie schießen lassen und eine Auftragskillerin engagieren, damit du anfingst wertzuschätzen, was du hast! Ich habe alles versucht. Dich eifersüchtig zu machen, sie so zu manipulieren, dass sie geradezu in deine Arme lief, und du wolltest trotzdem deine verdammte Seele wegwerfen, weil du nicht zurück nach Vistren willst, um in die Fußstapfen deines Vaters zu treten.« Plötzlich ergab alles einen Sinn. Rays Verhalten von unserem ersten Kuss an bis jetzt. Er war gekränkt gewesen, als ich Taylor geküsst hatte, hatte aber dennoch die Kugel für mich abgefangen. Taylors Worte. Rays Unwilligkeit, meine Liebesgeständnisse zu erwidern und stattdessen nur rumzudrucksen, und letztendlich der Anruf seiner Eltern nach unserer Hochzeit. Der Groschen landete mit einem ohrenbetäubenden Scheppern. »Glücklicherweise hast du ja letztendlich doch noch die Kurve gekriegt. Du hast es ihr nie gesagt, aber ich habe es irgendwann an deinen Blicken bemerkt, in deinen Augen, ganz versteckt. Wie du sie angesehen hast. Seit gestern Abend wusste ich dann, meine Zeit ist gekommen. Du bist bestimmt der einzige Mann, der heiratet, bevor er ›Ich liebe dich‹ gesagt hat. Wie lange wolltest du noch allen etwas vormachen? Vor allem dir selbst?«

Taylors Stimme zitterte und sein Gesicht war schmerzverzerrt, er hatte ihm die letzten Worte regelrecht entgegengespien.

Tief in meinem Inneren regte sich etwas: Taylor sagte die Wahrheit und war von einer Sekunde auf die andere sehr, sehr gefährlich geworden. James hatte mit dem, was er am Anfang der Reise gesagt hatte, recht gehabt. *»Nur weil wir gerade beschlossen haben nicht gefährlich zu sein und dieses elende Gesöff aus den Flaschen zu trinken, heißt das nicht, dass wir auch nur einen Deut weniger gefährlich sind.«*

Ich war Rays Seelenverwandte und mein Herz, meine Seele, jede Faser meines Körpers wusste das, nur wollte mein Verstand es nicht wahrhaben. Ich wollte protestieren, doch ich hatte keine Ahnung, was ich sagen wollte, weshalb mein Mund einfach nur auf- und zuklappte. Andererseits waren die Wochen die schönsten und besten meines Lebens gewesen, nein, sie waren mein Leben gewesen und das einzige Erzählenswerte und Aufregende, was mir jemals passiert war.

»Ray hat dir sicherlich auch vorenthalten, dass er der verdammte Kronprinz der Judikative von Vistren ist und meine Seelenverwandte zum Tode verurteilt hat, vor vielen, vielen Jahren. Aber lass dir gesagt sein, egal wie viele Jahre vergangen sind, der Schmerz lässt nicht nach und er macht einen wahnsinnig, ganz langsam, aber sicher, denn jeder Tag, wo sie nicht an meiner Seite ist, ist ein Tag, der mir zeigt, dass ich versagt habe. Versagt sie zu beschützen. Das Einzige, woran ich klammere, ist, Emily wiederzufinden oder mich an dem, der mir das angetan hat, auf dieselbe Weise zu rächen. Die Zeit heilt alle Wunden? Dass ich nicht lache!«

Mit diesen Worten ging plötzlich alles ganz schnell, mein innerer

Kampf war vergessen, die Zahnräder in meinem Kopf setzten sich quietschend in Bewegung und das ganze Puzzle hatte sich zusammengesetzt. Ray hatte erwähnt, dass ein Mensch, der Taylor nahegestanden hatte, für ein Verbrechen, das er begangen hatte, hatte büßen müssen. Das musste Emily gewesen sein. Ray hatte sie zum Tode verurteilt. O Gott! Solche Vampirpraktiken waren einfach nur krank.

Taylor wandte sich zu Ray. »Ich weiß, mein liebster Cousin, wir haben beide nur das getan, was unsere lieben Familien von uns wollten. Ich wurde für die Verbrechen verurteilt, die meine Familie mir aufgetragen hat, und du hast den Richter gespielt, weil es von dir verlangt wurde.«

In meinen Ohren klang das wie eine Rechtfertigung dafür, warum er getan hatte, was auch immer er getan hatte, und gleichzeitig auch dafür, was er noch tun würde. Wenn er wirklich nach der Auge-um-Auge-Zahn-um-Zahn-Strategie verfuhr, dann würde das hier kein gutes Ende für mich nehmen, dafür aber ein ziemlich endgültiges. Ich musste etwas unternehmen.

»Taylor ...«, stammelte ich und er fuhr zu mir herum wie ein gehetztes Tier, das man in die Enge getrieben hatte. Ganz vorsichtig und behutsam jetzt ... »Wir können dir helfen Emily wiederzufinden«, begann ich zaghaft, doch er schüttelte nur den Kopf.

»Ich werde mich mit Ray auf die Suche machen, nachdem ich dich getötet habe, dann können wir beide die Wiedergeburten unserer Seelenverwandten suchen«, sagte er und reckte sein Kinn in die Höhe.

Ich erschrak bis ins Mark. Meinte er das wirklich ernst? Ich musterte ihn. Sein Blick wirkte gebrochen, seine Stirn war in tiefe Falten gelegt und seine Haltung wirkte nicht mehr grazil, sondern als würde das Gewicht seines Verlustes ihn geradezu zerquetschen. Nein, er würde sich nicht abbringen lassen von seinem wahnsinnigen Plan. Der psychische Schmerz durch Emilys Tod hatte ihn nachtein, nachtaus über Jahrhunderte gequält. Er war viel zu benebelt von diesen düsteren Erinnerungen, wodurch er nicht realisierte, dass ihm die Rache an Ray vermutlich keine Genugtuung bringen würde. Mich oder Ray zu töten würde seinen Schmerz nicht lindern.

Als Zeichen für seinen völligen Realitätsverlust wertete ich seinen Glauben, Ray würde mit ihm um die Welt ziehen, nachdem er mich getötet hatte. Oder lief das bei Vampir-Buddys etwa so? Ähnlich wie bei Männern, die sich zuerst rauften und dann ein Bier zusammen tranken? Ich hatte Taylor so falsch eingeschätzt. All seine Flirts, sein unbeschwertes Wesen, das alles war anscheinend nur eine Fassade gewesen, um endlich die wiederzufinden, nach der er sich verzehrte. Vielleicht glaubte er, wenn er nur genug Mädchen küsste, dann würde er Emily unter ihnen finden.

Ich wusste nicht, was ich sagen konnte, um das Unvermeidbare noch abzuwenden, oder was ich an Taylors Stelle getan hätte. Nun, da die Erkenntnis und das Wissen um die Verbindung, die ich mit Ray hatte, zu mir durchgesickert waren, wurde mir klar, dass es mich genauso wahnsinnig machen würde, ihn zu verlieren.

Egal wie sehr ich ihn manchmal verfluchte, Gegenstände nach ihm warf und ihn ein Arschloch nannte. Egal wie oft er meine Gedanken ungefragt las und ich ihn aus meinem Kopf verscheuchen musste. Das Gelübde, welches ich bei unserer Spontanhochzeit so vor mich hingelallt hatte, schien zutreffender zu sein als zunächst gedacht. Er gehörte zu mir und er würde es von nun an wohl immer tun. Vielleicht spürte ich deshalb nur noch halb so viel Angst, wie ich sollte, im Angesicht des drohenden Todes.

Taylor war langsam nähergekommen und hatte einen kurzen Dolch in seiner zitternden Hand. In seinen Augen sah ich Schmerz, Angst und unbändige Wut und einen Schimmer seiner schwindenden Menschlichkeit. Ich schloss die Augen. Hoffentlich ging es schnell. Kein Schrei, kein einziges Wort drang über meine Lippen, als Taylor das Messer auf mich niedersausen ließ.

Plötzlich hörte ich ihn schluchzen und öffnete meine Augen. Die Klinge lag kalt an meiner Kehle, ein dünnes Rinnsal Blut lief meinen Hals hinab, dort, wo das kühle Metall meine Haut verletzt hatte. Ich atmete vorsichtig ein und drückte doch das Messer etwas tiefer in mein Fleisch.

Taylor blähte seine Nasenflügel wie Nüstern, er roch das Blut. Blutlust gesellte sich zu den Gefühlen, die sich in seinen immer noch wunderschönen Augen spiegelten. Er senkte langsam die Hand und ich spürte einen Funken Erleichterung in meinem Herzen flattern wie einen verängstigten Vogel im Käfig.

Der Dolch fiel klirrend zu Boden. Doch dann stürzte er sich abrupt auf das Rinnsal an meinem Hals und trank gierig. Berauscht von meinem Blut, biss er noch mehrmals in meine Arme. Er ging dabei nicht behutsam vor, wie Ray es getan hatte, sondern er riss tiefere Wunden mit seinen scharfen Zähnen. Schmerz durchzuckte mich und ich glaubte, mir würde ein glühendes Eisen auf die Haut gedrückt.

Während er mein Blut trank, fühlte ich all seinen Schmerz und ich dachte, ich würde in Flammen stehen. Vampire konnten eben entscheiden, was ihre Opfer fühlen sollten, und Taylor gab sich keine Mühe, seine eigenen Gefühle zu verbergen. Ich schrie angesichts dieser Höllenqualen auf und auch Ray hörte ich fluchen und schreien, er kämpfte gegen seine Fesseln an. Er brüllte immer wieder wütend auf, bis er einsah, dass all das Kämpfen ihn nur Kraft kostete, die er vielleicht später noch brauchen würde. Wenn wir überhaupt noch eine Chance bekamen, hier lebend rauszukommen.

Taylor löste endlich seine Lippen von meiner Haut und knurrte. Ich spürte, wie mein Schmerz nachließ, aber auch wie viel Blut ich verloren hatte. Alles klang gedämpft, verschwamm vor meinen Augen und mir war furchtbar schwindelig und übel.

»Ray«, flüsterte ich.

Ich sah Taylor wieder vor ihm stehen, wie er sich mit dem Handrücken über den blutverschmierten Mund fuhr. »Wenn ich sie nicht umbringen kann, dann wirst du es tun. Übernimm einmal in deinem Leben Verantwortung für deine Taten!«

»Bist du wahnsinnig?! Ich würde ihr nie etwas antun! Taylor, tu nichts, was du bereust!«, schrie Ray und versuchte erneut sich aus seinen Fesseln zu befreien.

Taylor machte eine wegwerfende Geste. »Du würdest ihr nichts tun, wenn du bei Besinnung wärst. Aber was, wenn du so hungrig bist, dass du keinen klaren Gedanken mehr fassen kannst? Wenn du das Monster wirst, das Holly ganz am Anfang in dir sah?«, fragte er und schlug im selben Atemzug die Zähne in Rays Hals.

Ray schrie auf und ich wusste, welche Höllenqualen er durchlitt, dieselben, die ich zuvor zu spüren bekommen hatte.

Taylor saugte gierig und riss auch bei ihm tiefe Wunden, noch größer als bei mir, sodass Ray innerhalb von Minuten viel zu viel Blut verloren haben musste. Ich hatte zwar nicht viel Ahnung von vampirischen Dingen, aber ich war mir sicher, Vampire bissen sich normalerweise nicht gegenseitig. Es wirkte grotesk und entsetzlich, wie Kannibalismus. Ich würgte.

Taylor machte sich an Rays Fesseln zu schaffen und verließ eiligst den Raum. Er brachte sich aus der Gefahrenzone, bevor Ray wieder zu Kräften kam. Ich hörte, wie er die Stahltür zufallen ließ und dann daran entlang zu Boden sackte.

Schwach und benebelt musterte ich Ray, dessen Blut noch immer aus den zahlreichen Wunden strömte. Er lächelte mich schwach an und zerrte an seinen Fesseln, da er jetzt etwas mehr Spielraum hatte, und war kurz davor, sich zu befreien. Ich atmete erleichtert auf, doch dann wurde Rays Gesicht aschfahl.

»Holly, ich glaube nicht, dass ich mich noch sehr lange kontrollieren kann«, sagte er und seine Stimme zitterte.

Ich schüttelte den Kopf und Tränen stiegen mir in die Augen. So durfte es nicht enden. »Ray, nein«, flüsterte ich, doch er hatte schon das Bewusstsein verloren. Ich schrie und versuchte seine Aufmerksamkeit zu erlangen, doch er war schon weit, weit fort. Minuten verstrichen. Minuten voller Pein und Ungewissheit. Meine Arme waren mittlerweile komplett taub und durch meine Bewegungen riss ich nur die Bisswunden wieder auf.

Endlich regte sich Ray. Langsam bewegte er seine Finger, ein Zittern durchfuhr ihn und er hob den Kopf. Seine Augen waren nicht mehr von dem unverwechselbaren Eismeerblau, das ich so gut kannte, sie waren auch nicht dunkel, wie sie es sonst immer waren, wenn er wütend war, sondern blutrot und erbarmungslos. Ich spürte seinen Hunger durch unsere Blutverbindung, auch wenn diese mit jedem einzelnen Tropfen, der aus meinem Körper strömte, schwächer und schwächer wurde. Dann, mit einer einzigen Bewegung, riss er sich von seinen Ketten los und sprintete auf mich zu.

»Ray, nein! Ray, wenn du mich irgendwie hörst, dann tu das nicht! Ich schwöre, wenn ich hier rauskomme, dann schlage ich dir jeden Zahn einzeln aus!«, schrie ich, doch er achtete nicht auf mich.

Ehe ich mich's versah, hatte er die Zähne in die Stellen geschlagen, aus denen auch Taylor zuvor mein Blut gesogen hatte.

»Ray, bitte nicht ...«, keuchte ich und meine Sinne schwanden immer mehr. »Ray ...«

Widerwillig riss er sich von mir los, keuchte und zitterte heftig. »Es ...tut ... mir ... leid ... Stell dich tot ... Dein Herz schlägt schon so schwach ... Taylor wird es nicht bemerken ... Ich hole uns hier raus ... ich verspreche es ... und wenn es das Letzte ist, was ich tue ... Und danach kannst du mir gerne meine Fangzähne ziehen«, flüsterte er mir kraftlos zu.

Totstellen? Wozu? Ich war doch bereits dabei, auf die andere Seite zu driften.

Ray biss sich auf die blutverschmierten Lippen. Sein Vampirblut mischte sich mit meinem und er küsste mich fast brutal. Meinen Ekel unterdrückend sog ich begierig an seiner Haut, um möglichst viel von seinem heilenden Blut aufzunehmen. Meine einzige Chance.

Ray löste sich keuchend von mir und senkte den Kopf. Anstatt abermals in mein Handgelenk zu beißen, riss er mit den Zähnen vorsichtig an den Fesseln. Trotz der Kräfte, die ihm der Blutrausch verlieh, schaffte er es nur, sie ein wenig zu verbiegen.

Ich ließ den Kopf hängen und versuchte eine möglichst überzeugende Tote zu sein. Was mir nicht sonderlich schwerfiel. Ich war sogar zu schwach, um Angst zu haben. Ray ... er rutschte langsam an der Wand neben der Tür herunter ... vergrub sein Gesicht schluchzend in den Händen ... Oscarreif ... und verstörend ... einen Vampir weinen ... zu sehen. Ein Scharren ... Die Tür ... Luftanhalten, Holly ... Taylor ...

»Ray, ich weiß ... es tut weh, aber jetzt ... sie zusammen suchen!«

Ray ... schluchzte.

Taylor ... er ging zu ihm.

In mir regte sich etwas ... Meine Kräfte kehrten zurück, langsam zurück ... Rays heilendes Blut wirkte ... Ich atmete tief durch ... Das war unsere Chance!

Ray ... er riss Taylors Arm herum und sie stürzten aufeinander.

Ein blutiges Knäul wälzte sich auf dem blutverschmierten Boden.

Vampirblut gemischt mit Adrenalin half mir mich zu fokussieren. Wie bei einem rebootenden PC fuhren meine Sinne wieder hoch.

Ich musste Ray helfen. Er war immer noch hungrig. Er hatte nicht mal annähernd genug von mir getrunken.

Ich riss an den Fesseln. Zog meine Hand durch die verbogene Öffnung. Mir wurde wieder schwindelig und ich spürte, wie die Wunde an meinem Handgelenk wieder aufriss.

Ray und Taylor drehten sich ruckartig zu mir herum. Taylor wollte sich auf mich stürzen, doch Ray zog ihm die Beine weg und er schlug hart auf dem Dielenboden auf.

Ray, hungrig durch den Blutverlust, war schwach, doch Taylor träge durch das viele Blut von mir. Sie waren im Moment fast gleich stark. Doch Ray würde schwächer und Taylor mit jeder Minute stärker werden! Ich musste hier endlich raus!

Hektisch ließ ich den Blick an meinen Fesseln entlangwandern. Da war eine Art Knopf, wie beim Sicherheitsgurt. Verdammt, ich kam nicht ran! Das Metall der Handschelle war glitschig durch das viele Blut, ich zerrte meine Hand ein paar Millimeter durch die Fesseln. Das reichte, um den Knopf zu drücken. Wieder und wieder. Bis sich die Fesseln endlich öffneten und ich hart auf dem Boden aufschlug.

Sofort verlor ich das Bewusstsein.

***

Ich konnte nur ein paar Sekunden weg gewesen sein und fühlte mich dennoch deutlich kräftiger. Das Vampirblut hatte mir noch einen weiteren Teil meiner Stärke zurückgegeben.

Taylor und Ray kämpften immer noch miteinander. Taylor hatte die Oberhand gewonnen. Er hatte Ray auf dem Boden festgenagelt und hob seine Hand, um zu einem schweren Schlag auszuholen. So blutverschmiert, wie sie waren, bemerkten sie mich nicht einmal. Ich sah mich um, was ich nutzen konnte, um Ray zu helfen.

»Holly, lauf!«, hörte ich Ray plötzlich schreien. Er hielt Taylor fest und konnte einen starken rechten Haken landen.

Einen Wimpernschlag später waren sie wieder ineinander verknäult. Meine Beine waren durch die Fesseln so eingeschnürt gewesen, dass ich sie immer noch kaum spürte. Ich musste doch irgendwas tun können …

Holz … Holz konnte Vampire verletzen!

Doch der Raum war komplett leer, bis auf die beiden Kettengeschirre. Ich ballte die Hände zu Fäusten. Der Boden! Er bestand aus morschen Holzdielen! Ich hatte keine Ahnung, woher ich die Kraft nahm. Aber ich riss mit bloßen Händen einen Teil der Fußleiste ab.

Die Splitter gruben sich tief in meine Handflächen, doch ich spürte keinen Schmerz.

Ich schleppte mich zu Ray und Taylor und zusammen mit meinem ganzen Gewicht ließ ich das Stück Holz auf Taylors Rücken niedersausen, ehe ich zusammenbrach.

Kapitel 17

Nahtoderfahrungen

Ich weiß nicht, wie viel Zeit vergangen war. Ich glaubte weder an Wiedergeburt noch an ein Leben nach dem Tod, weshalb ich doch etwas überrascht war, als ich meine Augen öffnete und feststellen musste, dass ich über meinem leblosen, blassen Körper schwebte. Andererseits hatte ich auch gerade erst erfahren, dass man als Seelenverwandte eines Vampirs ständig wiedergeboren wurde, also sollte ich mich wohl an diesen Gedanken gewöhnen. Verrückt, über was man so nachdachte, während man starb.

Ich lag auf einem Operationstisch und um mich herum wuselten jede Menge Ärzte und Schwestern, sie erschienen mir alle sehr hektisch. Geräte blinkten und fiepten. Den Anblick kannte ich normalerweise nur aus *Grey's Anatomy*.

Dann erblickte ich Ray, der völlig verzweifelt auf mich hinabsah, immer noch mit einem leicht roten Schimmer in seinen Augen. Zwei Pfleger versuchten ihn mit Nachdruck zur Tür zu geleiten, aber er weigerte sich auch nur einen einzigen Schritt zu tun. Da die Pfleger augenscheinlich keine Vampire waren, wirkten ihre Versuche eher lächerlich.

Ich wünschte, ich hätte noch einmal die Chance gehabt, Ray etwas zu sagen. Zu sagen, wie leid es mir tat, dass ich mich manchmal wie eine Zicke benommen hatte. Und mich dafür zu entschuldigen, weil ich mir erst kurz vor meinem Tod eingestehen konnte, dass ich ihn wirklich voller Inbrunst liebte, und deshalb nur noch einige Tage mit ihm gehabt hatte.

Scheiß auf die Seelenverwandtschaft, ich war mir sicher, meine Gefühle kamen nicht nur daher, sondern hatten noch viel tiefere

Wurzeln. Zwischen all meiner Unsicherheit und meinen inneren Widerständen war das die Erkenntnis, die bleiben würde – viel zu spät. Aber besser spät als nie.

Mein EKG zeigte mittlerweile eine Nulllinie – mein Herz hatte tatsächlich aufgehört zu schlagen und ich spürte, wie ich mich langsam, ganz langsam weiter von meinem Körper löste und zu entschweben begann. Fast erwartete ich ein Licht und einen Tunnel zu sehen oder einen Sensenmann, der an die Tür klopfte.

Panik durchflutete mich, ich sah Rays kritischen Zustand und sein entsetztes Gesicht. Flehend beobachtete ich das Krankenhauspersonal, das hektisch um meinen Körper herumwirbelte. Ich versuchte panisch durch die Luft zurückzuschwimmen. Ich war doch noch viel zu jung zum Sterben! Gerade erst hatte ich den Sinn in meinem Leben gefunden und den wollte ich nicht gleich wieder verlieren, außerdem hatte ich noch so viel zu tun. Aber manchmal konnte man sein Schicksal einfach nicht ändern.

»Leb Wohl, Ray«, hauchte mein Geist, als ich erkannte, dass Widerstand zwecklos war. Obwohl er mich nicht hören konnte, wurde der Blick in seinen Augen immer verzweifelter, wie er da so neben der Trage stand und auf meinen blutleeren Körper hinabblickte.

Ray schubste einige Leute beiseite und fuhr einen von ihnen unsanft an: »Holen Sie so viele Blutkonserven, wie Sie finden können!«

»Wir haben alles Mögliche versucht, aber wir können nicht noch mehr Blut transfundieren, wenn wir es nicht zuvor schaffen, die Blutungen zu stoppen. Wir müssen sie zunächst reanimieren!«

Ray raufte sich die Haare und erwiderte scharf: »Die Blutkonserven sind nicht für sie, sondern für mich. Lassen Sie mich durch!«

In der nächsten Sekunde stand er neben meinem Krankenbett. Er biss sich beherzt ins Handgelenk und hielt seinen blutenden Arm über meinen Mund, ließ ihn dann jedoch auch über meine Wunden wandern. Sein und mein Blut mischten sich und tränkten die hellgrünen Krankenhauslaken.

»Holly, egal was passiert, du wirst jetzt nicht sterben, hörst du mich? Es ist mir scheißegal, wenn ich draufgehe, aber du bleibst gefälligst am Leben. Ich schwöre dir, du weißt, ich bin egoistisch genug dich hier und jetzt in eine Vampirin zu verwandeln, also beweg deine Seele gefälligst zurück in deinen Körper, bevor ich ernst machen muss!«

Ich, meine Seele, oder was immer auch hier oben schwebte, verharrte, obwohl die andere Seite lockte. Verwirrt beobachtete ich die Szene, die sich unter mir entfaltete.

Die Schwestern hatten mittlerweile Blutkonserven ranschaffen können und Ray trank eine nach der anderen, nicht ohne jedoch den Blutfluss, der aus seinem Körper strömte, konstant zu halten oder alle paar Momente fluchend innezuhalten. Er musste seine Wunde immer und immer wieder öffnen, da sie durch seine Vampirkräfte viel zu schnell verheilte. Sein Gesicht war mittlerweile von blutigen Tränen überzogen, die sein wildes Äußeres noch verstärkten.

Ich wollte zu ihm, schwebte hinab und strich mit meinen Geisterhänden zärtlich über seine Wangen.

»Wag es nicht, mir hier wegzusterben«, setzte Ray seinen von kurzen Trinkpausen durchzogenen Monolog fort, den die umstehenden Ärzte nur noch mit einem starren Blick beobachteten. »Du willst nicht mit mir verheiratet sein? Schön! Ich will aber auch kein Witwer werden! Es gibt noch so viel, was ich dir zeigen muss. Ja, verdammt, zuerst dachte ich, du wärst nur ein netter Zeitvertreib, aber ich habe selten in meinem Leben so schnell meine Meinung geändert. Unser erster Kuss hat alles verändert! All das, was ich mit dir erlebt habe … Ich habe mich in tausend Jahren noch niemals so lebendig gefühlt … und das will ich nicht verlieren.«

Letztendlich würde ich also doch noch die Liebeserklärung

bekommen, auf die ich immer gewartet hatte. Schade, dass es jetzt eigentlich schon zu spät dafür war.

»Auch wenn ich in meinem ganzen Leben noch nie die Sonne gesehen habe, kann sie nicht schöner sein als das Lächeln, was du mir manchmal schenkst, wenn ich mich mal ausnahmsweise nicht wie ein völliger Idiot verhalte. Ich weiß nicht, was du mit mir machst, aber egal was es ist, es macht mich menschlicher. Auserwählte hin oder her, es ist mir egal! Und ich werde dich nicht sterben lassen! Du wirst leben! Als Mensch oder als Vampir, ist mir scheißegal, solange ich nur noch einmal in deine Augen sehen darf und dir sagen kann, dass ich dich liebe! Hörst du? Ich liebe dich, verdammt noch mal! Und das musst du definitiv hören, weil ich werde das nur ein einziges Mal sagen!«

Hatte er gerade wirklich die drei kleinen magischen Worte verwendet? Ich wollte gerade vor Freude einen Looping fliegen, doch dann setzte mein Herzschlag wieder ein und alles ging ganz schnell. Mein schwebendes Ich wurde wieder in meinen Körper gezogen und bevor ich das Bewusstsein verlor, was das Letzte, was ich sah, Ray, der neben mir zusammenbrach, und ein stummer Schrei entfuhr meiner Seele.

***

Und täglich grüßt das Murmeltier ... So oft, wie ich in den letzten vierundzwanzig Stunden die Augen geöffnet und wieder geschlossen hatte, um erneut in tiefe Bewusstlosigkeit zu sinken, hätte man es fast als Blinzeln bezeichnen können.

Irgendwann konnte ich sie länger offen halten und ich fühlte mich etwas besser. Mein Blick war nicht mehr getrübt, mein Schädel tat nicht mehr weh und ich schwebte nicht mehr außerhalb meines Körpers, was ein großer Pluspunkt war. Alles in allem fühlte ich mich ziemlich normal, was mich misstrauisch machte.

Die Angst saß mir jedoch immer noch in den Knochen. Ray ...

Ich ließ den Blick meine Arme entlangwandern und sah frische Verbände an den Stellen, wo meine Wunden gewesen waren. In einem von ihnen steckte ein Tropf und ich spürte Bandagen um meinen Kopf und meinen Hals.

Angesichts der Tatsache, dass meine letzte Erinnerung die an die Geschehnisse im Krankenhaus war und sich gähnende Dunkelheit vor meinem Krankenzimmerfenster erstreckte, fühlte ich die eiskalte Panik erneut wieder in mir aufwallen.

Was war mit Ray? Warum war er nicht hier? Hatte er die Tortur unbeschadet überstanden? Er hatte sich doch nicht etwa für mich geopfert? O mein Gott, bitte nicht ...

Denk an was anderes, Holly!

Okay ... Hatte er mich in einen Vampir verwandelt? Müsste ich mich dann nicht anders fühlen? Erhöhtes Hör- und Sehvermögen? Alles schien so, wie es auch vor dem ganzen Chaos gewesen war. Ich versuchte an ein randvolles Glas Blut zu denken und wie ich es austrank. Nein, auch hier überkam mich kein Hunger, sondern eher ein Brechreiz, der mir ein hörbares Würgen abverlangte. Trotzdem wurde meine fieberhafte Panik dadurch nicht unbedingt gemindert.

Plötzlich flog die Tür auf und Ray kam hereingestürzt. Er sah blass aus, blasser als sonst und ich hätte nicht gedacht, dass das überhaupt möglich gewesen wäre. Außerdem hatte er ein Paar beeindruckende Augenringe. Er verlor keine Zeit und presste seine Lippen hart auf meine.

»O Gott, ich hatte bis zuletzt gedacht, du schaffst es nicht«, flüsterte er zwischen zwei hitzigen Küssen und ließ mir damit zumindest kurz Zeit zum Atmen.

»Was hast du mit mir gemacht?«, fragte ich ihn vorsichtig, als er sich vergewissert hatte, dass ich wohlauf war, und widerwillig seine Kusskaskade kurz unterbrach. Schade eigentlich. Ich war so froh ihn zu sehen.

»Ich habe dich nicht verwandelt, falls das deine Sorge ist. Fast hätte ich es getan, aber ich wollte dich am Leben erhalten, als Mensch, was ja auch geklappt hat«, schloss er lächelnd.

Er hätte mich ohne mit der Wimper zu zucken in einen Vampir verwandelt? Ich wollte ja nicht undankbar sein, dass er mein Leben gerettet hatte, unter Einsatz seines eigenen Lebens wohlgemerkt. Aber so weit zu gehen sich über meine Meinung, was Vampirismus anging, hinwegzusetzen, um mich irgendwie am Leben oder ... Unleben zu halten, erschien mir zweifellos ein wenig egoistisch. Ja, das bestätigte, dass ich mit dem guten alten Ray redete. Ich verpasste ihm eine schallende Ohrfeige.

»Hey – du weißt doch, ich bin zumindest immer auf mein eigenes Wohl bedacht.« Gekränkt rieb sich Ray die Wange. »Ich habe dir so viel Vampirblut eingeflößt, wie dein Körper gerade noch ertragen hat, das hat dich geheilt. Immerhin war ich für den Schaden verantwortlich, ich habe dich so gut wie leergetrunken.«

Ich spürte, wie er mit sich rang Worte zu finden, Entsetzen lag in seinem Blick. Zwischen uns hing eine unangenehme Spannung in der Luft. Wir mussten dringend miteinander reden. Es gab so viel Ungeklärtes, Ungesagtes und das mussten wir ein für alle Mal aus der Welt schaffen.

»Was ist mit Taylor?«, fragte ich, bemüht einen Einstieg in das heikle Thema zu finden.

»Er hat seine gerechte Strafe bekommen. Du hast ihn ziemlich hart erwischt, aber nicht getötet. Er war jedoch so schwach, dass ich dich retten und James und Damian alarmieren konnte. Ich kann ihm nicht mal einen Vorwurf machen ... Als ich spürte, was er spürte ... da dachte ich, es zerreißt mich. Ich hatte keine Ahnung, was er jeden Tag durchmacht, was es bedeutet, dass ich seine Emily getötet habe. Also, ich will seine Taten auf keinen Fall entschuldigen, dafür gibt es auch keine Entschuldigung, aber ... allein die Vorstellung, dich zu verlieren, bringt mich fast um den Verstand. Ich war so kurz davor ...«

Eine einzelne Träne lief über seine Wange und ich wischte sie fort.

»Du hast mich nicht verloren«, sagte ich schlicht, spürte aber, wie auch in mir Tränen hochstiegen. »Warum hast du nie gesagt, was zwischen uns ist? Warum hast du diese dämliche Abmachung mit mir gemacht? Warum hast du versucht mich immer wieder wegzustoßen und mir nie gesagt, dass ich nicht behämmert bin, weil ich mich in dich verliebt habe?«, fragte ich und meine zitternde Stimme verwandelte sich in ein Schluchzen.

»Ich war dumm, ich wollte nicht wahrhaben, dass die alten Legenden tatsächlich wahr sind. Diese Sache mit den Seelenverwandten ... Ich meine – ernsthaft, das ist wohl das Kitschigste und Klischeehafteste, was ich mir denken kann. So viele Dinge gingen in mir vor, ich habe das Ganze nie als Segen, sondern als Fluch angesehen. Klar habe ich Gefühle für dich, aber Gefühle waren, ehrlich gesagt, nie so mein Ding.«

Er holte tief Luft und rang sichtlich mit sich. »Vor allem die Konsequenzen, die das nach sich zieht. Ich müsste nach Vistren zurück und mich meinen Aufgaben als Kronprinz stellen. Mit mir zusammen zu sein ist gefährlich. Ich müsste immer Angst haben, dass dir irgendetwas zustößt, weil ihr Menschen so zerbrechlich seid und du dich ja nicht in einen Vampir verwandeln lassen willst.«

Das »nicht« klang zwar eher wie ein »noch nicht«, aber bevor ich etwas dazu sagen konnte, setzte Ray seine Erklärung fort: »Doch ich konnte das Ganze nicht ewig unterdrücken und als ich mich erstmal darauf eingelassen hatte, wollte ich nichts anderes mehr und ich wurde übermütig. Ich hätte dir jeden Wunsch von den Augen abgelesen, nur damit du an meiner Seite bleibst. Letztendlich habe ich dich sogar geheiratet, als ich die Chance dazu hatte«, schloss er und fuhr sich mit der Hand durchs rabenschwarze Haar.

Das war so gut wie eine Liebeserklärung, auch wenn er die drei magischen Worte bisher noch nicht gesagt hatte. Nur als ich quasi tot war, was für mich nicht wirklich zählte. »Ich würde dich ja jetzt gerne umarmen, aber ich glaub nicht, dass das eine gute Idee ist«, sagte ich mit einem Lächeln auf den Lippen.

Er lächelte zurück, meine Reaktion beruhigte ihn sichtlich.

»Du siehst auch ziemlich fertig aus«, stellte ich fest.

»Ich habe eine Menge Blut verloren, in ein paar Tagen bin ich aber wieder ganz der Alte, auch wenn ich momentan mehr trinken muss als sonst, da die Ärzte mir immer wieder Blut für dich abzapfen«, erwiderte er und kassierte einen entsetzten Blick von mir.

»Aber ich bin doch so weit halbwegs stabil!«, protestierte ich und beäugte misstrauisch den Tropf, der in meiner Vene steckte.

»Halbwegs stabil reicht aber nicht, wenn wir in einer Woche nach L. A. zu den *Atlantis Awards* wollen. Ein Deal ist ein Deal und ich habe es dir versprochen«, sagte Ray, der belustigt meinem Blick gefolgt war.

Ich verdrehte die Augen. »Laut Taylor lag das doch nur an dir, es ist nicht wirklich mein Lebenstraum«, erwiderte ich bitter. Diese ganze Seelenverwandten-Sache hatte tief in mir etwas angerührt: Waren meine Lebensziele alle nur auf Ray fokussiert gewesen? Ohne dass ich es gewusst hatte? Wer war die wahre Holly Bane? Ich verjagte die Gedanken, darum konnte ich mir später noch Sorgen machen.

»Wird Taylor auch bei den Awards sein?«, fragte ich und hörte, wie meine Stimme zitterte.

Ray streckte die Hand nach meiner aus und streichelte sachte darüber. »Nein, er ist in Vistren, aber ich fürchte, früher oder später wirst du ihm wieder begegnen. Ich habe ihm geschworen zu helfen seine Emily zu finden, und nach vampirischen Recht ist er bereits bestraft worden und sein Vergehen damit gesühnt. Du hast durch mein Vampirblut zwar nur eine Woche im Koma gelegen, aber in dieser Woche ist viel passiert«, erklärte Ray ernst und bedachte mich mit besorgten Blicken.

»Hm«, machte ich. Ich wollte Taylor in den nächsten einhundert Jahren nicht sehen, nichts in der Welt rechtfertigte das, was er getan hatte, egal wie viel Mitleid ich für ihn empfand.

»Ich werde dafür sorgen, dass du ihn lange Zeit nicht sehen musst«, sagte Ray, der offensichtlich meinem Gedankengang gefolgt war.

Ich stöhnte auf. Bei der Menge Blut, die Ray und ich nun mehr oder minder unfreiwillig ausgetauscht hatten, würde der Blutlink zwischen uns vermutlich bis an mein Lebensende aktiv bleiben.

»Ja«, grinste Ray und bestätigte meine Vermutung. »So stark war er noch nie, ich kann deine Gedanken so gut hören, als ob du mit mir sprechen würdest. Ich muss mich nicht mal mehr anstrengen sie zu lesen. Ich muss mich eher darauf konzentrieren, sie auch mal auszublenden«, feixte er.

Er hatte es gut, schließlich waren seine Gedanken vor mir sicher! Wobei ich mir nicht sicher war, ob ich seine Gedanken überhaupt hätte lesen wollen.

Er lachte auf und ich funkelte ihn an, woraufhin er mir spielerisch in die Wange kniff. »Du würdest dabei aber viele Dinge lernen«, sagte er und zwinkerte mir zu.

»Ja natürlich, Mr Know-it-all!«, spöttelte ich. »Wie wird es zwischen uns weitergehen?«, fragte ich dann angespannt.

»Nun, erstmal stehen die *Atlantis Awards* bevor.«

»Und danach?«

»Keine Ahnung, was möchtest du denn machen?«, fragte er und fixierte mich neugierig.

»Na ja, weißt du, ich muss eigentlich wieder an die Universität und studieren, danach dann wohl einen Job suchen und arbeiten gehen«, meinte ich unschlüssig.

Er brach in schallendes Gelächter aus. »Du bist meine Frau, ich habe mehr Geld, als du in einem Leben ausgeben kannst, du brauchst keinen Tag in deinem Leben zu arbeiten!«

Mein Blick verfinsterte sich. »Denkst du wirklich, ich werde ein braves Hausmütterchen, was deine Badezimmerschränke putzt und dir jeden Abend deinen ... deinen ... Blutpudding auf den Tisch stellt? Ich will unabhängig sein und mich nicht von dir aushalten lassen!«, fauchte ich und beendete damit seinen Lachanfall.

Ich sah in seinem Gesicht, dass er nicht wusste, was er darauf antworten sollte, und verdrehte die Augen. Typisch, kaum erwischst du mal einen Kerl, der ein bisschen älter ist, kommt er dir mit seinen mittelalterlichen Vorstellungen.

»Wie wär's mit einem Auslandssemester in Vistren?«, schlug er plötzlich vor.

»Hat Vistren denn eine Universität?«, fragte ich neugierig und versuchte mir dabei eine Gruppe Teenager-Vampire vorzustellen, die einem Vampir-Professor lauschten, der gerade über irgendwelche Kunsttheorien schwafelte.

»Ich könnte eine gründen«, meinte Ray schulterzuckend und schenkte mir ein schiefes Lächeln, bei dem andere Mädchen gewöhnlich reihenweise in Ohnmacht sackten.

»Ehrlich gesagt hatte dein Freund Miroslav das ohnehin schon länger vor«, setzte er nach.

Ich seufzte. »Miroslav ist nicht mein Freund! Ich habe ihn nur ein einziges Mal getroffen, wie du sehr wohl weißt. Ich könnte ja ein Urlaubssemester nehmen«, schlug ich vor und er nickte zufrieden.

»Willst du dich immer noch von mir scheiden lassen?«, fragte Ray dann in die Stille hinein. Jetzt war es an ihm, nervös seine Hände im Schoß zu kneten.

Ich schüttelte den Kopf. »Ich bin mir zwar nicht sicher, ob ich schon verheiratet sein will, aber scheiden lassen will ich mich eigentlich auch nicht. Jetzt ist es erstmal so, wie es ist. Irgendwann in meinem Leben will ich sicherlich noch mal richtig heiraten, nicht nur besoffen vor einem Elvis-Vegas-Priester. Aber es wird wohl noch eine Weile dauern, bis dieser Zeitpunkt gekommen ist.«

Das war wohl nicht die Antwort, die er sich gewünscht hatte, aber eine, mit der er hoffentlich leben konnte.

***

Die Tage vergingen und mein Zustand verbesserte sich rapide. Ich konnte inzwischen aufstehen, ohne dass mir schwindelig wurde. Meine Wunden waren so gut wie spurlos verheilt, dank großzügiger Blutspenden von Ray.

Die Ärzte hatten zwar schon immer angenommen, dass Vampirblut eine heilende Wirkung hatte, aber erst Rays Aktion im Operationssaal lieferte ihnen einen eindeutigen Beweis. Da Ray jedem einzelnen der anwesenden Ärzte und Pfleger jedoch einen äußerst schmerzvollen und qualvollen Tod prophezeit hatte, sollten sie mit diesem Wissen an die Öffentlichkeit gehen, begnügten sie sich damit, aus seinem Blut eine Salbe herzustellen, die mir täglich auf die Wunden gestrichen wurde.

Ich war unendlich froh, dass ich das Blut nicht mehr aus einem Glas trinken musste, so wie anfangs, als meine größeren Verletzungen noch nicht weit genug ausgeheilt gewesen waren.

Generell hielt sich fast das komplette Krankenhauspersonal von meinem Vampirbesuch fern, außer ein paar junge Lernschwestern, die vor allem Ray, aber auch die anderen Vampirjungs, als sie mich besuchten, geradezu belagerten.

Tagsüber wachte Sam über mich, auch wenn Ray ihn scherzhaft darauf aufmerksam gemacht hatte, dass Tiere hier nicht erlaubt waren. Noch ein Grund, endlich das Krankenhaus zu verlassen.

Kapitel 18

Der wahre Traum

»Meinst du, du bist fit genug für die *Atlantis Awards?*«, fragte Ray und ich blickte ihm tief in seine eisblauen Augen.

»Ich werde jetzt nicht kurz vor der Zielgeraden schlappmachen«, erwiderte ich und versuchte möglichst entschlossen zu klingen.

»Soll ich dir noch etwas Blut geben?«, fragte er dann, doch ich schüttelte den Kopf nur noch vehementer.

»Auf keinen Fall! Vermutlich ist die Hälfte meiner DNA schon mit deiner verschmolzen!« Trotzig verschränkte ich die Arme über der Bettdecke.

Ich war mittlerweile aus dem Krankenhaus entlassen worden und wir befanden uns wieder in Rays geräumiger Villa in Los Angeles. Die große Nacht war endlich gekommen und ausnahmsweise wurde ich sogar einmal sanft geweckt. Ray strich mir mit dem Finger die Lippen entlang und ich schnappte spielerisch nach ihm.

»Vorsicht, sonst beiß ich zurück«, scherzte er.

Dann klingelte es und von einer Sekunde auf die andere war er verschwunden, um die Tür zu öffnen. Ich begann damit, mich langsam und träge halbwegs herzurichten, doch ich machte mir gar nicht erst die Mühe, ein aufwendiges Make-up aufzutragen. Ich würde ohnehin wieder solange von Stylisten und Frisören bearbeitet werden, bis mir Hören und Sehen verging.

Mein Kleid hing allerdings schon bereit und ich verlor mich mit den Augen im silbrig schimmernden Stoff und all den wunderschönen Steinen. Ich erinnerte mich noch an die Nacht, in der wir es gekauft hatten. Nur Stunden, nachdem ich Ray kennengelernt hatte.

Ich wurde jäh aus meinen Gedanken gerissen, als ich eine vertraute Stimme hörte.

»Jetzt lässt du mich extra einfliegen, ich habe meine ganzen Termine wegen dir umgeschichtet, und du hast trotzdem nicht gut genug auf das Schwänchen aufgepasst!«

Ich stürmte hinunter, so schnell ich konnte, und sah, wie Miss Natrisha Ray am Ohr gepackt hatte und den Zeigefinger vor seinem Gesicht hin und her bewegte. Als sie mich erblickte, ließ sie ihn los und fiel mir um den Hals. Sie drückte mir ihre Lippen überall aufs Gesicht und begann vor Freude zu weinen.

»Holly, mein Schatz! Es geht dir gut! Gott sei Dank!«, brachte sie hervor und ich erwiderte ihre Freude voll und ganz. »Außerdem hast du diesen ungehobelten Rüpel geheiratet! Ich habe ja nie geheiratet«, sagte sie und strahlte mich an.

»Hey, der ungehobelte Rüpel steht neben dir!«, sagte Ray mit gespielter Empörung und fügte dann hinzu: »Ich lass euch zwei dann mal alleine.«

»Holly, zieh doch bitte schon mal das Kleid an«, bat Miss Natrisha, dann bereitete sie summend einen Stuhl im Wohnzimmer vor und umringte ihn mit Tischen.

Ich ging zurück ins Schlafzimmer, schlüpfte in das wunderschöne Kleid und genoss das Gefühl vom seidigen Stoff auf meiner Haut. Während ich versuchte mit der Hand an den Reisverschluss zu gelangen, erinnerte ich mich daran, wie ich das Kleid anprobiert hatte. An den magischen Moment, als Ray mir geholfen hatte, und fragte mich, ob ich schon damals die spezielle Verbindung zwischen uns gespürt hatte.

»Ray?«, rief ich in den Flur hinein und erschrak fürchterlich, als er plötzlich hinter mir stand.

»Ja?«, fragte er und ich spürte seinen Atem an meinem Ohr. Seine Hände lagen auf meiner Taille und ich brauchte einen Moment, um mich wieder zu fangen.

»Ich … brauch Hilfe mit dem Reißverschluss«, flüsterte ich und meine Stimme zitterte etwas.

»Oh, natürlich.« Er zog den Reißverschluss nach oben und küsste dabei hungrig meinen Nacken.

»Ray, lass die Pfoten von ihr, sie ist noch nicht fertig!«, scholl Miss Natrishas hohe Stimme durch das Haus.

Er seufzte und schob mich wieder Richtung Wohnzimmer.

Miss Natrisha klopfte ungeduldig mit dem Fuß auf den Boden und drückte mich sanft auf den Stuhl. Ich seufzte ebenfalls und Miss Natrisha begann ihre Magie zu wirken. Sie hatte mich mit dem Rücken zum Spiegel gedreht, sodass ich mich selbst nicht sehen konnte.

»Du wirst fabelhaft aussehen!«, versicherte sie mir und bearbeitete meine Haare mit einem Lockenstab in halber Vampirgeschwindigkeit. »Auch wenn ich vorhin etwas hart war, ich glaube nicht, dass es eine schlechte Entscheidung war, Ray zu heiraten. Das Schrecklichste an ihm sind jedoch deine neuen Schwiegereltern.«

»Na ja, so eine richtig bewusste Entscheidung war das ja nicht, ich war ziemlich betrunken und wir waren schließlich in Vegas«, setzte ich an, doch sie schüttelte nur den Kopf.

»Wenn Menschen betrunken sind, zeigen sie oftmals erst ihre verborgenen Begierden, Wünsche und ihren wahren Charakter«, sagte sie und ich konnte nicht anders, als ihr recht zu geben.

»So, hier noch ein bisschen und da noch ein bisschen und dann bist du fertig«, flötete sie und wuselte mit ihren Pinseln schneller in meinem Gesicht herum, als ich gucken konnte. Schließlich drehte sie mich herum und mir stockte der Atem.

Sie hatte sich selbst übertroffen, meine Haare, mein Gesicht, alles strahlte. Die Hochsteckfrisur betonte meine Wangen und Miss Natrisha war eine Make-up-Göttin! Ich musste sie und Alice unbedingt miteinander bekannt machen. Das Schönste an mir war jedoch das Lächeln, welches sich über meinem Gesicht erstreckte.

»Du sollst die Schönste heute Abend sein, Cinderella, aber dass du mir ja um Mitternacht noch nicht zu Hause bist.« Sie zwinkerte mir zu.

Ray war aus dem Schatten des Türrahmens getreten und ihm stand der Mund offen. Seine kleinen spitzen Vampirzähne blitzten auf.

»Mach den Mund zu oder willst du Fliegen fangen?«, kicherte Miss Natrisha vergnügt und half mir aufzustehen.

»Du siehst wunderschön aus, Holly«, sagte er, wobei seine Stimme ein wenig heiser klang, und bot mir den Arm an.

»Da geht es hin, das frisch verheiratete Paar. Junge Leute!«, säuselte Miss Natrisha und Ray sah sie mit einer hochgezogenen Augenbraue an.

»Ich bin älter als du, Natrisha!«, ermahnte er sie spielerisch und wir verließen das Haus.

In der Einfahrt wartete schon der nächste alte Bekannte: Adam. Ich lief auf ihn zu und fiel ihm um den Hals.

»Langsam, langsam, sonst knittert das schöne Kleid«, sagte er und tätschelte mir mit seiner prankengroßen Hand behutsam den Rücken. »Du siehst wundervoll aus, Prinzessin.« Auch in seine Augen traten Tränen. »Als wir dich sahen, als Ray dich aus diesem ... diesem Keller trug, ich hatte solche Angst, dass du es nicht schaffst!«, flüsterte er und nun fing er wirklich an zu schluchzen.

»Na, na, na, ruinier nicht ihr Make-up«, hörte ich von der Tür aus Miss Natrisha rufen.

»Tschuldigung«, nuschelte Adam und wischte sich die Tränen am Ärmel seines schwarzen Anzugs ab. »Es ist mir eine Ehre, euch zu den *Atlantis Awards* zu bringen, Mr und Mrs Sorin.« Er hielt uns die Wagentür auf.

»Ich mag's immer noch nicht, wenn ich Mrs Sorin genannt werde«, flüsterte ich Ray zu, doch er lachte nur.

»Als du betrunken warst, hast du so sehr darauf beharrt, dass wir es richtig mit der Angst bekamen, wenn wir dich versehentlich falsch ansprachen.«

Ich spürte mal wieder das Blut in meinen Ohren rauschen, als ich mich an diese Peinlichkeit erinnerte. Immerhin – ich hatte wieder so viel in mir, dass es rauschen konnte. Dieses Hochzeitsvideo musste jedoch ganz dringend verschwinden. Aber erst nachdem ich es noch mal genau unter die Lupe genommen hatte.

Im Inneren der Limousine saß Sam und begrüßte uns lächelnd. »Holly, du siehst fabelhaft aus«, sagte er und küsste mich auf die Wange.

»Trotzdem solltest du deine Pfoten bei dir lassen«, ermahnte Ray ihn, woraufhin er mir zuzwinkerte. Seine tierische Natur war zwar neu für mich, aber tatsächlich kam ich mit der Tatsache, dass er ein Werwolf war, besser klar als gedacht. Ich hatte Hunde schließlich schon immer gemocht. Auch wenn ich dabei eher an Golden Retriever als an ausgewachsene Wölfe gedacht hatte.

Als wir am Veranstaltungsort ankamen, war ich ungemein nervös. Ray ergriff meine Hand. »Ganz ruhig, Holly, das hatten wir doch jetzt schon ein Dutzend Mal.«

»Aber es ist das große Finale, das Ende unserer Reise, es war immer mein Traum, bis hierhin zu kommen, ich habe ein bisschen Angst davor, was danach passiert. Wann wir uns nach den *Atlantis Awards* wiedersehen werden«, flüsterte ich etwas betrübt und er hob mein Kinn mit seinen Fingern an.

Sam sah peinlich berührt zu Adam in die Fahrerkabine.

»Jedes Ende ist auch ein neuer Anfang und jetzt geh da raus und zeig denen mal, aus welchem Holz du geschnitzt bist. Außerdem hatte ich gehofft, du wirst gar nicht erst gehen«, meinte Ray verständnislos.

Ich fiel ihm erleichtert um den Hals. »Das hättest du mir aber auch mal früher sagen können!«

Adam nickte uns durch den Rückspiegel zu und die Tür wurde

von außen geöffnet. Blitzlicht erwartete uns, doch es fühlte sich fast schon vertraut an, auf jeden Fall nicht mehr so bedrohlich. Auch die Kakophonie der Reporter, die uns Kommandos oder Fragen zubrüllten, störte mich kaum noch. Ich ergriff Rays Hand und er lächelte mich an. Dann schritten wir langsam den roten Teppich entlang.

»Holly! Sie sind wieder wohlauf, das freut mich!«, hörte ich eine schneidende Stimme, die ich überall wiedererkennen würde.

»Hallo, Herr Walkers«, erwiderte ich und lächelte ihn an. »Wieder auf der Jagd nach dem nächsten großen Skandal?« Er grinste, doch gerade als er eine Frage stellen wollte, blockte ich ab. »Heute nicht, gönnen Sie mir einen Tag Ruhe, ab morgen können Sie mich gerne wieder wie gewohnt belästigen«, sagte ich und hörte, wie ein paar andere Reporter kicherten, und Jason ließ tatsächlich seine Kamera sinken. Dafür würde ich vermutlich morgen in den Klatschnachrichten lesen dürfen, dass mein Hintern in dem Kleid unglaublich fett aussah.

Im Inneren des Gebäudes, welches mir wie ein Palast vorkam, waren schon jede Menge Prominente, die sich unterhielten, an ihren Gläsern nippten und sich auf ihre Auftritte vorbereiteten. Ich sah modernen Beton, gepaart mit zeitloser Eleganz des Art-Nouveau-Stils. Verspielte Schnörkel trafen auf polierten Stahl und Mosaike wurden umrahmt von Designerlampen. Auch wenn Aquamarintöne vorherrschten, gab es dennoch hin und wieder goldene Akzente und knallpinke Blumenbouquets, die jede Tür säumten.

Ray angelte uns zwei Gläser Champagner und reichte mir eines davon, ehe er kurz innehielt. »Aber nicht, dass du wieder zu viel trinkst, wie bei deiner ersten Preisverleihung«, ermahnte er mich und gab mir das Glas.

»Aber natürlich, Euer Hochwohlgeboren«, erwiderte ich und streckte ihm kurz die Zunge raus.

»Du bist jetzt theoretisch auch eine Adelige des Hauses Sorin.

Anders als sie zum Beispiel ... Hallo, Morgana«, sagte er ruhig und ich fuhr herum. Hinter uns stand Rays größter Fan und vermutlich die eine Sache, die mir neben Taylors Anschlägen noch gefährlich werden konnte.

»Wirklich, Ray, du hast diesen wertlosen Blutsack geheiratet?«, spuckte Morgana ihm entgegen. Mich beachtete sie nicht mal.

Anstatt zu antworten, nahm Ray meine Hand und führte sie langsam an seine Brust, dabei sah er Morgana unverwandt an. »Ich weiß, ist nicht so dein Ding, aber hör einfach mal zu.« Er grinste und ich sah, wie sich ihre Augen weiteten.

»Das kann nicht sein ... Du ... Ich ... Wir sollten ... So etwas gibt es doch nur im Märchen ...«, stammelte sie entgeistert.

Ich hatte nicht gedacht Morgana mal sprachlos zu sehen, aber Wunder geschahen wohl immer mal wieder.

»Glaub doch, was du willst«, entgegnete Ray und zog mich mit sich davon.

»Deine Eltern werden das niemals erlauben, dass du das edle Haus der Sorins so in den Dreck ziehst! Seelenverwandtschaft hin oder her!«, brüllte Morgana uns nach, doch Ray zeigte ihr nur den Mittelfinger und ging ungerührt weiter.

Er führte mich in den großen Saal, in dem die Show stattfinden sollte, und geleitete mich zu meinem Platz. Der Raum füllte sich stetig, ein Großteil der Gäste saß bereits.

»Holly, ich habe die Eröffnungsnummer der Show, ich muss mich verkabeln lassen. Bleib genau hier, Damian und James werden dir Gesellschaft leisten.«

Gerade als ich anmerken wollte, dass die beiden ja gar nicht da waren, ließen sie sich auf die Stühle links und rechts von mir fallen. Ray lächelte mir noch einmal zu und machte sich dann beschwingten Schrittes zum Bühnenrand auf.

»Hach, ich bin so froh, dass sich am Ende doch alles zum Guten gewandt hat«, sagte Damian zu mir und tätschelte meine Hand.

»Ray ist über seinen Schatten gesprungen, du bist unverletzt aus –« Er brach ab und schüttelte den Kopf. Nein, das Thema wollte er wohl eigentlich umgehen.

Zu meiner Überraschung kam ihm jedoch James zur Hilfe. »Holly, ich habe mir das alles noch mal durch den Kopf gehen lassen«, begann er. »Ich war nicht immer ganz fair zu dir. Du bist ein ganz besonderer Mensch. Wenn Ray sogar in Erwägung zieht, dich in einen Vampir zu verwandeln, dann kannst du nicht nur ein gewöhnlicher, nutzloser Blutvorrat sein.«

Ich blickte ihn verwirrt an, schluckte und tastete mich dann vorsichtig heran, immerhin war das James' Art der Entschuldigung gewesen. »Ähm, weißt du, das mit dem in einen Vampir verwandeln, darüber reden wir vielleicht später in Ruhe«, flüsterte ich und rutschte ein Stück näher an Damian heran, der sich ein Kichern nicht verkneifen konnte.

Sam glitt auf einen Platz neben Damian und flüsterte ihm zu: »Ich hab alles gesichert. Ray ist nach dem Vorfall derart auf ihre Sicherheit bedacht, ich schiebe nicht nur Tag-, sondern auch Nachtschichten.«

Er verdrehte die Augen und Damian tätschelte ihm die Schulter. »Er wird sich schon wieder beruhigen.«

»Er wird mir nie verzeihen, dass ich sie Taylor in der einen Nacht überlassen habe, egal ob nun Vollmond war oder nicht. Obwohl wir von Taylors Rachefeldzug gar nichts ahnen konnten.« Nervös blickte er zu mir, als er feststellte, dass ich gelauscht hatte.

»Hey, Holly, wir werden uns wohl in nächster Zeit öfter sehen. Miroslav und Ray haben tatsächlich eine Universität der Künste in Vistren eröffnet und wir beide werden die vorerst einzigen Studenten sein«, verriet mir Sam leise.

»Oh …«, murmelte ich. Zwar hatte Ray es schon angesprochen, aber dass es nun so schnell gehen würde, überraschte mich dann doch.

Langsam legte sich eine erwartungsvolle Stille auf den Saal. Ich hatte zwar das Gefühl, alle Augen wären auf mich gerichtet, aber es machte mir nichts aus. Dieser Tag würde ganz mir gehören, die Erfüllung des Lebenstraumes, der sich eigentlich nur als Sahnehäubchen entpuppt hatte. Selbst wenn diese Reise ein erstes Ende gefunden hatte, ich wusste, dass dies nur der Anfang von einer langen Reihe von Erlebnissen war, die meinem Leben endlich den Sinn und die Würze gaben, auf die ich so lange gewartet hatte, und das beruhigte mich. Ich fühlte mich erfüllt und endlich so, als wäre ich zur richtigen Zeit am richtigen Ort.

Hier mit James, Sam und Damian zu sitzen und darauf zu warten, dass mein Freund ... korrigiere, Ehemann ... sich ebenfalls zu uns gesellen würde, um den Abend zu genießen, war das Beste, was mir passieren konnte.

Der Saal wurde abgedunkelt und ein Scheinwerfer wurde auf die Bühne gerichtet.

»Bevor wir zur ersten Kategorie kommen, fangen wir direkt mit einer musikalischen Einlage an. Sie kennen ihn bereits als Frontmann der Band *Bloody Mary*, aber heute kommt er alleine und mit einer Herzensangelegenheit zu uns. Bühne frei für Ray Sorin!«

Im Saal brandete Applaus auf, dann betrat Ray mit einem Hocker und einer Gitarre die Bühne. Er lächelte mir zu und begann zu spielen. Seine engelhafte Stimme füllte den Raum und ich spürte, wie mich das Lied berührte. Ich konzentrierte mich und war komplett überwältigt. Er sang über uns, über unsere gemeinsame Zeit, über die Reise und die Abenteuer, die wir zusammen erlebt hatten:

I met you in the weirdest place,
you did seem like a hopeless case.
But then I saw your light shine bright
and decided to take you with me into the night,

you made my boring life an adventure,
even though it was a venture.

So many miles we traveled,
so many fears unraveled.
A cocktail of kisses and lust,
got drunk from doubt and trust.
In the end you were honest with me,
I knew that we were meant to be.

A whole new world for you to explore,
it will never be like it was before,
just take my hand and come with me,
teach us both how to be free.
And if I am allowed to make one more vow,
I'll vow to you that it ain't over now.

I did not know you from the start,
but your soul touched my deadbeat heart,
I pushed you away but it made me fall apart,
this isn't the end, it's just another start.
For I will forever love and cherish you,
even if it's the last thing that I'll do.

Als er geendet hatte, hörte ich kollektives Seufzen vom Publikum. Viele der Anwesenden hatten Tränen in den Augen und auch ich spürte, wie sich eine einzelne über meine Wange stahl. Aber ich konnte nicht anders, als zu lächeln.

»Das war eine wundervolle Einlage«, sagte der Moderator, der sich auch den Augenwinkel rieb. »Wir werden nun mit der ersten Kategorie beginnen, hätten Sie die Ehre, Mr Sorin?«, fragte er und hielt Ray einen perlmuttweißen Umschlag hin.

Ray entfaltete den enthaltenden Zettel. »Die Nominierten in der Kategorie *Beste Nebendarstellerin des Jahres*: Morgana de Fuego. Charlize Melles. Samantha Lyle«, verkündete er. Man sah auf der Leinwand mehrere Ausschnitte der Schauspielerinnen. »Herzlichen Glückwunsch: Morgana de Fuego«, rief Ray, ohne sich anmerken zu lassen, dass er erst innerhalb der letzten Stunde mit der Preisträgerin aneinandergeraten war.

Morgana war derweil an der Bühne angekommen und winkte und lächelte in die Menge. Sie nahm den Preis von Ray entgegen und schlenderte zum Podium, um ihre Dankesrede zu halten.

Bevor sie auch nur ein Wort rausgebracht hatte, stand Ray plötzlich neben mir. »Steh auf, Damian belegt meinen Platz«, bat er mich, nachdem ich einen erschrockenen Aufschrei unterdrückt hatte. Er hob mich hoch und setzte mich wieder auf seinem Schoß ab, während Morgana ihre heuchlerische Dankesrede hielt.

Die folgenden Preise waren die der besten Schauspielerin, des besten Nebendarstellers, des besten Schauspielers und so weiter und so fort. Ich war schon beinahe eingedöst, als endlich die Musikpreise vergeben wurden und *Bloody Mary* als Preisträger für Beste Band gekürt wurde. Doch weder Ray noch Damian oder James rührten sich. Alle hatten ein breites Grinsen im Gesicht, als Pete auf die Bühne stolperte.

»Sein großer Moment«, flüsterte Ray mir zu und auch ich musste lachen. Pete sah aus, als würde er sich gleich vor Aufregung in die Hosen machen.

»Das ist eine große Ehre, für die Band und alle, die hinter ihr stehen, so wie mich«, hörte ich Pete sagen.

Er schweifte immer weiter ab und war irgendwann bei der politischen Beziehung von Menschen und Vampiren angekommen, ehe der Moderator ihn gekonnt unterbrach. Pete hatte den Ablauf der Veranstaltung um einige Minuten verzögert.

»Und, ist es so, wie du es dir vorgestellt hast?«, fragte Ray mich, als ich zu gähnen anfing.

»Also, ich glaube, ich habe es mir sehr viel spannender vorgestellt«, gestand ich und er lachte laut auf.

»Dann verstehst du jetzt vielleicht, wie verwundert ich damals war, als du mir sagtest, dass es dein Lebenstraum war hierherzukommen.«

»Es ist eine Erfahrung wert!«, rechtfertigte ich mich, was Ray nur noch breiter grinsen ließ.

»Sagst du das immer noch, wenn Jason gleich den Preis für *Bester investigativer Journalismus* überreicht bekommt? Den bekommt er jedes Jahr.«

»Er schnüffelt ja auch mehr rum als ich und ich bin 'n verdammter Wolf«, mischte Sam sich in unser Gespräch ein.

»Komm, Holly, wir plündern solange das Buffet, ich hab schon genug Unsinn diesen Abend gehört«, forderte Ray und zog mich mit sich, als Jason tatsächlich als Preisträger ausgerufen wurde. »Eigentlich gibt es da noch etwas, was ich dir sagen wollte«, flüsterte Ray und bugsierte mich auf einen Balkon, auf dem die milde Abendluft eine willkommene Abwechslung zum klimatisierten Veranstaltungssaal bot. Musik und Stimmen wehten aus den offenen Fenstern der Halle zu uns herüber.

»Du hast dich immer noch nicht für die Hochzeit entschuldigt?«, fragte ich misstrauisch, doch er schüttelte den Kopf.

»Ich entschuldige mich nicht für etwas, was ich keine Sekunde lang bereue. Nein, da gibt es etwas anderes ...«

Ich sah ihn erwartungsvoll an.

»Ich liebe dich«, sagte er leise und ich fragte automatisch:

»Was?«

»Ich werde das nicht wiederholen!«, grummelte Ray und wandte sich ab.

Ich konnte nicht anders, als aufzulachen. »Ich glaube, du hast das mittlerweile auch bewiesen«, erklärte ich und griff nach seiner Hand.

»Als ich dich da halbtot auf dem OP-Tisch gesehen habe, habe ich mir geschworen dir das wenigstens einmal zu sagen, wenn ich die Chance dazu bekäme«, erklärte er.

»Ich weiß. Ich hab's als Geist mitbekommen«, gestand ich und er sah mich verständnislos an. »Lange Geschichte.« Ohne meine Erklärung abzuwarten, packte er mich und küsste mich leidenschaftlich.

»Das ist dafür, dass du es mich zweimal sagen lassen hast«, flüsterte er.

Ich bemerkte ein Hüsteln hinter mir.

»Hast du das drauf?«, fragte eine mir unbekannte Stimme und wir fuhren herum. Ein Kamerateam war uns auf den Balkon gefolgt und ich hörte durch die Fenster der Eingangshalle, die an den Hauptsaal grenzte, Ohs und Ahs nach draußen dringen.

Ray fluchte leise. »Nie hat man hier seine Ruhe«, murmelte er und griff meine Hand fester.

»Bist du bereit?«, flüsterte er mir zu und ich nickte. Mit einem einzigen eleganten Schwung hob er mich in seine Arme, sprang vom Balkon und floh mit mir in die Nacht.

***

Man kann nicht entscheiden, in wen man sich verliebt, genauso wenig wie man entscheiden kann, wie lange man lebt.

Wahre Liebe ist wie eine Naturgewalt, sie ist bedingungslos, man spürt sie mit jeder Faser seines Seins und sie ist vor allem eines nicht: perfekt.

Sie hat Ecken und Kanten. Sie ist nicht wie in einer schnulzigen Geschichte, in der man die Kapitel so lange bearbeiten kann, bis alles stimmt, sondern die Liebe selbst ist eine Geschichte. Eine Geschichte, die sich selbst schreibt und bei der man sich oft in

Gegenden wiederfindet, die man vorher noch nicht kannte, in einem Abenteuer, welches nur das Leben selbst so schreiben kann.

ENDE von Band 2

DARK
DIAMONDS
Jeder Roman
ein Juwel
fantastisch
romantisch
faszinierend
sinnlich
dramatisch
Das Imprint für New Adult Fantasy
www.darkdiamonds.de

Eine Liebe, so tief wie die Nacht ...

Sabine Schulter
Melody of Eden
Band 1: Blutgefährten
304 Seiten
Taschenbuch
ISBN 978-3-551-30091-1

Vampire – Mythos oder Wahrheit? Diese Frage stellt sich auch die 23-jährige Melody, als sie gemeinsam mit ihrer Freundin die unterirdischen Gänge ihrer Heimatstadt erforscht. Schon immer hat sie sich gefragt, ob es diese Wesen der Nacht tatsächlich gibt. Es wird gemunkelt, dass die Regierung ihre Existenz zu vertuschen versucht, und Melody würde nur zu gerne herausfinden, warum. Als sie plötzlich von einer unheimlichen Kreatur in die Tiefe gerissen und von einem unglaublich anziehenden Mann gerettet wird, ist ihr Wissensdurst nicht mehr zu stillen. Doch schon bald muss Melody herausfinden, dass es Wesen gibt, die man besser nicht auf sich aufmerksam macht ...

www.darkdiamonds.de

Die Dunkelheit ist in dir …

Diana Dettmann
Celesta: Asche und Staub
Softcover
ISBN 978-3-551-30104-8

Emma war noch ein kleines Mädchen, als ihre Mutter verschwand und ein Leben voller Risse zurückließ, die niemand jemals zu flicken vermochte. Mit kaum mehr als einem kläglichen Schulabschluss in der Tasche, fristet sie Jahrzehnte später ihre Abende hinter der Theke einer ranzigen Bar, teilt sich die Wohnung mit einem Mann, den sie nicht liebt, und träumt davon, eines Tages all das hinter sich zu lassen. Bis ihr eines Morgens auf dem Weg nach Hause eine furchteinflößende Kreatur begegnet, die ihrem Leben fast ein Ende setzt. War es der unvermittelt im Nebel auftauchende Fremde, der sie gerettet hat, oder das Feuer, das plötzlich aus ihren Handflächen schoss? Die bittere Wahrheit gibt Emmas Dasein eine jähe Kehrtwendung. Denn von einem Tag auf den anderen wird sie zur Gejagten, mit dem Schicksal ihrer Mutter im Nacken. Doch sie ist nicht allein …

www.darkdiamonds.de

Dark Diamonds
Jeder Roman ein Juwel.

Dark Diamonds
Ein Imprint der CARLSEN Verlag GmbH
März 2019

Lektorat: Marion Lembke
Umschlagbild: shutterstock.com / © Viorel Sima / © gmstockstudio
Umschlaggestaltung: formlabor
Satz und Umsetzung: readbox publishing, Dortmund
Druck und Bindung: CPI Books GmbH, Birkach
ISBN 978-3-551-30140-6
Printed in Germany
www.carlsen.de/darkdiamonds

Alle Bücher im Internet: www.carlsen.de